고구려

4

고구려4 사유와 무

개정판 1쇄 발행 │ 2021년 6월 14일
개정판 9쇄 발행 │ 2024년 5월 27일

지 은 이   김진명
발 행 인   김인후
편   집   정은진, 박 준   **마 케 팅**   홍수연
디 자 인   이정아, 원재인   **경영총괄**   박영철
주   소   서울시 은평구 통일로1034, 판매시설동 228호
문의전화   02-322-8999
팩   스   02-322-2933
블 로 그   https://blog.naver.com/eta-books
발 행 처   이타북스
출판등록   2019년 6월 4일 제2021-000065호

ⓒ 김진명, 2021
ISBN 979-11-970632-4-4 04810
      979-11-970632-0-6 (세트)

* 이 책에 사용된 광개토대왕릉비 탁본은 국립문화재연구소로부터 제공받아 사용하였습니다.

김 진 명 역 사 소 설

고구려

4
고국원왕

사유와 무

이타

고을불(高乙弗)

결국 한사군 수복의 숙원을 이뤄내며 고구려를 높이 올린 정복자. 오직 모용외의 연(燕)과 결착을 지어 북방의 패자를 가려내는 일만이 남았음을 알고 그 후의 일을 생각한다. 향후의 고구려는 굳건해야만 하리라, 그리 외치며 너무나 다른 두 아들을 바라본다.

모용외(慕容廆)

전연(前燕)의 시조. 천하제일의 무인이자 따르는 이들의 사랑을 한 몸에 받는 인물. 북방의 다른 세력을 모조리 발아래 꿇어앉히고 가장 높은 자리에 오른 그는 고구려와의 결코 풀어낼 수 없는 악연을 마주하여 바야흐로 결전을 준비한다.

주아영(周娥榮)

을불의 왕후. 마침내 드러난 재사로서의 재능이 천하를 주름잡는 지략가들과 견주어진다. 세상의 크고 작은 이치를 모두 꿰뚫어 보는 눈과 그에 걸맞은 담대함을 가졌지만 그녀의 지모에는 다름을 용납하지 않는 독선이 묻어있다.

고사유(高斯由)

을불의 첫째 아들. 영광의 흉터를 보아도, 쓰러진 적을 보아도 가슴 아파하며 눈물을 흘리는 유순하고 인정 많은 인물. 전쟁의 나라 고구려의 태자에는 도무지 어울리지 않으나 장자라는 이유로 차자인 고무와 후계를 두고 거론된다.

고무(高武)

을불의 둘째 아들. 사유와는 반대로 부모를 닮아 용맹하면서도 총명하여 온 신하가 고구려의 홍복이라 칭송한다. 학문과 병법은 주아영에게, 용병술과 무예는 여노에세 사사하여 어린 나이에도 문무를 겸비한 인재. 거기에 대모달 아불화도의 딸인 아달정효와 서로 연모하는 사이이기까지 하다.

아불화도(阿佛和度)

무적이라 여겨지던 장창 방진을 깨트리고 일대의 명장 문호를 베어 장수로서 오를 수 있는 가장 높은 곳에 오른 인물. 그를 가리켜 대모달(大模達)이라는 칭호가 생겨나며 그의 존재 자체가 고구려와 숙신의 화합을 상징한다. 대장군의 신분으로도 난전의 한복판에서 활약하는, 전장을 집으로 알고 살아가는 장수.

여노(如孥)

고구려의 신물 여려극을 들고 모든 전쟁을 승리로 이끌어낸 고구려 무력의 상징. 가볍고 신속한 용병술과 유연한 임기응변으로 온갖 종류의 전장에 통달해있다. 강약을 겨루는 전장에는 여노가, 국운을 가르는 전장에는 아불화도가 번갈아 나서며 고구려 군사를 이끈다.

모용황(慕容皝)

모용외가 칭제하지 않은 탓에 처음으로 제위에 오른 전연(燕)의 초대 황제. 본래 모용외가 버린 자식이었으나 사도중련이 그의 그릇을 알아보고 궁으로 데려온다. 인물됨은 비범하나 성품이 괴팍하여 모든 이의 두려움을 사고 모용외를 닮아 전쟁을 승리로 이끄는 재능이 있지만 그와 반대로 주위 사람을 주저 없이 버린다.

사도중련(司徒仲連)

모용외와 시작과 끝을 함께하는 충신 중의 충신. 병법부터 정사(政事), 학문이나 각종 잡기까지 다재다능하며 침착하고 냉정한 군사(軍師)의 표본 같은 인물이다. 모용외를 도와 훗날의 연(燕)나라 기틀을 세운 인물.

六家為香烟農黃城國烟一香烟為

六十卽八六家為香烟就五宗

略來言韓緘令猶涵律言百郡

敎言相亞先王便教如遠此

上關在國烟州好本王棗烟

守遠石國烟好本王棗烟

有富口之者不得

차례

모용황

미천왕 14년. 낙랑이 주인의 품으로 돌아왔다.

진(晉) 부흥의 꿈이 속절없이 무너져 내린 그 자리에 고구려의 깃발이 꽂힌 것이다. 무려 사백 년 만에 되찾은 낙랑에서 고구려 태왕 을불은 무릎을 꿇고 엎드려 땅에 입을 맞추었다. 벅차오르는 가슴으로 그 광경을 지켜보던 수많은 장수들과 병졸들 그리고 백성들이 눈물을 흘리며 하염없이 만세를 불렀다.

'낙랑을 얻는 자 천하를 얻는다'고 했던가. 그 말은 과연 빈말이 아니었다. 진과 백제, 선비와 고구려는 말할 것도 없고 저 멀리 흉노(匈奴)와 갈(羯), 저(氐) 등의 세력들까지 입을 댄 젖줄. 그것이 낙랑이라는 거대 교역 도시의 참모습이었다.

말과 소, 가죽이나 금속 등의 자재에서부터 공예품과 사치품, 옷감 등의 가공물까지 세상 만물들이 낙랑을 드나들었으며 그 차익의 상당 부분이 고구려의 세수(稅收)가 되었다. 더욱이 그 모든 문물이 시나브로 고구려의 문화로 융화되니 낙랑을 수복한 고구려의 위상은 반쯤 유목민이기도 했던 이전과는 비교할 수 없을 만큼 높아졌다. 하루가 다르게 쌓여가는 부와 위세가 고구려 전역으로 퍼져나가며 지난했던 전쟁의 상처도 빠르게 치유되어 가고 있었다.

진의 수도인 낙양으로 향하던 곡물과 사신들의 발걸음은 이제 평양으로 향했고 변방에서 기승을 부리던 약탈자들은 하나둘 고개를 숙이며 고구려에 복속해 왔다. 그렇게 고구려는 요하 벌판의 주인이 되어갔다.

창려 극성 남쪽의 대릉하 유역.

이곳에는 죄를 짓고 도망친 이들과 버림받은 이들이 모여 사는 황폐한 고을이 자리하고 있었다. 번듯하게 세워진 집 한 채 찾아보기 힘든 이 땅에서도 가장 허름한 모옥(茅屋). 나뭇가지로 얼기설기 엮어 허리께에도 오지 않는 문 앞에서 사도 중련은 목소리를 돋우어 주인을 찾았다.

"게 있느냐!"

한참을 외쳐 부른 후에야 느릿한 동작으로 얼굴을 내민 이는 목이 없이 얼굴과 몸뚱어리가 바로 붙은 데다 팔다리는 동강 난 듯 짤막하고 얼굴에는 온갖 부종이 올라 보기만 해도 토악질이 날 것 같은 사람이었다.

남자인지 여자인지, 아니 인간인지 짐승인지조차 구분하기 힘들 것 같은 모습을 한 이는 문을 열더니 히쭉 웃었다. 웃음이란 아무리 보기 싫은 사람의 얼굴에서 피어도 그나마 가장 볼 만한 것일 텐데 이 사람의 웃는 모습은 차라리 조물주의 저주에 다름 아니었다.

"아드님은 어디에 계십니까?"

그러나 막상 이 이상한 사람을 대하는 사도중련의 태도는 공손하기만 했다. 다행히 이 사람이 말은 알아듣는지 시시덕거리며 손을 들어 사도중련의 뒤편에 있는 산을 가리켰다.

"알겠습니다."

사도중련은 온통 산발한 채 이유도 없이 히쭉거리는 흉인에게 고개를 깊이 숙인 후 걸음을 돌려 조용히 뒷산으로 향했다. 한참이나 산을 오르자 중턱에는 깊숙해 보이는 동굴이 하나 보였다. 사도중련은 그 앞에서 또다시 소리를 내었다.

"나오너라!"

분명 사람의 흔적이 있는 동굴이었으나 안에서는 대답이 없었다. 사도중련이 한참을 외친 후에야 스물이 될까 말까 한 청년 하나가 천천히 몸을 나타냈다. 머리는 헝클어지고 씻지 않아 땟국이 절절 흐르는 얼굴이었지만 시퍼런 눈빛만은 결코 보통 사람에게서 찾아볼 수 없는 비범한 것이었다.

"귀찮은 놈!"

사도중련은 청년의 말투에 개의치 않는 듯 껄껄 웃으며 말했다.

"매번 올 때마다 네가 은근히 나를 기다리고 있었음을 안다. 독한 놈이지만 이렇게 숨어서 무식하게 살고 말 놈은 아니지 않느냐. 거기 앉거라."

사도중련의 너스레에 돌아온 것은 그 나이 청년의 말투라고는 생각할 수 없는 독설이었다.

"늙은이가 고집이 대단하군. 벌써 열 달째 무슨 짓이냐! 낫살깨나 처먹었으면 고이 늙어야지."

자신의 아버지뻘 되는 연배 따위는 전혀 개의치 않는 길거리 왈패의 어투였다. 그러거나 말거나 사도중련은 여전히 버르장머리 없는 조카 대하듯 말했다.

"어디 보자. 지난번에는 범려의 토사구팽(兎死狗烹)과 태공망의 복수불반분(覆水不返盆) 고사를 들려주었지? 그럼 이제 옛사람의 이야기는 제법 다 한 듯한데?"

청년은 아예 그를 무시하기로 한 듯 답이 없었지만 동굴로 들어가 버리지 않고 멀리 산 아래에 눈길을 두며 앉아있는 것이 사도중련의 말대로 은연중 그를 기다린 것 같기도 했다. 사도중련은 근처의 바위에 걸터앉으며 한가로운 목소리로 이야기를 시작했다.

"오늘은 남겨두었던 일기당천(一騎當千)이라는 말의 유래를 일러주마. 지금 내가 네게 들려줄 인물은 옛적 항우나 여포보다 나으면 나았지 못하지 않은 영웅이니라."

일 년 내내 사람 하나 찾아오는 법이 없는 이곳에 사도중련이 나타난 것이 반가운지, 아니면 그가 이제껏 들려주었던 이야기들이 흥미로웠는지 청년은 여전히 눈길을 산 아래 두었지만 귀를 열어두는 눈치였다.

"위, 촉, 오 삼국으로 나뉘어 끝없이 반목하며 싸우던 전란의 시기를 평정한 이가 바로 진무제 사마염이었다. 그가 진을 열고 천하의 힘이 비로소 한데 모이니 모든 민족은 그의 발아래 무릎을 꿇고 복속하기를 청한 것. 그의 눈에 들면 살고 나면 죽는 것이 그 시대의 법이었다."

청년의 눈길이 산 아래의 복잡다단한 풍경에서 차츰 건너편 산에 유유자적 떠 있는 한 조각 구름 위로 옮겨져 갔다.

"그러나 단 한 명의 사내만은 그 무소불위의 권력자를 겁내지 않았지."

지난날의 기억을 찬찬히 정리하려는 듯 사도중련은 지그시 눈을 감았다.

"대족장, 진제(晉帝)의 사절이 이미 오래 기다렸습니다."

십칠팔 세쯤 되었을까. 청년은 호랑이 가죽으로 장식된 의자에 다리를 꼬고 걸터앉아 정면을 골똘히 응시하고 있었다.

"대족장!"

수하의 채근에 청년 족장은 고개를 뒤로 젖히고 눈을 감았다. 잠시 후 어려운 결단의 순간에서 오는 흥분을 온몸으로 만끽하며 그는 기분 좋은 표정으로 긴 숨을 들이켰다.

"들라 하라."

곧 사절이라는 자가 위풍당당한 모습으로 막사에 들어섰다. 청년을 아래위로 훑어보며 다가온 그는 앞뒤 인사를 생략한 채 바로 본론을 던졌다.

"선비족 우문씨는 진 황제께 신종(臣從)한 세력이다. 당장 이 싸움을 멈추지 않으면 너희가 반역을 꾀하는 것으로 알리라."

청년은 빙그레 웃었다. 그리고 그 웃음은 사절이 생시에 본 마지막 웃음이 되었다. 언제 뽑았는지도 모를 청년의 칼이 한순간에 사절의 목을 떨어트린 까닭이었다. 청년은 바닥에 나뒹구는 사신의 머리에서 눈을 떼지 않은 채 나직한 음성을 내뱉었다.

"유주로 간다! 천하가 자신의 것인 양 건방을 떠는 사마염을 그냥 두고 싶지 않구나!"

청년 족장은 그날로 가장 난폭한 이천여 군사를 뽑아 진의 땅인 요동군으로 향했다. 가는 길마다 백성과 군사를 가리지 않고 살육과 약탈을 거듭하니 이들이 지난 길에 쌓인 시체가 수천 구에 불타는 고을이 수십 개가 넘었다.

"적을 사로잡지 말라. 활도 쏘지 말라. 오직 칼과 도끼만으로 적을 도륙하고 밤마다 기름 가마를 걸어 여자와 아이를 튀겨라!"

무지막지하고 무시무시한 이들의 악명이 퍼지자 백성뿐 아니라 군사들까지 앞을 다투어 도주할 뿐 감히 누가 상대할 마음을 먹지 못했다.

불과 며칠 만에 요동을 모조리 짓밟고 요하에 이른 이들은 진의 동이교위 하감이 이끄는 오천여 군사와 맞닥뜨렸는데, 제법 군진이 삼엄한 것이 나름 정병이라 여길 만했다. 하지만 청년 족장은 코웃음을 한 번 치고 나서 진정 궁금하다는 듯 수하에게 물었다.

"저놈은 대체 무슨 자신감이기에 겨우 오천 군사로 나를 막느냐?"

"대족장, 우리는 이천 군사입니다."

"흐흐."

고개를 끄덕인 청년 족장은 가만히 적진을 훑어보다 적장 하감의 모습을 발견하자 무겁고 두꺼운 방패를 하나 집어 들었다. 곧 말에 오른 그는 방패 아래에 몸을 숨긴 채 잴 것도 없이 적진을 향해 내달렸다. 단기로 뛰어드는 그의 모습에 수백의 적병이 힘껏 화살을 날리니 순식간에 방패는 고슴도치와도 같은 모습이 되었으나 청년은 다친 데 없이 무사했다. 이어진 두 번째 화살은 없었다. 그가 이미 한달음으로 적진에 이른 까닭이었다.

"적장은 목을 다오."

청년이 우렁찬 외침과 함께 쥐고 있던 방패를 힘껏 던지자 하감의 앞을 지키던 병사 여럿이 맞아 쓰러지고, 순식간에 달려든 청년이 그의 갑주 사이에 드러난 목덜미로 한 차례 매섭게 창을 찔러 넣으니 하감의 고통스러운 비명이 전장을 울렸다.

"이, 이놈은 무얼 하는!"

대경실색한 여러 장수가 청년을 향해 연이어 뛰어들었으나 순서대로 한 창씩을 맞으며 목숨을 잃었다. 이 믿지 못할 광경을 온 병사가 지켜보는 사이 청년의 군사들이 맹렬히 전선으로 달려들었다. 경악하여 얼어붙은 적병을 마음껏 유린한 청년의 부족은 반나절도 되지 않아 오천여 군사를 모조리 죽이거나 사로잡는 성과를 거두었다. 살아남아 도주한 사람이라고는 피투성이가 된 하감을 비롯하여 열댓 명의 부상병뿐이었다. 포로를 모조리 잔인하게 살육한 족장은 병사들을 휘몰았다.

"낙양으로 가자. 하루빨리 사마염이라는 놈의 얼굴을 보고 싶구나."

그렇게 청년의 군사들은 요하를 건너 요서 땅 깊숙이에 이르렀다. 고작 이천여 병사가 천하의 패자라는 사마염의 심장으로 순식간에 파고든 것이었다.

"이 고을의 이름이 무어냐?"

"비여현(肥如縣), 요서군에서 가장 풍족한 고을이라 합니다."

청년을 비롯한 그의 수하들은 비여현에 이르러 눈을 뒤집으며 기뻐했다. 수천 마리의 가축과 재물이 마을 곳곳에 가득한 까닭이었다. 배고픈 유목 민족인 그들이 이를 참을 수 있을 리없었다. 장수들마저 슬금슬금 청년의 눈치를 살피니 청년은 크게 웃으며 허락했다.

"마음껏 약탈하고 마음껏 겁탈하라. 배 불리고 즐기고자 싸우는 것인데 참을 필요가 무어냐. 오늘은 나도 크게 취하리라."

그 어느 때보다 기쁘고 분주한 약탈과 겁탈의 시간이 흐르고, 모든 군사가 고기와 술을 배불리 먹으며 잔치를 벌였다. 거나하게 취하여 이 광경을 만족스럽게 바라보던 청년 족장은 기분이 동하는 듯 목청을 크게 돋우어 노래를 지어 불렀다.

말채찍 한 번 휘두르니 이미 남의 땅이요
노래 한 곡 부르려니 술이 너무 적구나.
내일은 천하 사람을 모두 부려 술을 빚으리니
오늘은 그 꿈만으로 잠을 청하리라.

청년의 노래가 호방하고 유쾌하여 많은 이들이 이를 따라 불렀다. 변방의 작은 부족이 천하가 두려워하는 사마염의 땅을 온통 짓밟았으니 그보다 기쁘고 즐거울 수 없는 노릇이었다. 모두가 밤새 노래하며 술을 마시다 새벽녘이 되어서야 사방에 널브러져 잠들었다.

그러나 이들의 즐거움은 다음 날로 이어지지 못했다. 비여현의 넘쳐난 재물과 가축은 모두 유주자사 이근이 일부러 놓아둔 미끼로 사방에 이미 일만에 가까운 군사가 매복하여 이들의 방심을 기다린 계략이었다. 새벽닭이 홰치는 소리를 신호로 사면의 복병이 한꺼번에 일어나 들이치니 한껏 잠에 취했던 청년과 수하들은 무기조차 제대로 챙기지 못하고 적의 칼을 맞아야만 했다. 중과부적(衆寡不敵)의 싸움은 일방적인 살육으로 이어지고, 날이 밝아올 즈음에 살아남은 이는 다섯에 하나가 되지 않았다. 그럼에도 청년의 군사 중 달아나거나 항복하는 이는 단 하나도 없이 모두가 죽을 각오로 악을 쓰며 몸을 던졌다. 개중에서도 가장 흉포한 이는 단연 청년 족장이었다.

"저자를 반드시 죽여라. 후일에 큰 우환이 될 자이다."

창 한 자루를 쥐고 미친 맹수처럼 날뛰는 그의 모습에 두려움을 느낀 이근이 휘하의 장수들을 채근했다. 그러나 청년 족장의 용맹은 이미 사람의 것이 아닌지라 달려드는 장수마다 족족 다치고 죽어나갔다.

휘하의 병사 대부분이 쓰러져 죽어도 청년 족장은 지치지 않고 날뛰었다. 말이 지쳐 쓰러지면 남의 말을 빼앗아 타고, 창날이 무뎌지면 남의 창을 빼앗아 싸우기를 이틀째, 피로에 벌겋게 물든 눈으로 이근은 근처의 장수들을 연신 휘몰아쳤다.

"저 짐승이 이제는 힘이 다하였다. 어서 잡아 죽여라!"

대답하는 이가 없어 이근이 문득 돌아보니 진중에 창을 잡고 나서는 장수가 없었다. 이틀간 백 명에 가까운 장수가 모조리 적장에게 목숨을 잃은 탓에 남은 몇몇 장수들은 뒷걸음만 칠 뿐이었다.

"저자는 사람이 아니라 귀신입니다. 오랑캐가 섬기는 귀신이 내려온 것입니다."

장수가 나서지 않는데 병졸이 다가갈 리 없었다. 이틀간의 분전(奮戰)으로 혼백이 완전히 빠져나간 모습임에도 그의 앞을 가로막으려는 이가 없었다. 포위망에 길이 생기고 청년은 그 사이로 말을 몰아 빠져나갔다. 멀리서 등 뒤를 겨눈 소심한 화살이 몇 대 날았을 뿐 누구도 감히 창칼을 겨눌 생각을 하지 못했다.

"돌아오는 날에는 반드시 이 나라를 무너뜨릴 것이다!"

이근의 지척에 이르러 온통 피를 뒤집어쓴 청년이 이를 악문 외침을 내었다. 귀신과도 같은 그의 모습에 질린 이근은 저도 모르게 말에서 내려 병사들의 뒤로 몸을 피했다.

그렇게 청년이 돌아간 후에 이근이 피해를 헤아려보니 백여 명의 장수가 사라지고 삼천여 명의 병졸이 시체가 되어있었다. 승패를 떠나 어느 모로 보아도 이쪽의 피해가 몇 배는 컸다.

"아아, 이 싸움이란 결코 이긴 것이 아니다."

이근은 적의 질풍 같은 내습을 물리치긴 했지만 스스로 이 싸움을 패배로 규정하고 사마염에게 승전보가 아닌 패보(敗報)를 올렸다. 이근은 이 패보에서 일기당천이라는 표현을 썼으니 이후로 진 조정에서 이 말은 청년 족장의 별명이 되었다.

"어떤가, 들을 만한 이야기인가?"

청년은 묘하게 입꼬리를 실룩일 뿐 감정을 드러내지 않았다. 가늘게 뜬 눈으로 청년의 표정을 살핀 사도중련은 너털웃음을 터트렸지만 다음 순간 청년의 두 눈을 노려보며 도발하듯 물었다.

"네 또래의 그 청년 족장이 누군지 궁금하지 않으냐?"

"선비족의 인간이 아니라면 네가 굳이 말을 꺼낼 필요가 없었겠지."

"허허, 맞다. 선비족의 영웅이지."

"영웅? 내가 보기엔 용기는 있으나 둔한 놈에 불과하다. 적진 한가운데에서 군사에게 술을 주어 패망했으니 가벼운 놈이 아니냐."

"무게? 그분은 이미 감정이 무게를 초월한 분이다. 하지만 네게 무게가 그렇게 중요하다면 그쪽 이야기를 해주지."

"싫다. 한 번 허점을 보인 놈은 그걸로 끝이다. 상대가 약졸이니 살았을 뿐 죽은 자와 다름 없다. 운이 좋아 살아남은 자를 영웅이니 뭐니 하는 네놈이 한심하기만 할 뿐이다."

"허허, 그래. 젊었을 때는 그런 패기가 중요하기만 하지. 내 먼 길을 왔건만 얘기 한 조각 들어줄 줄 모르는 네 아량이라면 그냥 가는 게 낫겠다."

사도중련이 걸음을 옮기려는데 쉬익 소리를 내며 창이 몇 걸음 앞에 와 박혔다.

"들어보자, 짐승의 무게란 어떤 것인지."

사도중련은 빙긋 웃으며 다시 이야기를 꺼내었다.

"이것은 그와 나 사이의 이야기니라."

때는 미천왕 3년. 현도성에서 고구려 장수 소우를 죽이고 갑자기 회군을 결심한 젊은 족장은 본거지에 돌아오자마자 날벼락 같은 전보를 접하게 되었다.

"대족장! 우문굴운과 소노연이 우문부 군사를 모조리 끌고 들이닥쳤습니다. 십만이 넘는 군세입니다."

다급하게 뛰어든 전령들이 급보를 연신 토해냈다.

"이미 칙랑발에 진을 치고 있습니다!"

별다른 말이 없는 족장을 대신하여 대다수 장수들의 탄식과 걱정이 한가득 이어졌다.

"십만이라니, 그만한 군사가 우문부에 어찌 있었단 말이야?"

십만이라는 적병의 숫자 앞에서 용맹한 장수들조차 걱정하는 빛을 지우지 못했다. 소요가 이는 가운데 잠자코 듣고 있던 족장은 갑자기 벼락같은 외침을 내었다.

"우문굴운이라면 내 아버지의 원수가 아닌가! 너희는 원수를 두려워하는 거냐!"

그 맹렬한 기세에 화들짝 놀란 장수들이 말을 잇지 못하는 가운데 사람을 시켜 자신의 칼을 가져오게 한 족장은 이를 잡아 들고 더욱 호기롭게 외쳤다.

"지금 우리 군사가 삼만에 적군이 십만이니 한 놈당 두 놈만 베어라. 나머지 사만은 내가 죽이리라!"

"형님! 나도 한 일만 놈은 죽일 수 있습니다! 이 근심 많은 놈들은 집에서 애나 보라 하십시오!"

"저는 그보다 한 오천은 더 잡아 보이겠습니다!"

유유상종이라 험악하기 이를 데 없는 외모의 장수들이 몇몇 나서며 족장의 허무맹랑한 호언에 장단을 맞추자 나머지도 용기를 얻어 각기 가슴을 두드리고 발을 구르니 순식간에 온 궁성이 울리는 듯했다. 그런 가운데 사도중련은 전령을 가만히 손짓하여 불러 은근히 물었다.

"십만이라는 숫자가 확실하더냐?"

"넘으면 넘었지 모자라지는 않을 것입니다."

미간을 찌푸리며 무언가를 생각하던 사도중련은 한마디를 더 물었다.

"선봉장이 누구더냐?"

"우문부 제일의 명장 소노연이라 합니다."

"중군장은?"

"진갈루라 그랬던가? 하여튼 들어본 적이 없는 자입니다."

"들어본 적 없는 자? 갑자기 생겨난 십만 군사에 들어본 적 없는 중군장이라……."

전령의 답에 사도중련은 잠시 생각하더니 다시 물었다.

"적이 진을 친 모습은 어떻더냐? 혹시 길게 늘어섰더냐?"

"바로 그렇습니다. 늘 보던 진형이 아니라 이상하다 생각했는데, 군사께서는 어찌 그것을 아십니까?"

퍼뜩 무릎을 친 사도중련은 족장 앞에 고개를 숙였다.

"주공, 적이 하책을 가지고 허세를 부리고 있으니 이는 오히려 우리의 기회라 할 것입니다. 순식간에 적을 흩트리고 꺾어버릴 계책이 있습니다."

장수들과 함께 창으로 바닥을 두드려대던 족장은 사도중련의 말에 잠시 하던 짓을 멈추고 물었다.

"십만 군사를 흩트린다? 적의 허세는 무엇이고 우리의 계책이란 무엇이냐? 적이 장사진(長蛇陣)을 친 이유는 뭐란 말이냐?"

"송구하나 주공, 이것은 결코 적의 귀에 들어가서는 안 되는 책략입니다. 진중에 적의 첩자가 있을까 두려우니 오로지 주공께만 말씀드릴 수 있겠습니다."

"오로지 너와 나만이 알아야 한다?"

"그렇습니다."

말을 마친 사도중련은 족장에게 다가가 그의 귀에 입을 가져갔다. 그러나 잠시 머리를 긁적이던 족장은 곧 손을 들어 사도중련을 막았다.

"중련, 나는 너의 계책을 듣지 않겠다."

"예?"

"그 내용은 너만 알고 있어라. 네가 나와 장수들에게 명령을 하달하면 되지 않겠느냐?"

"어찌 그런⋯⋯."

"내가 장수들을 믿지 못하여 계략을 비밀로 하는데 장수들이 어찌 내 말을 따르겠느냐. 그러니 나도 네 계략을 듣지 않아야 한다. 대신 우리 모두가 너를 믿고 목숨을 맡기면 되겠지."

"그러나 주공!"

"중련!"

갑자기 족장은 허공에 대고 사도중련의 이름을 외쳤다. 이에 사도중련 또한 잔뜩 기합이 들어 크게 답했다.

"예!"

"네 계략은 틀림이 없는가?"

"예!"

족장이 다시 장수들을 돌아보며 호령했다.

"제장!"

"예!"

"나는 중련을 믿고 목숨을 맡기겠다. 너희들도 나를 따르겠느냐?"

한결같은 외침이 돌아왔다.

"옛!"

"들었나? 중련, 우리가 무엇을 하면 되겠느냐?"

이 숙연한 광경에 사도중련은 깊이 고개를 숙일 뿐이었다.

"차후로는 모든 장수들을 형제같이 여기고 믿겠습니다."

"아니다. 너는 계속 의심하라. 내 들은 것은 적으나 책사의 덕목은 의심이라 하더라. 믿음은 군주의 덕목이다. 그러니 너는 네 할 일을 하고 나는 내 할 일을 하는 것이다."

"주공⋯⋯."

사도중련이 내놓은 계략이란 성문을 잠그고 들어앉아 자신이 돌아올 때까지 결코 싸우지 말라는 것이었다. 그런 기약 없는 한마디를 던져놓고 사도중련은 일천여 군사를 거느리고 성을 떠났다. 그럼에도 족장은 이유 한 번 묻는 법 없이 그의 말을 충실하게 따랐다. 그렇게 달포가 지나고 십만 군사의 맹공 앞에 성이 무너지기 직전이 되어서야 사도중련은 돌아왔다. 이때 그의 눈에 들어온 것은 이미 바닥난 군량과 주린 배를 움켜쥐고 퀭한 눈으로 그를 기다리는 족장 이하 장졸들이었다.

　"이것이 무어란 말입니까!"

　사도중련은 족장의 밥상에 오른 삶은 짚풀을 보고는 눈물을 흘렸다. 허기를 지우려 지푸라기를 삶아 씹으면서도 족장은 오로지 그를 믿으며 기다리고 참아온 것이었다. 사도중련은 무릎을 꿇고 그간의 행보를 고했다.

　"어제는 없던 십만 군사가 오늘 있을 수는 없는 노릇입니다. 우문굴운이란 자가 노소를 가리지 않고 우문부 남자를 모두 끌어다 머릿수를 채웠으니 모든 부락에 아녀자와 어린아이만이 남을 수밖에요. 그간 저는 적의 빈 부락을 돌며 우두머리의 목을 모조리 베어왔습니다."

　과연 사도중련이 족장 앞에 꺼내어 보인 것은 수백 두에 이르는 우문부 휘하 군소 부락의 족장과 그 아내들의 목이었다.

　"이것을 내걸면 우문굴운을 향한 병사들의 원망은 하늘을 찌르고 가족에 대한 불안감이 진중을 뒤덮을 것입니다. 적의 군사 중 선봉군만이 본래의 군사이며 나머지는 불시에 끌려 온 부락민이니 십만이라는 숫자를 머리에서 지우고 내일 선봉군만 호되게 후려치면 적이 흩어지지 않을 수 없습니다."

"아! 그래서 군사를 길게 늘어트려 장사진을 친 것이구나. 앞은 진짜고 뒤는 가짜란 말이지?"

족장은 그의 말을 따라 군사를 정비하며 다음 날의 계획을 세웠다. 그러는 동안 사도중련이 거두어 온 수백 개의 수급을 성벽에 전시하니 우문부 군사들은 이미 고향이 모두 도살장이 되었음을 알고 밤새 통곡했다.

과연 다음 날이 되자 적은 사기가 가라앉아 병사들의 움직임이 굼뜨고 우문굴운을 향한 원망만이 가득했다. 전면전이 벌어지니 선봉군을 제외한 중군과 후군이 모두 훈련 한 번 받은 적 없는 오합지졸들이었다. 게다가 이미 마음속에 다른 걱정이 가득하니 바짝 독기가 오른 족장의 정병을 당해낼 도리가 없었다.

삼만 군사가 십만 군사를 거듭 죽이고 죽여 반나절이 지나자 우문부 모든 군사가 패주(敗走)하여 사방으로 흩어졌다. 친히 말을 타고 나섰던 족장은 이날 도주하는 적군을 홀로 백 리가량 쫓아가 결국 원수인 우문굴운과 소노연의 목을 베어서 돌아오는데, 이 외에도 죽인 자를 헤아릴 도리가 없었다.

"중련, 네 지혜가 오늘의 대승을 가져왔구나."

"주공의 믿음이 아니었더라면 결코 성공하지 못했을 계책입니다."

군신이 서로 공을 상대에게 돌리니 족장이 사도중련에게 내리려던 상은 결국 모든 장수에게 나누어졌다. 군주가 그렇게 장수를 아끼고 믿는데 따르지 않을 이가 없으니 족장의 부족은 날로 강맹해졌다.

여기까지 이야기를 한 사도중련은 청년을 돌아보았다. 청년은 언제부터인가 묵묵히 땅만 바라보고 있었다.

"어찌 생각하느냐, 그가 말한 군주의 덕목을?"

청년은 대답을 하지 않고 눈을 들어 다시 먼 산의 구름 위로 시선을 보냈다.

"너는 처음부터 이게 누구의 이야기인지 알았을 것이니라."

"……모용외."

작은 목소리로 중얼거리듯 이름자를 내뱉은 청년은 고개를 돌려 사도중련을 노려보았다.

"종내는 그 개자식의 이야기를 하기 위해 그간 나를 찾은 것이냐?"

독기 어린 청년의 눈빛에도 사도중련은 너털웃음을 지으며 고개를 가로저었다.

"아니다. 그저 고금의 영웅들을 논하다 보니 그 이름이 나온 것이다. 허허, 내가 모시는 주공이라 머쓱하여 순서를 뒤로 미루었을 뿐이니라. 고금을 통틀어 그 그릇이 가장 크기도 하고."

"그놈이 아무리 용맹한들 항우나 여포보다 나은 것이 무어냐!"

"항우는 범증을 버렸고 여포는 진궁을 믿지 않았지. 그러나 주공은 장수부터 병졸까지 모두 한낱 모사인 내게 목숨을 던지도록 만들었다. 이게 영웅의 무게가 아니라면 또 무엇이 무게이겠느냐."

"……."

이후로도 청년은 한참이나 말이 없었다. 사도중련 또한 이따금씩 지니고 간 술병을 꺼내 들이켤 뿐 굳이 그에게 말을 걸지는 않았다. 그렇게 한참이나 시간이 흐르고 해가 뉘엿뉘엿 저물 즈음이 되어 사도중련은 청년의 어깨에 손을 올려놓았다.

"만나보고 싶지 않으냐?"

청년은 여전히 흘러가는 구름을 바라보고 있었다.

"네 아버지를 말이다."

해가 완연히 지고 나서야 청년은 사도중련을 따라 대릉하를 거스르는 배에 몸을 실었다.

청년의 이름은 모용황. 바로 선비 대선우 모용외의 셋째 아들이었다.

아버지와 아들

모용외의 본거지인 창려 극성.

"불쾌하구나. 까마귀가 하늘빛을 흐리고 있지 않느냐."

이 한마디로 동시에 세 명의 장수가 활을 잡아 드니 이들이 강맹하게 쏘아 올린 화살이 기세를 잃지 않고 끝도 없이 치솟아 작은 날짐승을 동시에 꿰뚫었다. 높고 높은 하늘을 날던 까마귀가 사방으로 깃털을 흩날리며 떨어지는 광경은 나는 새도 떨어뜨린다는 옛말을 실감케 했다.

"대선우!"

수하 한 명이 뛰어가 까마귀의 사체를 들어다 그의 주군에게 바쳤다.

"모두가 명중했습니다."

선우(單于)라는 호칭은 변방의 민족 다수가 사용하는 것이었지만 이를 더욱 높여 부르는 대선우란 그중 단 일인만을 칭하는 것이었다. 바로 선비족의 모용외. 이름만으로도 천하에 두려움을 불러일으키는 불세출의 영웅이 그 호칭의 주인이었다.

"치워라. 내 이미 세 발의 화살이 모두 맞았음을 안다."

"저, 그것이……."

수하는 잠시 모용외의 눈치를 보다 말을 이었다.

"맞은 화살은 네 발입니다."

"무어라?"

모용외는 까마귀의 사체에 흘낏 눈길을 주었다. 과연 작은 까마귀를 정확히 관통한 것은 네 개의 화살이었다. 이에 모용 외가 주위를 둘러보니 활을 잡아 든 것은 세 명의 장수, 그를 가장 가까이 따르는 사신장(四神將) 중 한쪽 팔이 없는 도환 을 제외한 아야로, 번나발, 반강이었다.

"이 한 발의 화살은 누구 것이냐?"

아무도 대답하는 사람이 없자 모용외는 주변을 둘러보았다. 이때 한 목소리가 모용외의 귀를 파고들었다.

"대선우의 적자가 쏜 살입니다."

사도중련의 목소리였다. 그가 가리키는 손가락 끝에 십 대 후반의 한 청년, 바로 사도중련을 따라나선 모용황이 서 있었 다.

십팔 년 전.

모용외는 한 여인이 떠난 후 하루 온종일을 움직이지 않았 다. 당장 우문부의 대군이 진격해 오고 있음에도 모용외는 전장 한가운데서 무기를 내려놓은 채 떠나간 여인의 상념에 젖어 미동도 하지 않고 하루를 보내는 것이었다.

"주공, 적이 밀려옵니다. 이제 그만 움직이셔야 합니다."

자리에 그대로 굳어있던 모용외는 걱정하는 마음으로 그에게 다가온 신하 하나를 앉은 채로 베었다. 누구도 근처에 다가가지 못하는 가운데 모용외는 감은 눈을 뜨지 않고 하룻밤을 꼬박 새웠다. 새벽녘이 되어 닭이 울고 동이 터올 즈음에야 모용외는 눈을 뜨고 담담한 목소리를 흘려내었다.

"아영."

모용외의 앞에는 선 채로 함께 밤을 지새운 사도중련이 있었다.

"중련, 그간 모인 재물이 얼마냐?"

"우문선비의 진중에서 빼앗은 걸 포함하면 황금 일백 관은 족히 됩니다."

"아영이 가져온 물건값 만큼은 되느냐?"

"주 낭자가 실어온 철과 식량의 열 배는 되는 재물입니다."

"주가장에 모두 보내라. 일백 관의 황금을 모두. 일개 여자의 몸으로 그 먼 길을 식량과 철을 싣고 와주었는데 내가 어찌 셈을 따지겠느냐?"

사도중련은 말없이 고개를 숙였다.

"중련!"

"예."

"내 이제 여색을 하지 않으리라!"

실제 그즈음 모용외에게는 여자가 둘 있었지만 아영을 알고 난 이후로는 두 여자를 눈앞에 두지 않았고 두 여자는 각각 낳은 아이를 데리고 모용외에게서 쫓겨난 지 오래였다. 모용외는 그렇게 특정한 여자에게 매이지 않은 채 뻗치는 욕정은 그날 눈에 드는 여자에게 풀곤 해왔던 것이다.

"주공, 그 맹세는 하지 않으셔야 합니다."

이제껏 모용외의 말이라면 한 번도 거역한 적이 없는 사도중련이었지만 이번만큼은 고개를 가로저었다. 모용외는 사도중련을 지그시 노려보았다.

"그게 그리도 어려운 일이란 말인가?"

"그것은 의지로 되는 일이 아닙니다. 더군다나 주공은 어린 시절부터 이미 수많은 여자를 취해왔기 때문에 인이 박인 일입니다. 결코 지켜낼 수 있는 맹세가 아닙니다."

"으하하하하!"

갑자기 모용외의 웃음소리가 진중을 울렸다.

"맹세가 이토록 즐거운 일일 줄은 몰랐다. 내 맹세하리라. 이 시간 이후 아영 이외의 어떤 여자도 가까이하지 않으리라! 만약 중련의 말대로 내 몸에 박인 인을 이겨내지 못한다면 그때는 짐승에게 정을 풀리라. 여자가 아닌 짐승에게 말이다!"

그 후 모용외는 정말 어떤 여인도 가까이하지 않았다. 따뜻한 남쪽의 농경 지역과는 달리 늘 추위에 시달려야 하는 북녘에서는 어린 나이부터 남녀가 살을 맞댄 채 끌어안고 자는 데다 자신이 원하기만 하면 어떤 여자든 품을 수 있었던 모용외로서는 홀로 길고 긴 밤을 지새우는 게 여간 어려운 일이 아니었다. 하지만 그는 뼈를 깎는 고통을 견뎌내며 자신의 맹세를 지켜냈다. 어떤 날 밤에는 자신의 아랫도리를 터져라 움켜쥐다가 실신할 뻔한 적도 있었다. 그러나 모용외의 이런 무서운 노력도 결국 인간의 본능을 완전히 끊어낼 수는 없었다.

"형님, 오늘은 우리가 만난 지 이십 년 되는 날입니다."

늘 그렇듯 발단은 사나이의 의리였다. 아야로가 어린 시절 모용외를 처음 만난 날을 회상하며 슬며시 기름을 붓자 곧 술판이 거나하게 벌어졌다. 처음에는 사람이 술을 먹고 그다음에는 술이 사람을 먹고 마침내는 술이 술을 먹었다.

대취한 모용외는 갑자기 왁자지껄한 수하들 틈에서 홀로 벗어났다. 무엇엔가 사로잡힌 듯 그가 이곳저곳을 헤매다 정신을 차렸을 때는 어떤 여자와 몸을 섞기 직전이었다. 모용외는 벌떡 일어나 알아들을 수도 없는 소리를 지르며 여자를 베었고 미친 듯 말을 달려 궁성을 빠져나갔다. 하지만 아무리 말을 달려도 이미 치솟아 버린 정기를 어찌할 수 없었다. 다시 한번 아랫도리를 터트릴 듯 잡아 쥐던 그는 선비족의 영토에서도 가장 버림받은 자들의 땅으로 향했다. 그곳에서 그는 지나는 남자를 붙잡았다. 모용외를 알아본 남자가 급히 땅에 엎드리려는데 모용외는 그의 멱살을 붙잡아 일으키며 물었다.

"이 세상에서 가장 더럽고 추한 여자가 어디에 있느냐?"

"잘, 잘 모르겠습니다."

모용외는 그대로 그를 집어던졌다. 남자는 나무의 그루터기에 부딪쳐 피를 흘리며 데굴데굴 굴러갔다. 이 갑작스러운 참상에 다른 백성들이 모두 엎드려 떨며 고개를 들지 못하는데 모용외가 외쳤다.

"천하에서 가장 못난 여인을 데려와라. 하나라도 여인다운 구석이 있으면 너희 모두 죽음을 면치 못하리라!"

황급히 자리를 뜬 몇몇 백성들이 한둘씩 여자를 데려왔다. 그러나 모용외는 그 여인들과 백성들을 모두 집어던져 버렸다.

"짐승 같은 여자를 데리고 오든 짐승을 데리고 오든 둘 중 하나를 하라!"

사람들이 누구도 그의 마음을 채워줄 수 없다는 걸 알고 두려움에 떨고 있는데 한 백성이 허둥지둥 돌아왔다. 그의 곁에는 허리가 굽고 몸집이 비대하며 목과 다리는 짧은 데다 한 번 벌어진 입은 스스로 다물지도 못하는 영락없는 짐승의 모습을 한 여인이 서 있었다.

"족, 족장님. 저는 이 이상 못난 인간을 찾을 수가 없습니다.

제 눈에는 남자인지 여자인지는커녕 사람인지 짐승인지도 분간이 안 되는 년이옵니다."

그 여자를 본 모용외는 그제야 웃음을 터트렸다. 한껏 광기가 치솟은 터라 웃음인지 울음인지 분간조차 힘든 소리였다.

"바로 내가 원하던 여인이로다!"

그길로 그 여인을 궁성으로 데리고 돌아온 모용외는 밤새 욕정을 풀었다.

"나는 너무나 만족스럽다! 너무나 기쁘다! 여인이 아닌 짐승을, 이런 짐승을 안고 있음에도 나는 너무도 즐겁구나! 그것은 바로 주아영, 그대를 향한 약속을 지킨 까닭이다!"

그렇게 태어난 것이 모용황이었다. 아영이 을불과 혼인한 이후 이 여자는 당연히 아이와 함께 버려졌고 이후 모용외는 그런 일이 있었다는 사실조차 까맣게 잊고 살아왔던 것이다.

"네가 나의 아들이로구나."

이후 긴 세월을 거치며 변해버린 모용외의 성정이었다. 모용황을 향한 그의 눈길에는 작지만 따스한 아비로서의 본능적인 온기가 담겨있었다. 모용외는 그를 찬찬히 살폈다. 강인한 눈매와 턱, 불그스름한 머리와 장대한 기골이 젊은 날의 자신을 쏙 빼닮아 있었다.

"활 쏘는 법을 어디서 배웠더냐?"

"사냥질하는 놈들이 쏘는 것을 보고 따라하였소."

천하의 모용외를 대하는 청년의 말투는 모든 사람들을 놀라게 했다. 모용외 역시 뜻밖이었지만 목소리를 골랐다.

"내일부터는 내가 가르쳐주마."

"싫소."

일순 모두가 경악하며 정적이 흘렀다. 있을 수 없는 일이었다. 사람을 개미보다 쉽게 죽이는 모용외의 면전에서 이와 같이 말할 수 있는 사람은 누구도 없었다.

"싫다고?"

"그렇소."

"왜지?"

"나는 패배자의 가르침을 받고 싶지 않기 때문이오."

"내가 패배자라 하였느냐?"

"그렇소."

"내가 누구에게 패했다는 것이냐?"

"고구려왕에게 패하지 않았소? 그래서 버려진 게 내가 아니오?"

"무어?"

"그렇기에 당신이 내 어미와 나를 버린 게 아니오? 세상의 눈을 피해서. 스스로를 속이고!"

모용외의 얼굴이 일순간에 경직되었다. 벌겋게 부풀어 오른 그의 큰 눈이 그가 얼마만큼의 분노를 참아내고 있는지 드러내고 있었다. 모두가 이내 닥칠 그의 분노에 대한 조바심으로 얼어붙었지만 그 무시무시한 시선을 모용황은 정면으로 받아내고 있었다.

"내가 고구려왕에게 패했다고?"

"주공, 고정하십시오! 그는 주공의 적자입니다!"

아야로가 날듯이 뛰어들어 그들의 사이를 가로막았다. 모용외가 칼을 뽑아 든 것을 본 까닭이었다. 모용외의 칼은 모용황의 얼굴 바로 한 치 앞에서 멈추었다.

"주공……."

모용외는 꼼짝 않고 모용황만을 노려보았다. 한참 그렇게 서서 아들을 노려보고 있던 모용외는 갑자기 칼을 집어던지고 큰 웃음을 터트렸다.

"으하하하하!"

온 사방을 진동시킬 만한 커다란 웃음소리였다.

"내 자식이 제대로 내 꼴을 알려주는구나! 그래, 내가 고구려왕에게 꺾인 패배자라고! 으하하하!"

한참을 웃어대던 모용외는 곧 아야로를 밀어제치고 모용황의 눈앞에 사자와도 같은 얼굴을 들이밀었다.

"내 자식이란 말이지."

모용외는 억지로 얼굴 근육을 움직여 표정을 풀며 젊은 날의 자신과 너무나도 똑같이 생긴 자식을 바라보았다. 평생 한 번도 지어본 적이 없는 어색한 표정을 띤 그의 얼굴이 모용황에게로 천천히 다가갔다.

"맞다."

표정만큼이나 어색한 목소리가 모용외의 입에서 흘러나왔다. 이제까지의 흉흉한 모습과는 완전히 다른 얼굴이었다.

"네 말이 맞다. 지금 나는 너를 가르칠 자격이 없는 패배자임이 분명하다."

모용외는 대답 없는 모용황을 제쳐두고 고개를 돌렸다. 그의 눈에 아야로가 보였다.

"아야로, 너는 어떻게 생각하느냐?"

"예? 무엇을 말입니까?"

"네 눈에도 내가 패배자로 보이느냐?"

아야로는 생각이 긴 사내가 아니었다. 그는 곧 눈을 질끈 감으며 외쳤다.

"주공은, 아니 그래요, 형님은 패배자가 맞소. 다른 사내에게 사랑하는 여인을 뺏긴 패배자요! 이제껏 아무도 솔직히 말을 못 했지만 이제 속 시원히 말이라도 해야겠소. 형님은 저 아이 말마따나 을불이란 놈에게 아영을 빼앗긴 칠칠치 못한 사내요. 그 유난히도 큰 불알은 차라리 지나가는 개새끼한테 줘버리는 게 낫단 말이오!"

"으하하하하! 계속, 계속하라!"

"빼앗겼으면 그냥 잊든가. 그러지도 못하고 질질 짜기만 하는 유치한 놈 맞소! 낚시? 아, 세상에, 낚시질이라니. 모용외가 무슨 낚시질을 한단 말이오. 귀뚜라미가 밤새워 웃을 일이 아니오. 모용외가 여자 때문에 낚시질을 하다니. 낄낄낄낄!"

아야로의 비난은 계속 이어졌다.

"이 동생들에게 함께 천하를 삼키자고 소리치던 그 형님은 도대체 어디 간 거요? 극성의 두터운 성벽에 숨어 좋다고 노는 꼴이 밥 많이 먹고 잠 많이 자는 돼지 새끼나 다를 바 없소!"

"돼지, 돼지 새끼라고! 으하하하!"

"어째서 당장 평양성으로 내달아 아영이란 년의 머리채를 휘어잡아 끌고 오지 못하는 거요? 어째서 을불이란 놈의 불알을 삶아 아영이란 년과 사이좋게 소금 찍어 먹지 못하는 거요? 그러고도 형님이라 할 수 있소?"

그러나 다음 순간 아야로는 비난질을 멈추고 갑자기 울먹거렸다.

"형님, 형님! 으흑, 저는, 저는……."

아야로가 눈물을 흘리기 시작하자 별안간 웃음을 뚝 그친 모용외는 이마를 움켜쥐며 고개를 숙였다. 그의 손에 힘이 들어가며 가려진 턱이 씰룩거렸다. 무언지 모를 숙연함에 이어 모용외의 호통이 터져 나왔다.

"여봐라!"

모두의 눈길이 모용외의 입으로 모아졌다.

"나를 돼지 새끼라고 욕하는 이 미친놈을 어떻게 죽여야 하겠느냐! 살을 저미느냐? 아니면 옛정을 보아 한 도끼로 목을 날리느냐?"

수하들을 돌아보며 외치는 모용외의 얼굴에는 붉어진 눈과 달리 한 줄기 밝은 웃음이 떠올라 있었다. 청년 시절의 호기로움이 가득한 얼굴. 바로 모용부의 모든 장수들이 그토록 그리워했던 과거의 모습이었다.

"당장 살을 저며 죽이십시오! 대체 저런 불충한 놈이 어디 있단 말입니까!"

번나발의 외침이었다.

"저 정신 나간 놈을 제가 대신 한칼에 쳐 죽여도 되겠습니까?"

도환도 한마디를 보태었다. 살벌한 내용과 달리 그들의 목소리는 모두 기쁨에 들떠 있었다. 모용외는 던져두었던 칼을 다시 집어 들어 아야로의 목에 대었다.

"들었느냐? 네놈이 죽을죄를 지었으니 살아날 길이 없다."

"형님!"

"다만 그 죄를 씻을 만한 공적을 세운다면 목숨만은 살려줄 수도 있으리라!"

"형님! 세상에 대체 그만한 공이 어디 있단 말입니까!"

"그럼 그냥 죽겠느냐?"

"저는 다만 하나밖에 떠오르지 않습니다!"

"무엇이냐?"

"고구려왕의 목입니다. 제가 가장 앞장서서 고구려왕의 목을 떼어다 바치겠습니다! 이 미친 동생의 목을 그때까지만 붙여주십시오!"

떠나갈 듯한 함성이 이어졌다. 모용부의 모든 용사가 십여 년간 묵혀만 두었던 가슴속의 답답함을 한 번에 토해내듯 온몸의 힘을 다해 환호를 터트렸다.

"우와아아아아아!"

"고구려를 멸하라!"

"을불의 간을 씹으라!"

"주아영의 가랭이를 찢어 죽여라!"

욕설인지 환호인지 모를 소리가 산 중턱을 울렸다. 천하를 일거에 무너뜨릴 힘을 가지고도 참고 참아만 왔던 십 년 세월의 갑갑함이 일거에 씻겨 나가는 함성이었다. 목이 터져라 외치다가 감정이 복받쳐 우는 자와 숨이 다해 꺽꺽거리는 자, 기뻐 날뛰다 힘이 다해 주저앉는 자들이 한둘이 아니었다.

이 거대한 함성의 파도 속에서 모용외는 한동안 모용황을 노려보다 그의 곁에 선 사도중련을 향해 눈길을 옮겼다.

"네 짓이로구나. 이놈을 어디서 찾아온 것이냐?"

사도중련이 대답 대신 미소를 지으며 고개를 숙이자 모용외의 눈길이 다시 모용황을 향해 돌아왔다.

"이놈아, 두고 보아라. 내가 내 새끼를 가르칠 자격이 있는지 없는지."

모용외는 과연 질풍노도의 성정을 가진 자였다. 일단 기분이 동하자 그는 궁성으로 돌아와 바로 대소 신료를 모아놓고 천하 정벌의 뜻을 밝힌 후 출진하여 불과 사흘 만에 요동군을 무너뜨렸다. 최비가 하야한 이후로 소련(素連), 목진(木津) 등의 선비족이 점령했던 요동군은 이 한 싸움으로 모조리 모용부에 복속하게 되었고 모용외가 오랜 칩거를 떨치고 나섰다는 게 천하에 알려지자 스스로 찾아와 복속하는 이들이 셀 수도 없었다. 이름을 떨친 이로만 배억, 봉추, 송해, 봉혁, 황보급 등이 있었고 이들이 데려온 군사가 또한 수만에 이르렀다.

때는 미천왕 15년. 진이 물러난 북방에는 오직 고구려만이 남아 모용선비와 국경을 맞대게 되었다.

고구려의 두 왕자

고구려 태왕 을불과 왕후 주아영 사이에는 한 살 터울의 두 자식이 있었다. 첫째는 사유(斯由)라 하고 둘째는 무(武)라 이름을 지었는데 사유는 온순하고 무는 활달하여 성격부터 크게 달랐다. 이들을 깊이 사랑했던 을불은 국사를 돌보는 바쁜 와중에도 두 아들과 함께 시간을 보내기 위해 노력했다.

하루는 두 아들을 데리고 사냥을 나간 을불이 사슴 몇 마리를 발견하고는 들고 있던 활을 사유에게 내밀며 말했다.

"네가 형이니 먼저 쏘도록 하여라."

사유는 공손히 활을 받아 들고 화살을 잰 후 사슴을 겨누었다. 그러나 그는 곧 시위를 풀고 활을 내려트리며 고개를 떨구었다.

"쏘지 못하겠습니다."

"무슨 까닭이냐?"

사유는 자신을 향한 수많은 눈길을 의식하면서도 떨군 고개를 몇 번 저을 뿐이었다. 사유의 이런 모습을 바라보던 무장들 가운데 몇몇에게서 자그마한 한숨이 토해졌다. 을불은 말없이 활을 되돌려 받아서는 둘째 아들에게 물었다.

"무야, 너는 어떠하냐?"

기다렸다는 듯 활을 받아 든 무는 번개 같은 동작으로 화살을 재고 시위를 튕겼다. 눈 깜짝할 사이에 '쌩' 하는 소리와 함께 날아간 화살은 그대로 사슴의 목덜미에 꽂혔다. 울음소리 한 번 내지 못한 채 그 자리에 쓰러지는 사슴을 보고 주위의 탄성과 환호가 이는 가운데 무는 말을 박찼다. 비호처럼 달려 나가는 그의 앞에서 어미를 잃은 새끼 사슴 두 마리가 어쩔 줄을 몰라 하다 오로지 본능에 따라 내달리기 시작했다. 이리저리 도망치는 새끼들을 순식간에 앞지른 그는 말을 달리는 채로 등을 돌려 두 번 더 시위를 튕겼다.

"대단하다!"

그가 날린 화살이 두 대 모두 어김없이 새끼들의 목줄을 꿰뚫자 다시 한번 이곳저곳에서 찬탄이 터져 나왔다. 무가 보여 준 배사(背射), 그것도 움직이는 목표를 말에 탄 채 몸을 돌려 맞히는 재주는 기마술에 특히 능한 고구려에서도 쉽게 찾아볼 수 있는 기술이 아니었다. 날고뛰는 장수들 가운데도 이런 경지에 다다른 자는 손꼽을 정도인데 어린 왕자에게서 이러한 묘기가 펼쳐진 것이다.

"왕자님의 무재(武才)가 실로 놀라울 따름입니다."

을불의 곁을 따르고 있던 여노의 말이었다. 을불도 흐뭇한 얼굴로 대답했다.

"저 아이는 하루하루 달라지고 있소."

"허락하신다면 소신이 왕자님의 공부를 돕고 싶습니다."

그러나 을불의 표정은 그리 밝지만은 않았다. 잠시 생각하던 을불은 흘낏 사유를 곁눈으로 보더니 낮은 목소리로 물었다.

"사유 또한 그대에게 맡겨도 되겠소?"

여적 환호하는 무장들의 목소리 사이에서 을불의 물음은 다소 조심스러웠다. 여노가 쾌히 승낙하려는데 옆에서 사유가 기어들어 가는 목소리를 내었다.

"저는 자신이 없습니다."

순간 여노의 얼굴이 굳었으나 을불은 예상했다는 듯 고개를 끄덕였다.

"그래, 네 뜻이 그러하다면 굳이 배우지 않아도 좋다."

"감사합니다."

이것은 매우 비상한 순간이었다. 고래로 고구려의 왕은 무엇보다도 무예에 강해야 했고 왕자들은 앞을 다투어 어린 시절부터 최고의 스승을 청해 각종 무예를 익혀오고 있던 터였다. 을불 역시 어린 시절 안국군의 배려로 수많은 장수와 무사들로부터 단련을 받았고 그 포악한 상부조차도 태자로 지목되기 전까지는 무예 수련에 지독히도 열심이었다. 이런 고구려의 전통에 비추어 볼 때 지금 을불과 그의 장남인 사유가 나누고 있는 대화는 이해하기 힘든 것이었다. 여노의 얼굴이 굳어졌던 이유는 왕자로부터 사사(師事)를 거부당했다는 사실 때문이 아니라 본능적으로 다음 왕위의 향방이 뇌리를 스친 때문이었다.

이때 무장들의 환호성 속에 돌아온 무가 을불에게 고개를 숙였다.

"다행히 아버님의 명궁을 더럽히지 않았습니다."

아직 여린 소년의 목소리였지만 잔뜩 결기가 배어 있었다.

"기특하구나."

을불의 칭찬에 다시 한번 무의 목소리가 자못 비장함을 담고 을불을 향했다.

"소자를 다음 원정길에 따르게 해주십시오."

무가 말한 원정이란 대방과 현도를 향한 출진을 뜻했다. 최비와의 싸움에서 대승을 거두고 낙랑을 수복한 을불은 근처의 잔당을 하나하나 소탕했고 이제 마지막으로 대방, 현도와의 싸움을 준비하고 있던 참이었다.

"이 순간부터는 여노 대장군이 너의 스승이다. 그에게 허락을 구하도록 하여라."

"그리하겠습니다."

무는 여노를 향해 고개를 한 번 깊이 숙이고 나서 강단이 묻어나는 목소리로 말했다.

"세상에는 아달훌 대장군이 강하다, 여노 대장군이 강하다 의견이 반으로 나뉘어 있는데 본 왕자의 평가로는 여노 대장군이 앞줄입니다. 스승이 되어 주셔서 감사합니다."

묘한 말이었다. 무가 입에 올린 본 왕자니 평가니 하는 말은 스승이 된 여노를 추어올리는 동시에 자신의 수하임을 확실히 해두는 자존심이 가득 배인 말이었다.

이를 느낀 을불이 입가에 빙그레 미소를 떠올리며 말했다.

"네가 나이에 비해 용맹하니 기쁘구나. 그러나 군공을 서두르지는 말거라. 네 나이에 겪고 배워야 할 것은 전쟁만이 아니니라."

"명심하겠습니다."

곧이어 무는 다시 말을 달려나가 무장들과 함께 사냥을 즐겼다. 능숙히 사냥감을 몰며 여러 장수들과 성과를 다투는 무와 달리, 사유는 을불의 곁에서 혹시라도 낙마할까 주의하며 조심스레 말을 몰기만 했다.

"사유야, 요즘 서화를 배운다 들었는데 흥미가 생기더냐?"

"어려우나 즐겁습니다."

"그래, 잘하는 것보다 좋아하는 것이 더 중요하다."

을불과 사유는 이날 종일토록 부자간의 대화를 나누며 사냥 행렬의 뒤에서 천천히 말을 몰았다. 날이 어둑하여 행궁으로 돌아올 즈음이 되자 사유는 피곤에 절어 을불에게 안긴 채 잠들어 있었다. 무와 장수들이 먼저 도착하여 사냥의 성과물을 떠들썩하게 자랑하며 잔치를 즐기는 가운데 을불은 어둠 속에서 묵묵히 사유를 방 안으로 옮겨 재우고서야 자리에 참석했다.

"왕자님이 멧돼지를 잡으셨습니다. 서른 관은 족히 넘어 보이는 놈입니다."

"오오, 무가 멧돼지를! 그것도 그리 큰 놈을."

을불은 사냥에 능한 무장들도 잘 잡지 못하는 멧돼지를 무가 잡았다는 이야기에 기쁨을 감추지 못했다.

"갑자기 멧돼지가 나타나자 왕자님이 연속 일곱 발을 쏘았는데 단 한 군데도 급소가 아닌 곳이 없었습니다. 본시 멧돼지란 놈은 화살을 맞으면 더 날뛰며 십 리를 달리는데 이번에는 채 백 걸음도 못 가 자빠졌습니다. 왕자님은 신궁입니다."

여러 장수들이 앞을 다투어 무를 칭찬하는 가운데 술과 멧돼지 고기로 판이 벌어졌다. 평소 성격이 괄괄한 데다 마음속에 있는 걸 가리지 않고 내뱉는 장군 형대가 술잔을 허공에 쭉 뻗으며 외쳤다.

"무 왕자님이 태어난 건 고구려의 홍복이오. 이제 태왕 폐하의 뒤를 이을 든든한 재목임이 거듭거듭 확인되었으니 나는 목숨을 다해 왕자님을 따를 것이오! 나를 따를 사람은 잔을 쳐들고 무 왕자님을 외칩시다!"

그러자 모든 사람이 동시에 잔을 쳐들었다.

"새로이 무 왕자님의 스승이 된 여노 대장군께서 한마디 외쳐주시오!"

거푸 술잔을 넘겨 얼굴이 불콰해진 여노가 잔을 허공에 내밀고 무언가를 외치려는 순간 을불의 얼굴이 눈에 불쑥 들어왔다. 웃고는 있었지만 어딘지 편치 않은 얼굴이었다. 아마도 장남인 사유를 생각하고 있음이리라. 과거 중천왕부터 봉상왕까지 삼대를 내리 왕위를 둘러싼 형제들의 혈투를 겪어온 고구려. 그러나 이제껏 지금처럼 왕재(王材)가 분명한 차이를 드러낸 시기는 없었다. 이는 모든 고구려 중신들의 생각이었고 장수들의 생각이었다. 백성들이야 궁 안의 세세한 사정을 모르겠지만 그들 또한 무를 알면 사랑하고 존경하지 않을 도리가 없을 터. 여노는 결단을 내렸다.

"무 왕자는 용맹뿐 아니라 총명함 역시 따를 자가 없으니 틀림없이 대국 고구려의 초석이 될 분이오. 자, 무 왕자를 위하여!"

"위하여!"

모두가 잔을 높이 들었다. 여노의 시선이 은밀히 을불의 표정을 훑었다. 다행히 을불 역시 잔을 높이 든 채 사랑스러운 눈으로 무를 내려다보고 있었다. 여노는 안도의 한숨을 내쉬었다. 과연 을불은 자식 사랑과 국사(國事)를 구분할 줄 아는 현군이었다. 이제 고구려는 새로운 시대를 맞이할 것이었고 무는 그 주인공으로 적격이었다. 아니, 그 이전에 유약한 사유는 왕이 되기에는 너무나도 부적합한 왕자였다.

그런 생각을 하는 사람이 딱히 여노만은 아니었다. 누구보다 사유와 무를 잘 알고 있는 사람, 바로 두 왕자의 친모이자 왕후인 주아영도 같은 생각을 하고 있었다.

아영은 열정적인 여자였다. 고구려가 큰 전쟁을 겪은 후 차츰 안정을 취해가고 있을 때라 아영은 세상에서 가장 느긋하게 인생을 향유하면서 살 수도 있었으나 그녀는 그런 인생에 맞는 여자가 아니었다. 누구보다도 치열하게 살아왔던 그녀는 후원에서 차나 마시고 꽃을 구경하며 한담이나 즐기는 생활을 견딜 수 없었다. 어딘가로 향해야만 했던 그녀의 열정은 바로 두 아들 사유와 무에게로 쏠렸다. 아영은 아들들을 고구려 역사상 가장 강한 군왕으로 만들기 위해 손수 밤낮으로 공부를 가르쳤는데 두 왕자는 같은 걸 가르쳐도 보는 데가 달랐고 생각하는 게 달랐다.

하루는 아영이 병법을 가르치면서 차도살인(借刀殺人)의 계(計)를 거론한 적이 있었다.

'남의 검을 빌려 적을 죽인다.'

아영은 양운거 부녀의 예를 들어 계략을 가르치려 했던 것이다.

천하의 지략가인 창조리조차도 감탄해 마지않았던 두 글자, 제살(濟殺). 이 세상 어느 누가 백제왕을 죽여 최비를 막겠다는 생각을 할 수 있었을까? 더군다나 낙랑 사람인 양운거로 하여금 백제왕을 죽이게 하기 위해 그의 딸인 소청을 죽이고 그 죽음을 백제 자객의 짓으로 위장했던 아영의 기략. 차도살인의 예 치고 이보다 더 적합한 경우를 찾기는 어려울 것이었기에 아영은 자신의 이름만 쏙 뺀 채 그 내용을 속속들이 일러 주었다.

아영의 이야기를 다 듣고 난 무는 탄성을 내지르며 박수를 쳤다.

"대단해요, 어머니. 고작 여인 하나를 죽여 낙랑과 백제 두 세력을 견원지간(犬猿之間)으로 만들었으니 그것은 정말로 계략의 극치예요. 역사에 다시없을 기략이에요. 그 계를 펼친 사람은 정말 대단하다는 생각이 드네요."

그러나 사유는 반응이 달랐다.

"양소청의 혼을 위로해 주고 싶어요."

순간 아영은 사유의 얼굴에서 을불의 모습을 보았다. 그것은 그 일이 있은 다음 한동안 자신을 찾지 않았던 을불의 슬픈 얼굴이었고 자신을 원망하는 얼굴이었다. 이날 이후 아영의 편애는 점점 심해졌고 유약한 장남과 강인한 차남이라는 신념이 뇌리에 더욱 확고하게 박혔다. 대소 신료들의 사랑 또한 모두 무에게로 쏠리자 언젠가부터 아영은 무를 다음 왕으로 여기어 가르침을 따라오지 못하는 사유를 제하고 무만을 지도하기 시작했다.

그러던 어느 날이었다. 아영은 왕궁의 후원을 거닐면서 한 여인을 기다리고 있었다.

"왕후를 뵈옵니다."

"기다렸어요, 명림 부인."

명림선빈. 대대로 고구려의 명신과 왕후들을 배출해 온 연나부 명림씨의 여인으로 숙신 족장인 아달휼의 내자가 되는 이였다. 그 부부의 인연을 맺어준 것이 바로 아영이었고 그들의 결합은 고구려와 숙신 양자 간의 온전한 화합을 상징하는 일이었다.

"어인 일로 부르셨는지요?"

"친구를 찾는 데에 이유가 필요한가요. 한가히 있자니 적적하고 해서⋯⋯."

서른 줄에 들어선 지 오래인 아영이었으나 그 용모는 처녀 때나 다름없었다. 그간 펼쳐 보인 커다란 활약들과 소문이 더하니 세상 사람들이 모두 그녀를 존경하면서도 두려워했지만 오랜 친분을 쌓아온 명림선빈만큼은 그녀가 소녀 같은 호기심과 감성을 지니고 있음을 알고 있었다. 명림선빈은 수줍은 미소를 떠올리고는 아영을 고즈넉한 정자로 이끌었다.

"왕후께서는 공기놀이를 아시는지요?"

"낙랑에서 투호(投壺)나 고누놀이는 즐겼는데 공기놀이란 들은 바가 없네요."

"제가 보여드리지요."

곧 명림선빈이 앙증맞게 생긴 비단 주머니를 풀어 마룻바닥에 다섯 개의 작은 옥돌을 펼쳐놓았다. 그중 하나를 높이 던져 올리고는 재빨리 바닥의 돌을 집더니 다시 내려오는 돌을 되잡는데 그 손놀림이 어찌나 빠르고 잽싸던지 아영은 저도 모르게 감탄하며 박수를 쳤다.

"재주가 대단하네요."

"고구려 여인들은 어려서부터 이 놀이를 즐긴답니다. 왕후께서도 해보시지요."

명림선빈이 옥돌을 내밀며 권하자 아영은 사양하지 않고 받아 들었다. 원래도 손재주가 좋은 그녀는 몇 번 놀아보고는 금세 명림선빈과 함께 이를 즐길 수 있었다.

"참 재미있네요. 이런 옥돌은 어떻게 구하지요?"

"어렵지 않게 구할 수 있답니다. 왕후께서 원하시면 특히 아름다운 것으로 골라오겠습니다."

그러나 아영은 손바닥 위의 옥돌을 만지작거리며 고개를 저었다.

"아니, 나는 이 옥돌을 갖고 싶네요."

"왕후마마, 송구합니다만 그 옥돌은 대대로 명림 가문의 여인들에게 내려온 것인지라……."

"내게 줄 수는 없겠는지요?"

명림선빈은 망설였으나 따로 거절할 말을 찾을 수 없었다. 아무리 가까운 사이라고는 하나 아영은 고구려의 왕후인 데다 아달휼과 자신을 맺어준 인생의 은인이었다. 그녀는 마지못해 대답했다.

"네, 드리겠어요."

"고마워요."

아영은 상큼하게 웃었다.

"내가 정효에게 물려주면 그 또한 아름다운 일이 아닐는지요."

"예?"

순간 명림선빈은 당황하여 말을 잇지 못했다. 정효란 바로 아달휼 부부에게서 태어난 딸 아달정효를 가리킴이었다. 아영이 정효에게 옥돌을 물려주겠다면 그 말은 곧 자신의 딸을 며느리로 삼겠다는 뜻이 아닌가. 명림선빈이 말을 더듬는 사이 아영의 또렷한 목소리가 이어졌다.

"내가 선빈을 아달휼 대장군과 맺어준 이유를 아시지요?"

"예……."

"그것만으로는 부족합니다. 명림 집안이 비록 고구려의 큰 가문이고 아달휼 대장군이 숙신의 족장이라지만 두 분의 혼인이란 개인적인 일에 지나지 않아요."

아영은 옥돌을 내려놓고 명림선빈을 지그시 바라보았다.

"그러나 왕실의 혼사라면 다르지요. 숙신의 핏줄을 이은 아달정효가 고구려 왕후가 된다면 두 부족은 영원히 함께할 것이에요."

왕후. 명림선빈은 흠칫 몸을 떨었다. 언제부터인가 마음속 깊숙이 은근한 기대를 해오긴 했지만 막상 아영의 입에서 왕후라는 말이 튀어나오자 명림선빈은 온몸이 터질 듯 부풀어 오르는 걸 느꼈다.

"마마."

"정효는 처음부터 태자비의 운명을 타고난 아이예요. 두 분의 자식으로 태어난 그 순간부터."

태자비. 한없이 기쁜 와중에도 한 갈래 의문이 명림선빈의 뇌리를 파고들었다. 어찌 태자를 정하기도 전에 태자비를 정한단 말인가? 이미 태자가 정해지기라도 했다는 말인가? 그러나 명림선빈은 저 깊은 곳에서 입술까지 도달한 물음을 꽉 붙들어 삼켰다. 이것은 너무도 민감한 이야기라 함부로 입 밖에 내서는 안 되었다. 다만 명림선빈은 급히 일어나 아영에게 깊이 고개를 숙였다.

"왕후께서 저희를 그토록 깊이 생각해 주시니 이 은혜를 어찌 다 갚는지요."

아영은 얼굴의 미소를 더욱 활짝 피우며 답했다.

"그럼 이제 이 옥돌은 내가 가져도 되겠지요?"

"황송하옵니다."

명림선빈은 거듭 고개를 숙였다. 두 왕자 중 누가 태자가 되든, 그리하여 누가 정효의 배필이 되든 그것은 그녀에게 중요하지 않았다. 중요한 것은 고구려 왕후가 그녀의 딸에게 태자비의 자리를 주리라 약조했다는 사실이었다.

죽은 자와 살아남은 자

이전과는 비교도 되지 않게 커진 모용부는 사방팔방으로 군사를 보내 대규모의 약탈을 벌여댔다. 원래 약탈은 모용부의 매우 중요한 생계 수단이라 족장인 모용외 역시 어릴 적부터 약탈로 무예를 익혔고 약탈로 여자를 알게 되었다. 그러나 지금 모용부는 마을 단위의 소규모 약탈로는 급격히 팽창한 백성을 먹일 수 없어 약탈에 나서는 비적들의 수효는 날이 갈수록 불어났다.

약탈은 모용부의 생존 수단인 동시에 한편으로는 대단한 오락거리였다. 마치 산짐승이나 들짐승을 잡으러 나서는 사냥꾼처럼 모용부의 비적들은 흥분과 기대에 들떠 무기를 든 채 말을 타고 모이곤 했다.

이들이 모이면 피가 흐르고, 먹을 것이 생기고, 또 여자가 생겼다. 이미 진과 모용부의 국경은 무너진 지 오래였다. 소규모 마을이든 그보다 큰 촌락이든 사람들이 모여 사는 곳이면 예외 없이 모용부 비적들의 공격을 받았고 철저하게 약탈당했다.

군사력이 거의 궤멸한 진은 자신의 백성들을 지킬 힘이 없었다. 백성들은 모용부와 멀리 떨어진 곳으로 피난을 나섰지만 낯선 고장에 가 당하는 핍박 또한 매서운 것이었기에 진의 백성으로 산다는 것은 사실 살지 아니함만 못할 때가 많았다.

비적들의 약탈에 관한 한 고구려도 사정이 그리 낫지 못했다. 마을마다 대규모 군사가 노상 지킬 수 없는 노릇이라 한곳에 주둔한 군사들이 수십 혹은 수백 개의 마을을 지키기 마련이었다. 그러나 이런 방식으로는 기동력 좋은 비적들로부터 백성을 보호할 수 없어 고구려 백성들 또한 사실상 비적의 약탈에 그대로 노출되어 있었다.

"방법은……."

조정 회의에서 조불은 주먹을 불끈 쥐었다. 모용부의 비적들에게 당하는 고구려 백성들의 사정을 누구보다 잘 아는 이가 바로 조불이었다.

"당한 것을 열 배로 갚아주는 것뿐입니다."

현도와 대방의 원정에 온 신경이 집중되어 있는 고구려에서 홀로 모용부의 비적들을 맡아온 조불은 몇 번이나 군사를 끌고 이들의 소탕에 나섰다. 그러나 최근의 비적들은 과거와는 달랐다. 고구려 군사를 겁내지 않고 도리어 사납게 달려드는 것이었다. 평양에서 출발한 원정대도 그럴진대 변경에 주둔하고 있는 수비대는 한 달에도 몇 번이나 비적 떼의 공격을 받고 있었고 백성들을 보호하기는커녕 스스로를 지켜내기도 힘든 상황이었다.

"지금은 오직 대방과 현도를 생각해야 할 때요."

아달휼의 말에 대부분의 신하들이 고개를 주억거렸다. 틀림없이 지금은 한사군 땅을 온전히 회복하는 것에만 집중해야 할 때였다.

"그러나 너무 많은 백성들이 죽고 가진 것을 빼앗기고 끌려가고 있소. 모용부의 비적들은 남자는 죄다 죽이고 여자는 노리개로, 아이들은 노예로 부린단 말이오."

조불은 못마땅했지만 혼자 화를 삼킬 수밖에 없었다.

평양성 북문 밖 십여 리 즈음에 위치한 골짜기 좌원.

좌원은 신대왕 시절에 침공해 온 한(漢)의 대군을 국상 명림답부가 크게 쳐부수었고 이어 한나라 요동 태수가 쳐들어 왔을 때는 고국천왕이 친히 나아가 무찌른 곳으로 고구려의 여러 성지(聖地) 중 하나였다.

이곳에는 반듯이 쌓아 올린 몇 개의 돌무지가 나란히 자리하고 있었다. 하나같이 그 모양새가 단정하고 커다란 것이 살아서 큰 이름을 떨쳤던 이들의 무덤임을 짐작할 수 있었다. 바로 저가와 고노자, 양우와 우창, 소우 등의 유해가 묻힌 곳이었다.

"저가 어르신, 저승에서는 굽은 허리를 펴주더이까?"

머리가 희끗희끗한 창조리의 음성이었다. 언제나 고구려의 미래만을 생각하며 강경하고 완고한 모습을 보여왔던 그의 목소리가 지금은 축축이 젖어 있었다. 황기(黃氣)를 띤 그의 얼굴 또한 병색이 완연했다. 그는 불편한 몸을 느릿느릿 움직여 저가의 무덤에 깊게 절을 올린 뒤 다음 무덤으로 몸을 옮겼다.

"고노자 대장군, 낙랑의 유민들과는 재미지게 사시는지요?"

이때 부근에서 기척이 들렸다.

"양우 장군, 부디 사자(死者)들과는 다투지 않기를."

누군가 자신을 흉내 내는 기색을 느낀 창조리는 소리 나는 곳으로 걸음을 옮겼다.

"조불 장군……?"

소우의 무덤에 이르러서 창조리는 상석 한편에 걸터앉은 조불을 발견할 수 있었다.

"오시었습니까, 국상."

"장군."

조불은 이미 제법 술을 마신 듯 붉은 눈을 하고 있다가는 벌떡 일어나 다가오는 창조리를 부축했다.

"오늘도 또 여기 나와 있었구려."

창조리가 위로하는 투로 건네는 말에 그는 투덜거리듯 내뱉었다.

"소우, 이 못난 놈 혼자만 눈을 감지 못하고 있습니다."

"눈을 감지 못한다니요?"

"여기 계신 다른 분들이야 낙랑군에게 당했지만 이놈 소우만큼은 모용외 일당들에게 목숨을 빼앗기지 않았습니까. 이제 낙랑을 소멸하고 우리 땅을 회복했으니 다른 분들의 복수는 얼추 한 셈이지요. 그런데 이놈만큼은……."

뼈 있는 조불의 말에 창조리는 대답 대신 가만히 그를 바라보았다. 꽤나 취했는지 그는 비틀거렸다.

"부축받아야 할 사람은 내가 아니라 장군 같구려. 도로 앉으시오."

조불은 다시 상석에 털썩 주저앉으며 주절거렸다.

"압니다, 알아요. 모용선비는 나중 일이지요. 현도와 대방을 되찾아 나라의 기틀을 더욱 다지는 것이 먼저지요. 그것이 순서예요. 저도 너무 잘 압니다."

조불은 반쯤 남은 술병을 들어 소우의 무덤 주위에 뿌리며 허한 목소리를 이어갔다.

"요즘 밥도 많이 먹고 잠도 많이 잡니다. 오래 살아야지요. 오래오래 살아서 언젠가는 이 두 눈으로 모용외가 망하는 꼴을 보고 가야 하지 않겠습니까. 그래야 저승에서 이 친구를 만나도 볼 낯이 서겠지요."

"그래요. 조불 장군은 반드시 장수하세요. 오래오래 살아서 꼭 그리하셔야지요."

맞장구를 쳐준 창조리는 조불과 더불어 앉아 소우의 무덤에 눈길을 주었다. 둘 사이에 말이 끊기고 한참의 침묵이 흐른 끝에 조불이 혼잣말처럼 물었다.

"국상, 태왕께서는 끝까지 해내시겠지요? 이제 대방, 현도를 몰아내고 나면 모용선비까지 무너뜨리고 마시겠지요?"

"암요, 그러실 겁니다. 그러니 장군은 오래오래 사셔야 합니다."

말을 마친 창조리는 몸을 일으켜서는 소우의 무덤을 향해 예를 갖춰 절을 한 뒤 돌아갈 채비를 했다.

"그냥 돌아가시려우?"

"달리 할 말이 있소?"

"모두가 태평한 것이 나는 더 걱정입니다. 모용외는 걷잡을 수 없이 팽창하고 있는데 국상은 날로 병환이 깊어지시니……. 그런데 태왕께서는 왜 태자를 안 세우신단 말입니까? 나는 이제 궁궐로 돌아가면 태자를 세우시라 간언하렵니다. 태왕의 뜻을 대대로 이어갈 강맹하고 굳건한 태자를 말입니다."

창조리는 고개를 두어 번 끄덕거린 후 말없이 걸음을 옮겼다.

동맹제

이즈음 고구려는 축제 준비가 한창이었다.

고구려 최대의 축제 동맹제. 그중에서도 가장 성대한 규모로 열리는 평양성 동맹제는 온 백성이 한 해 내내 기다리는 최고의 행사였다. 고구려의 무인이라면 누구나 이 동맹제 기간에 열리는 비무대회에 참가하는 것을 일생의 영예로 여겼기에 모두 앞을 다투어 몰려들었고 자연스레 이 비무대회에서 우승하는 이는 고구려 제일의 무인이라 불려왔다.

그런데 근래 들어 평양성 비무대회가 명성에 걸맞지 않게 시들해졌다. 지난 십여 년간 다른 우승자가 나오질 않아서였는데, 그것은 바로 여노라는 최정상의 무인이 버티고 있는 까닭이었다. 그간 경향 각지에서 내로라하는 무예가들이 여노에게 도전장을 내밀었으나 여노는 결코 이겨지지 않는 무인이었고, 지난 십여 년은 그걸 확인하는 세월에 불과했다. 동맹제의 긴장이 거의 사라지자 그간 제례와 의식 등을 도맡아 주관해 온 주부(主簿) 녹번은 여노에게 찾아가 따졌다.

"대장군, 대장군과 같은 큰 장수가 계속해서 대회에 참가하니 다른 무사들이 출전을 꺼려 사람들로부터 대회가 외면받게 되지 않습니까. 이제 그만 후진들을 위해 불참을 선언해주시오."

"허허허, 언젠가는 나를 이기는 이도 나오겠지요."

여노가 웃으며 눈도 깜짝하지 않자 약이 오른 녹번은 궁리 끝에 아달휼을 찾아갔다.

"평양성 동맹제의 영광이 차츰 퇴색하고 있어요. 그것은 바로 여노 대장군 때문입니다. 십여 년을 정상에서 버티고 있으니 이제 실력 있는 무인들이 질려서 출전을 포기하고 백성들 또한 흥미를 잃어갈 수밖에요. 그가 평양성 동맹제 전체를 망가뜨리고 있는 겁니다. 그러니 금년에는 아달휼 대장군이 출전하셔서 동맹제를 살려주시기 바라오."

"나는 흥미가 없소."

한마디로 거절당한 녹번은 이번에는 창조리를 찾아갔다. 이야기를 다 들은 창조리는 크게 웃을 뿐이었다.

"본인이 그렇게 기를 쓰고 참가한다는데 누가 말릴 수 있겠소? 참가 자격이 모든 고구려인이라고 되어있으니 태왕이라 한들 출전을 막을 수는 없는 일 아니오? 나는 방법을 모르겠소."

"국상, 그리 책임 없는 말씀만 하시면 참으로 낭패올시다. 태왕께서 이번 동맹제에서 태자를 책봉하신다는 말이 있는데 또다시 여노 대장군이 흥을 깨버리면 그건 불충입니다. 국상께서 지혜를 주셔야 합니다."

창조리도 그 말에는 일견 수긍이 가는지 희미하게 고개를 끄덕였다. 얼마 전 중신들이 어전에서 이번 동맹제 때는 반드시 태자를 세워야 한다고 조르던 광경이 떠올랐다. 그간 태왕은 태자 책봉을 끈질기게 미루어 왔으나 이제는 더 이상 미룰 계제가 아니었다. 현도와 대방 원정이라는 큰 전쟁을 눈앞에 두고 있는 데다 하루가 다르게 커가고 있는 모용선비가 고구려 침공을 벼르고 있기 때문이었다.

"듣고 보니 주부의 말씀도 일리는 있으나 군무(軍務)를 겸하는 내가 직접 나설 수는 없는 일이니 차라리 왕후께 도움을 청해 봄이 어떻겠소?"

녹번은 창조리의 말에 큰 기대를 품고 아영을 찾아갔다. 후원에서 녹번을 맞은 아영 또한 그의 말을 듣고 처음에는 웃음을 터트렸으나 창조리와 달리 녹번의 고민에 동조해 주었다.

"알겠어요. 내가 대장군을 만나보지요."

녹번을 돌려보낸 아영은 곧 사람을 시켜 여노를 찾았다.

"왕후께서 소장에게 하실 말씀이 있으십니까?"

여노가 입궁하자 아영은 무를 불렀다.

"왕자의 무예 수련은 어떤가요?"

"나날이 좋아지고 있습니다. 워낙이 총명하셔서 그 배움이 빠릅니다."

"감사합니다. 모두가 대장군 덕분입니다."

여노는 아영이 뭔가 할 말이 있다는 것을 깨닫고 단도직입적으로 물었다.

"한데 그 일로 소장을 부르신 건 아닐 테고……."

"예, 사실은 이번 동맹제에 관해 상의드릴 것이 있어 뵙자 했습니다."

그제야 여노는 아영의 속내를 알 것 같았다.

"녹번 주부가 찾아왔던 모양이군요."

아영은 고개를 끄덕였다.

"대장군께서도 아시다시피 이제 고구려는 새로운 시대를 열어가고 있습니다. 그 첫걸음에 해당하는 이번 동맹제는 그 외에도 다른 의미가 있어요. 이번만큼은 후진들에게 양보하여 동맹제를 풍성하게 만들어주었으면 좋겠다는 부탁을 드리려 했습니다."

아영이 한껏 격을 갖추고 목소리를 부드럽게 하여 부탁했으나 여노의 대답은 무뚝뚝했다.

"그렇게는 하지 않겠습니다."

"네?"

여노가 일언지하에 거절하자 아영은 놀라지 않을 수 없었다. 아무리 태왕의 지기(知己)인 데다 대장군의 신분이라지만 왕후인 자신의 정중한 당부를 이리도 간단히 물리칠 수 있단 말인가. 잠깐의 침묵이 흐른 뒤 아영이 물었다.

"이유를 물어도 되겠습니까?"

아영은 소리를 낮추고 있었지만 기실 그녀의 놀라움과 분노는 대단한 것이었다.

"경연을 경연답게 만드는 건 출전하는 무사들이 오로지 무예의 강하고 약함을 다투는 정직함에 있는 것입니다. 이런저런 이유로 출전을 하고 말고 하게 되면 그것이 오히려 동맹제를 욕되게 할 것입니다. 저는 다만 제 소신을 지키려 합니다."

여노의 말이 틀린 것은 아니었지만 아영은 심한 모멸감을 느꼈다. 전혀 예상치 못했던 여노의 반응이었다. 동맹제를 성황리에 치르려는 녹번의 마음을 봐서 가볍게 도와주려 했던 일이 그만 이상한 쪽으로 풀린 것이었다. 그래놓고 보니 이제는 약간의 자존심 싸움이 되어버렸다.

"후진도 생각하셔야지요. 젊은이들의 희망까지 꼭 욕심을 내셔야만 하겠는지요."

"장수라면 거짓을 꾸며서는 안 되는 일입니다. 이런저런 생각으로 경연에 참여하지 않는 것도 저 자신을 속이는 일이니 왕후께서는 폭넓은 이해가 있으시기 바랍니다. 그럼, 다른 말씀이 없으시면 저는 그만 물러가겠습니다."

여노는 말을 마침과 동시에 몸을 돌렸다.

"잠깐만요!"

등 뒤에서 들려온 소리에 여노는 내딛던 걸음을 멈추었다. 음조는 높았지만 아영의 목소리는 아니었다. 바로 왕자 무였다. 여노는 몸을 돌렸다.

"왕자님께서 하실 말씀이 있으신지요?"

무가 여노에게 고개를 숙여 보였다.

"스승님, 오래전부터 부탁드리고 싶은 일이 있었습니다."

"제게요?"

"그렇습니다."

여노는 무를 똑바로 바라보았다. 무 역시 신중한 얼굴로 여노의 눈빛을 맞받으며 말했다.

"스승님께서 제게 관을 씌워주신다면 평생의 영광이겠습니다."

"넷? 관을!"

"그렇습니다. 동맹제에서 태자관을 말입니다."

여노는 무의 얼굴을 깊이 들여다보았다. 조금도 흔들림이 없는 당당하고 맑은 눈동자였다.

"……."

여노는 지금 무가 내놓은 말의 의미를 생각했다. 대개의 경우 태자 책봉식에서 태자에게 관을 씌워주는 사람은 태왕이나 제사장이었다. 하지만 특별히 원하는 사람이 있을 경우에는 따로 태자가 지정할 수 있도록 되어있었다. 이는 책봉 시부터 태자에게 힘을 실어줘 안정을 도모하기 위한 방안이었다. 따라서 태자에게 태자관을 씌우는 사람은 다음 권력의 핵심이 되었다.

여노는 권력 따위를 염두에 두는 사람은 아니었지만 무가 진심으로 자신에게 모든 것을 맡겨오고 있다는 걸 가슴으로 느낄 수 있었다. 이런 부탁은 함부로 하는 것이 아니었고 그렇기에 더욱이 함부로 거절해서는 안 되는 일이었다. 오히려 태왕의 지시보다 더 무거운 부탁이라는 데 생각이 이르자 여노는 수락하지 않을 수 없었다.

"분부를 따르겠습니다."

순간 굳어있던 아영의 얼굴이 펴지면서 미소가 피어올랐다. 책봉식에서 태자관을 씌워주는 사람은 고래로 사흘을 목욕재계하고 마음을 경건히 다져야 했다. 따라서 그 손에 칼을 잡을 수는 더욱이 없는 일이었다. 여노의 수락으로 자연히 비무 대회 건은 해결이 된 셈이었다. 자신도 생각하지 못한 무의 지혜로움에 아영은 크게 기뻤다.

"무야, 두 모난 어른의 마음을 어린 네가 덮어주는구나. 태자가 되거든 더욱 심신을 갈고닦아 만세에 추앙받는 성군이 되어야만 한다."

"명심하겠습니다, 어머님. 무엇보다 스승님이 큰마음으로 받아주셨으니 고마울 따름입니다."

아영의 다친 자존심과 여노의 고집을 함께 아우른 그야말로 제왕다운 행동이 아닐 수 없었다. 아영은 무에게 더욱 깊은 사랑과 신뢰를 느꼈다.

태자 책봉

모두 손꼽아 기다리던 동맹제가 다가오자 고구려 백성들은 남녀노소 할 것 없이 크게 술렁였다. 무(武)를 숭상하는 고구려에서 최고의 무인을 뽑는 대회이니만치 출전하는 무사나 구경하는 백성이나 큰 기대를 가질 수밖에 없었다. 특히 금년에는 동맹제의 호랑이라 불리던 여노가 출전을 포기했기에 분위기는 더욱더 살아나 고구려 전역에서 수많은 무사들이 평양으로 몰려들었다.

비무 대회에 앞서 동맹제는 제례로서의 의미를 갖고 있었다. 조상신인 시조 동명성왕을 향하여 매년 고구려에서 가장 용모와 재능이 출중한 열다섯 살 이하의 동남동녀(童男童女)로 하여금 그 재주를 선보이며 제사를 지내게 하는 것 또한 동맹제의 매우 중요한 부분이었다.

동남동녀는 조상신을 기리는 음양무(陰陽舞) 경연을 하게 되는데 기상이 자유로운 고구려에서는 이의 출연에도 자격의 구분이 없었다. 그리하여 많은 동남동녀가 이 경연에 참여하기 위해 모여 연습을 하고 그사이에 정이 들어 경연이 끝난 후

혼인에 이르게 되는 경우도 많았다. 아니, 애초부터 이 경연은 젊은 사람들에게 서로 마음에 드는 사람끼리 만나는 기회로도 활용되고 있었다.

이번 동맹제에서는 음양무 경연이 오히려 비무 대회보다 더 사람들의 관심을 잡아끌고 있었다. 그것은 바로 왕자 무와 아달휼 대장군의 딸 정효가 한 쌍이 되어 출연하고 있기 때문이었다. 물론 무는 이미 백성들에게 최고의 소년으로 꼽히고 있었지만 아달정효에 대해 아는 백성은 드물었다. 그러나 동맹제의 음양무 경연에서 백성들은 그녀를 보는 순간 바로 흠뻑 빠져들고 말았다. 빼어난 용모에 섬세한 표정, 사근사근한 목소리에 은은한 몸가짐까지 선녀가 있다면 바로 이런 모습일 거라 생각하며 사람들은 무와 아달정효의 음양무를 지켜보았고 두 사람은 과연 모두의 바람대로 마지막까지 남아 조상신에 제무를 올리게 되었다.

동맹제의 마지막 날. 제단을 향하는 무의 걸음은 또렷했고 정효의 걸음은 사뿐했다. 동명성왕이 잠든 동쪽을 향해 고개를 숙인 후 무는 칼을 들고 정효는 부채를 든 채 제단의 양 끝에 올라섰다.

"하늘이시여, 왕자 고무와 아달정효가 바치는 제무를 받아주옵소서!"

제사장의 발원에 모든 사람들이 마음으로부터 고구려의 강복(降福)을 빌며 두 사람에게 눈길을 모았다. 서로를 바라보다 절제된 동작으로 시작된 두 소년 소녀의 춤은 시간이 지날수록 조금씩 격렬해지며 어느새 열띠게 어우러졌다. 무의 날렵한 칼끝이 바람을 찢어 일으킨 비명을 정효의 맵시 어린 부채가 다독이듯 어루만지니 언뜻 상반된 두 사람의 춤이 어느새 하나로 합쳐지며 보는 사람들의 입에서 탄성을 내게 했다. 한참 그렇게 어울렸던 두 사람은 서로를 바라보며 칼끝과 부채 끝을 내리는가 싶더니 어느새 나란히 꿇어앉아 양손으로 부채와 칼을 고이 받쳐 들었다. 바로 동명성왕을 향해 자신들의 재주를 바친다는 뜻이었다.

"정효."

어떤 소리도 내어선 안 되는 이 순간에 흘러나온 무의 목소리였다. 듣지 못한 척 정효가 의식에만 열중하자 무는 재차 그녀를 불렀다.

"정효, 나는 이제 태자가 된다."

"……."

"너를 꼭 태자비로 맞이할 것이다. 허락해다오."

정효는 태연함을 가장한 중에도 부채를 받쳐 든 손끝을 흠칫 떨었다. 아직 어리기만 한 나이였으나 그녀 역시 무에게 남다른 감정을 가져온 터였다. 그녀의 고개가 살짝 움직인 그 순간 북과 꽹과리 소리가 울렸다.

"태왕 폐하 납시오!"

태산과도 같은 걸음으로 걸어 나온 을불은 무와 정효의 앞에서 무릎을 꿇은 후 동명성왕에게 절을 올리고 술을 따라 제를 마쳤다. 그런 다음 을불은 무와 정효가 바치는 칼과 부채를 받아 들고 큰소리로 외쳤다.

"이것이 바로 고구려의 앞날을 지고 갈 아이들의 재주이다!"

동시에 의식 내내 고요하기만 하던 백성들 사이에서 떠나갈 듯한 함성이 울려 퍼졌다. 매년 보아온 동맹제이지만 이토록 현묘한 재주를 뽐낸 동남동녀는 본 적이 없던 탓이었다. 더욱이 선발된 소년의 신분이 왕자라는 사실에 분위기는 더욱 고조되었다.

"참으로 고구려의 미래가 밝기만 하지 않은가!"

한없이 이어질 것만 같던 그 함성 소리를 재운 것은 을불의 더욱 커다란 외침이었다.

"만백성은 들으라!"

삽시간에 고요해진 백성들 앞에서 을불은 표정을 고쳐 엄숙히 하고 더욱 근엄한 목소리를 내었다.

"나는 오늘의 이 동맹제를 기하여 나의 뒤를 이어갈 태자를 세우고자 한다!"

본래 고구려는 여러 부족의 연맹으로 이루어진 국가인 만큼

중대사는 중신들과 함께 의논하여 발표해 온 것이 관례였다. 하물며 왕위를 이을 태자에 관한 발표임에랴. 그러나 수백 년간 내려온 고구려의 숙원을 이룩해 낸 을불이었다. 선대의 그 누구보다 강력한 권위를 가진 태왕이자 모든 신료들의 존경과 우러름을 한 몸에 받는 인물인 그는 이 자리에서 발표하기까지 누구에게도 태자 책봉에 관하여 말을 하지 않았다.

그러나 굳이 이를 궁금히 여기는 이도 드물었다. 바로 왕자 무, 고구려 왕실의 홍복이라 여기는 문무 양면의 기재(奇材)가 있는 까닭이었다. 수만의 눈길이 곧 무를 향했다. 고개를 숙인 채 바닥만 바라보는 사유와 달리 무는 가슴을 활짝 편 채 쏟아지는 시선을 담담히 받아내고 있었다. 그 의젓한 모습만으로도 감탄하는 소리가 여럿 이어졌다.

"태왕의 자리를 이어갈 만하다!"

"고구려의 앞길은 탄탄하기만 하구나."

"폐하를 쏙 빼닮았네그려."

"무 왕자 만세!"

무의 사내다운 모습에 하나둘씩 흘러나온 수군거림이 이내 제법 떠들썩한 소리가 되었다. 아영을 비롯하여 중신들도 눈매에 주름을 잡으며 만족스러운 미소를 떠올렸다. 그런 이들을 돌아보며 을불이 다시 입을 열었다.

"이 나라의 태자로!"

"오오!"

중신들을 훑던 을불의 눈길이 무에게로 향했다. 그리고 아주 잠시간 흔들리는가 싶던 을불의 시선은 그의 어깨를 타고 넘었다. 그곳에는 사유가 자리하고 있었다.

"나의 첫째 아들 사유를 세우노라!"

그 한마디는 거센 파문을 일으키며 들뜬 수군거림을 일거에 잠재웠다. 일순간 침묵에 휩싸인 신하들은 모두 당황하여 서로의 얼굴만을 바라보았다.

"대소 신료 및 만백성은 모두 사유가 나의 뒤를 이을 후사임을 알도록 하라!"

을불의 흔들림 없는 음성이 재차 터져 나오고서야 수만의 눈길이 사유에게로 옮겨갔다. 사유 본인 또한 크게 놀라 당황스러운 몸짓을 보였다.

"저, 저는……."

"태자는 할 말이 있느냐?"

결코 거부할 수 없는 을불의 목소리에 사유는 황급히 손을 내저었다.

"아, 아니……."

"할 말이 있느냐?"

"어, 없습니다."

사유는 말조차 더듬었다. 을불의 눈길이 이번에는 여노를 향했다. 태자관을 든 채 서 있다 전혀 뜻밖의 결과를 마주한 여노는 발걸음을 떼놓으려 하지 않았다. 그런 그의 얼굴에 을불의 시선이 날아와 꽂혔다. 여노는 태자관을 그 자리에 그대로 내려놓고 싶었다. 비록 역모라 하더라도 관을 내려놓고 을불을 향해 도대체 무슨 망발이냐고 따져 묻고 싶었다. 아니, 여노는 진정 그러려고 했다. 그러나 태자관을 내려놓을 곳을 살피려 고개를 돌리는 순간 여노의 눈길에 자신을 바라보고 있는 수천수만의 백성이 잡혔다. 신하가, 그것도 중신이 만백성이 바라보는 앞에서 노골적으로 태왕을 거스를 수는 없는 일이었다.

"음!"

여노는 주변에 들릴 정도로 큰 신음 소리를 내며 발걸음을 옮겼다. 천금같이 무거운 발걸음이었고 죽어도 옮겨놓기 싫은 발걸음이었다. 하지만 여노는 백성의 눈길을 거스를 수 없었다. 이것은 중신들도 마찬가지였다. 그리고 그 모든 사람들의 놀라움과 당황스러움과 반발심의 한가운데 왕후 주아영이 있었다.

아영은 자신도 모르게 벌떡 일어났다 삽시간에 자신에게 쏠린 수많은 신하들의 눈길을 의식하고는 그 자리에 도로 앉았다. 아영은 자신이 속았음을 깨달았다. 그간 을불이 태자 책봉에 대해 한마디도 하지 않다 동맹제를 택해 만백성 앞에서 불시에 발표한 건 생각이 따로 있었음이었다.

아영은 한 걸음 한 걸음 사유에게 다가가는 여노를 소리쳐 제지하고 싶었지만 을불의 얼굴을 보는 순간 역시 여노와 마찬가지로 아무것도 할 수 없었다. 을불의 표정은 이제껏 자신이 보아왔던 어떤 때와도 다르게 극도로 엄숙하고 조심스러우며 긴장되어 있었다. 을불은 자신과 중신들의 이런 반응을 염두에 두었을 것이었다. 그래서 더더욱 독한 마음으로 이 자리를 마련했을 것이었다. 그리고 지금 누군가 반대의 얼굴 표정, 몸짓 하나라도 보이면 바로 죽음이라는 뜻을 저 엄숙함과 긴장을 통해 내비치고 있는 것이다.

아영의 눈길이 아직도 제단을 향해 등을 돌리고 꿇어앉은 무와 정효를 향했다. 무. 너무도 사랑스러운 아들이었고 자신과 고구려를 지켜줄 굳센 아들이었다.

사유에게 다가간 여노의 손길이 천천히 사유의 머리 위로 내려앉기 시작했다.

"태자 전하 만세!"

아영은 어디선가 들려온 환호에 눈을 들었다. 여노의 손이 태자관을 떠나고 있었고, 황금빛 찬란한 태자관은 사유의 머리 위에 얹힌 채 햇빛을 받아 더욱 눈부시게 빛나고 있었다. 가늘게 부서지는 햇빛 사이로 금줄이 찰랑이고, 금줄 끝에 매달린 녹색 곡옥이 가볍게 불어오는 바람을 타고 금줄을 따라 돌았다.

"태자 전하 만세!"

중신들이 아직 당황한 모습을 완전히 벗지 못한 사이 백성들 가운데서 인 환호가 차츰 거세지며 단상으로 몰려왔다. 그제야 이미 돌이킬 수 없는 지경임을 깨달은 대소 신료들 사이에서도 환호가 새어 나오기 시작했다.

"태자는 일어나 답례를 하라!"

어느 때보다도 엄숙하고 무거운 을불의 목소리가 떨어지자 사유는 가만한 동작으로 자리에서 일어났다.

"저 사유는 오늘 이 자리에서 고구려의 태자로 책봉되었음을 진지하고 무겁게 받아들이며 앞으로 백성의 어려움을 더욱 이해하기 위해 진력할 것을 맹세합니다."

중신들은 굳은 표정으로 고개를 숙였다.

이미 자정이 넘은 밤.

곧은 자세로 앉아 병법서를 읽던 무는 문득 한숨을 쉬며 책장을 덮더니 자리에서 일어섰다. 그가 찾은 곳은 아영의 처소였다. 등불이 아직 꺼지지 않은 채 방 안을 밝히고 있었으나 무는 문을 두드리지 않고 망설였다.

"무로구나."

그러나 그림자가 비친 탓일까. 아영은 금세 그의 자취를 알아채고 목소리를 내었다.

"도무지 알 수 없는 것이 있어 어머님을 찾아뵈었습니다."

"어서 들거라."

아영의 탁상에는 여러 서책이 펼쳐져 있었다. 왕후가 된 뒤에도 그녀는 항시 늦은 밤까지 여러 공부를 하다 잠들곤 했다. 하지만 오늘 밤 아영은 책을 펼쳤으되 책을 읽는 것이 아니었다. 도저히 잠이 들 수 없는 밤이었고, 무 역시 그런 연유로 찾아온 것임을 아영은 너무도 잘 알고 있었다.

"그래, 무슨 일이냐?"

"옛일을 기록한 병서를 읽다 보니 군장 간의 싸움에 따라 군사의 승패가 갈리는 일이 비일비재했습니다. 장수 일인의 무예가 아무리 높아도 수백, 수천의 군사를 대적할 수 없을진대 어찌 이런 일이 있는 것입니까?"

아영은 간신히 눈물을 참아냈다. 하고 싶은 말을 가슴속 저 깊이 묻은 채 평소에 하던 물음 그대로를 내놓는 아들을 왈칵 껴안아 주고 싶었지만 아영은 목소리를 추슬렀다.

"네가 열 명의 수하를 거느리고 있다고 생각해 보아라."

"예."

"그들 중에는 겁이 많은 자도 있고, 의심이 많은 자도 있을 것이다. 어쩌면 적의 간세가 섞였을지도 모를 노릇이지."

"그럴 것입니다."

"네가 그 열 수하의 성격과 속내를 알고 합당한 일을 맡기며

부리기까지 얼마만 한 시간이 걸리겠느냐?"

무는 잠깐 생각하다 아영을 바라보며 대답했다.

"하루에 한 명을 살피어, 열흘이면 할 수 있겠습니다."

"수하가 천 명이면 천 일이 걸리겠느냐?"

무는 다시 곰곰이 생각하다 답했다.

"큰 장수와 작은 장수를 세우겠습니다. 큰 장수에게 작은 장수 열 명을 살피게 하고 작은 장수에게 병졸 열 명을 살피게 하겠습니다."

"바로 그렇다. 네가 이미 군사를 다스리는 원리를 아는구나."

영특한 자식이 사랑스러운 듯 아영은 무의 손을 잡고 말을 이었다.

"그렇게 군영의 장졸이란 서로 정교하게 얽혀 있는 법이다. 한데 이 장수가 사라지면 병졸은 누구에게 명을 받아 움직이느냐?"

"아!"

"그래. 작은 장수를 쓰러뜨리면 열 명의 병졸을 흩는 것이고, 큰 장수를 쓰러뜨리면 백 명의 병졸을 흩는 것이다. 그러니 수장을 쓰러뜨리면 천 명의 병졸 모두를 잡는 것과도 같은 이치란다."

"어머님의 가르침에 감사드립니다."

"무야."

"예, 어머니."

"어미 된 마음이란 것이 네가 다른 이야기를 하고 싶음을 알려주는구나."

아영은 어려서부터 응석 한 번 부린 적 없는 둘째 아들을 보며 가슴이 아려오는 것을 느꼈다. 자신의 지모와 을불의 성실함을 함께 갖고 태어난 아들. 어린 나이에도 가슴속의 말을 애써 눌러 참는 것이 틀림없는 영웅의 재목이었다. 곧 아영은 복잡한 마음을 정리하듯 눈을 한 번 감았다 떴다. 그리고 무에게 바짝 다가앉으며 물었다.

"제례 의식 중에 정효에게 사적인 이야기를 하더구나. 그리도 그 아이가 좋으냐?"

무는 눈에 띄게 얼굴을 붉혔다.

"송구합니다."

"말해보거라. 무슨 대화를 나누었느냐?"

망설이던 무는 몇 번 아영의 재촉을 듣고 나서야 작은 목소리로 답했다.

"혼인을 약조해 달라 하였습니다."

"그래, 정효는 어찌 대답하더냐?"

그러나 무는 끝내 고개를 저으며 입을 다물었다. 아영은 이에 더는 조르지 않고 아들을 다정한 목소리로 불렀다.

"무야."

"예, 어머님."

"이제 곧 대방과 현도 원정을 한다 하니 전장에서 꼭 아달휼 대장군의 눈에 들도록 하여라. 그래야 네게 정효를 주지 않겠느냐."

"이만 물러가 보겠습니다, 어머님."

"그래, 이미 밤이 깊었구나."

"예."

"오늘의 일은 생각지 말거라."

무는 속삭이듯 작게 던져진 그녀의 말을 듣지 못한 듯 조용히 방을 나섰다. 곧 문을 닫고 걸음을 옮기려던 무는 잠시 망설이다가 제자리에 섰다.

"어머님."

문을 등 뒤에 둔 채 무는 아영을 작게 불렀다.

"제가 정효에게 한 말, 그대로 말씀드려도 되겠습니까?"

"고맙구나."

"저는 정효를……."

무의 목소리가 잦아들었다.

"태자비로 맞이할 것이라 하였습니다."

천하의 여걸로 평생을 살아온 아영이건만 그 말에는 동요를 금할 수 없었다. 닫힌 문에 흔들리는 시선을 고정시킨 채 그녀는 아무 답도 하지 못했다. 다만 온갖 감정이 복잡하게 얽혀드는 가운데 안타까운 마음을 추스르며 한마디를 던졌다.

"내가 아는 정효는…… 욕심이 없는 아이란다."

"하지만 말할 수 없는 것을 말해버렸습니다. 정효를 잃을 듯합니다."

"내가 얘기하마. 모두 네가 태자가 될 것으로 알았기 때문에 네게 잘못은 없다."

"경솔하였습니다. 그리고 그런 말은…… 물릴 수 없는 것입니다."

흘러든 바람 한 점 없건만 얇은 문은 미미하게 떨렸다. 무의등이 떨린 것인지 아영의 시선이 떨린 것인지 혹은 둘 모두인지 모를 일이었다. 두 모자에게 고구려 태자 책봉의 날은 그렇게 저물었고 이후로 이날의 이야기는 다시 오가는 법이 없었다.

태자는 사유로 정해졌고 문무백관 누구도 을불의 뜻을 거스르지 못했다. 조정에서는 이후로도 암암리에 이 일에 대한 불만이 오가곤 했으나 한 달 어름이 지나고부터는 그마저 드물어 사유의 이름이 고구려 태자로 불리는 것이 어색하지 않을 정도가 되어있었다.

그리고 미천왕 15년 가을, 을불은 낙랑도독 아달휼을 불러

들여 한사군으로의 마지막 원정을 명했다. 수백 년 전의 패배가 남겼던 수치와 오욕의 상징, 그 역사의 종지부를 찍기 위한 마지막 발걸음이었다. 출진을 앞두고 사열한 용맹하고 늠름한 고구려 장졸들의 한가운데에 무 또한 그 모습을 드러내고 있었다.

"가라! 가서 너희가 그 땅의 주인임을 온전히 밝혀라. 향후 천 년간 고구려의 씨앗이 대륙을 온통 뒤덮게 하여라!"

을불의 훈시와 함께 고구려 군사는 서쪽을 향해 발걸음을 내디뎠다. 두 나라의 운명을 가른 낙랑대전, 그로부터 꼭 한 해가 지나서였다.

왕자의 슬픔

　낙랑 축출 이듬해 최후의 한사군 현도.

　낙랑대전으로부터 불과 한 해 뒤에 일어난 전쟁이었지만 그 판도는 너무나 달라져 있었다. 전쟁은 짧았고, 또 일방적이었다. 아달휼이 이끄는 고구려 군사는 지나치게 강했고, 진의 군사는 지나치게 허약했다. 과거 최비의 낙랑에서 이름을 날렸던 진 장수의 태반은 이미 죽거나 떠난 지 오래였다. 문호, 안저, 배무 같은 오랜 명장들은 낙랑대전에서 이미 명을 달리했고, 유주자사 왕준은 지난해 석륵과의 싸움 도중 전사했으며, 장통, 방정균 같은 인물들은 몰락을 눈앞에 둔 진을 떠나 모용외에게 가담했다. 유일하게 남아 현도를 지키고 있는 인물은 최비가 후계자로 지목했던 손정뿐이었다.

　"고구려군이 새까맣게 몰려옵니다! 흉수 아달휼이 선두에 보입니다."

　진의 군사는 이미 사기가 가라앉을 대로 가라앉은지라 전령부터 부장까지 모두가 겁에 질려 있었고 수많은 장수와 병졸들이 떠나버린 현도성의 군영은 더 이상 움츠릴 수 없을 정도로 움츠려있었다. 앞서 대방현을 빼앗은 기세를 몰아 파죽지세로 쳐들어온 고구려군을 맞아 손정은 다섯 번을 싸웠으나 다섯 번을 모두 패했다. 군사의 대부분을 잃고 영토마저 거의 다 잃은 지금 또다시 대군이 몰려들었다는 소식을 듣자 손정은 반쯤 부서진 현도성의 성벽에 올라 최비의 마지막 말을 떠올렸다.

'너는 문호의 무(武)와 나의 문(文)을 함께 이어받았으니 반드시 역사에 이름을 남기리라.'

손정은 쓸쓸히 고개를 저었다.

"그러나 스승님, 제게 너무도 적은 것을 남겨주셨습니다."

최비를 부르는 그의 목소리에는 원망이 가득 묻어났다.

"승리할 길은 애초에 없었습니다."

손정은 눈을 돌려 마지막 싸움을 기다리는 군사들의 얼굴을 살폈다. 그간의 싸움으로 부상병이 수천에 이르고 사망자는 그 갑절이었다. 하나같이 죽음의 공포만을 얼굴에 떠올린 채 싸울 의지를 이미 상실해 있었다. 그나마 창과 방패를 들 수 있는 자들은 필사의 배수진을 준비하고 있었으나 손정은 고개를 가로저었다. 적장은 그토록 강성하던 낙랑군의 방진을 뚫고 고금 제일의 명장이라 불리던 그의 스승을 쓰러뜨린 아달휼이었다. 한스러운 얼굴로 아달휼의 높이 솟은 깃발을 바라보던 손정은 이내 깊고 깊은 한숨을 흘려냈다.

"건업으로 가자."

손정과 오천여 패잔병이 밤을 틈타 현도성을 버리고 낭야왕 사마예가 있는 건업으로 향하니 이튿날 비어버린 현도성의 성루에는 고구려군의 깃발만이 가득 휘날렸다. 낙랑대전이 있은 지 불과 한 해 만이었다. 대방과 현도 또한 작은 영토가 아니었음에도 그렇게나 쉽게 무너진 것은 낙랑대전 이후 그 힘을 대거 잃은 진이 겪어야만 하는 숙명이었다.

수백 년간의 숙적 한사군은 현도성의 함락을 끝으로 마침내 소멸하여 역사 속으로 자취를 감추었다. 평양성 안에는 역사적 사명을 완수하고 돌아오는 고구려 장졸들을 맞이하기 위해 그 어느 때보다 웅장하고 거대한 개선단이 설치되었고 이로부터 성문에 이르기까지 십수 리에 걸쳐 기나긴 행렬을 만든 대소 신료 및 만백성은 개선군이 밟을 길에 향긋한 술을 뿌리고 형형색색의 비단꽃을 뿌렸다. 높은 조정의 관료도 남의 집 머슴살이를 하는 이도 너 나 할 것 없이 북과 꽹과리를 쳐대며 서로 얼싸안고 날뛰었다. 수백 년간 고구려의 어깨에 메여 있던 패배와 속박, 그 멍에의 무게를 말해주듯 환영 인파가 그리는 물결은 참으로 높고 길었다. 곧 평양성 성벽을 울릴 듯 커다란 환호성이 터져 나왔다. 바로 이번 원정의 주역 개선장군 아달휼의 모습이 열린 성문으로 드러난 순간이었다.

"고구려 만세!"

"태왕 폐하 만세!"

"아달훌 대장군 만세!"

아달훌은 덤덤한 얼굴로 이들의 환영에 고개를 숙여 답했다. 그러나 그의 바로 뒤를 이어 모습을 드러낸 소년, 아직 어린 왕자 무는 심장이 터질 것만 같은 감격을 느끼며 양팔을 있는 힘껏 들어 이들의 환호에 답했다. 태자위에서 멀어지고 원정군에 합류하여 도망치듯 평양성을 떠난 그였다. 그간의 위험과 고생이 한꺼번에 복받쳐 올랐다. 한껏 손을 흔들던 그는 이윽고 손을 품에 넣어 무언가를 꺼내 들었다. 행여 놓치기라도 할세라 조심스레 손에 든 그 물건은 작은 목패였다. 목패는 그를 아련한 기억으로 이끌었다.

출정의 날 새벽부터 궁궐을 벗어난 무가 향한 곳은 원정군의 총수인 아달훌의 저택이었다. 아달훌의 부장으로 참전한 터라 출병의 관례에 따라 상장(上將)이 타고 나갈 말을 점검하기 위함이었다. 아달훌의 마구간으로 가던 무는 장원 앞에서 고개를 푹 숙인 소녀를 발견하고는 걸음을 멈추었다.

"무 왕자님."

맑고 깨끗한 얼굴의 소녀는 조심스레 무를 불렀다.

아달정효. 동맹제에서 무와 함께 음양무를 추던 바로 그 소녀였다. 무는 그녀의 모습에 당황해하면서도 나직한 목소리를 내어 답했다.

"정효."

오만 가지 하고 싶은 말을 가슴에 품었건만 두 사람은 서로의 이름만을 한 번 불렀을 뿐 별다른 말을 하지 못했다. 그렇게 아까운 시간을 한참 흘려보내다 다른 장수들의 기척이 들려오고서야 정효는 품에서 작은 패를 꺼내어 무에게 내밀었다.

"어머니가 아버지께 드린다며 밤새 만들기에 따라 해보았어요."

패를 받아 들며 손끝이 맞닿자 무는 저도 모르게 몸을 움찔거렸다. 놀라움과 당혹감을 감추기라도 하듯 그는 다소 딱딱한 몸짓으로 이를 받아 들었다.

"나는 태자가……."

"받아주셔서 고마워요."

짧은 만남이 끝나고 이내 정효는 몸을 돌려 안으로 사라졌다. 그 모습을 담담히 바라보고 있던 무는 그녀의 모습이 완전히 사라지고서야 받아두었던 패를 찬찬히 눈에 담았다. 입술을 깨물며 금방이라도 터져 나올 듯한 환호를 참아내는 것이 이때만은 영락없는 소년의 모습이었다.

"정효, 고맙다. 언제까지나 간직하겠다."

관례에 따라 이후의 일들을 행한 무는 이제 출진을 떠나기에 앞서 을불과 아영 그리고 스승인 여노를 찾아가 차례로 인사를 올렸다. 마지막으로 그가 향한 곳은 태자궁이었다. 아직 침상의 이불을 걷지 않았던 사유는 무를 보고 반갑게 일어섰으나 곧 잔뜩 걱정이 담긴 목소리로 중얼거리듯 말했다.

"출정식에서 보려 했더니 바쁜 네가 찾아오게 했구나, 무야. 꼭 몸을 다치지 말아야 해."

"심려치 마십시오."

"미안하다. 내가 가야 하는 전장인데."

"오래전부터 제가 원해서 가는 길입니다. 형님의 가장 좋은 장수가 되도록 큰 경험을 쌓고 오겠습니다."

"태자는 네가 되었어야 하는데……."

"다시는 그런 말씀 마십시오. 어느 자리에서건 함께 고구려를 지켜나가면 되지 않겠습니까."

여느 때보다 유난히 밝고 씩씩한 무의 얼굴을 보며 사유는 무어라 답할 말을 찾지 못한 듯 동생의 양손을 꼭 잡을 뿐이었다. 무가 그런 사유에게 고개를 깊이 숙여 인사하고 물러나려는데 사유가 문득 그를 불렀다.

"무야."

"예, 형님."

"그 목패는……."

사유는 무의 품에서 살짝 내비친 목패를 가리켰다. 무가 겸연쩍은 웃음을 지으며 답하려는데 사유가 먼저 말을 이었다.

"어머니께서 주신 것이구나."

"……예."

"그래, 어머니가 걱정이 제일 많으시겠다. 어머니를 위해서라도 털끝 하나라도 다치면 안 돼."

어딘지 모르게 더욱 힘없는 목소리로 말하는 사유였다. 무는 그런 사유에게 다시 한번 고개를 숙이고 물러났다.

"허어, 그 패는 누가 준 것입니까?"

개선단 앞에 도착한 후 바로 옆에 자리한 평강이 속삭이듯 물었다. 낙랑의 동현성에서 합류한 이후 평강은 지혜와 용맹을 인정받아 일약 군사(軍師)가 되었고, 이번 원정길에는 어린 왕자를 가까이서 보좌하도록 명 받은 터였다. 둘은 전장에서 정이 들어 이즈음에는 스스럼없는 사이가 되어있었다. 무는 서둘러 패를 품에 숨기며 둘러대었다.

"패라니?"

"방금 왕자님이 품에 숨긴 패 말입니다. 네모난 오동나무에 황색 수술과 은장식이 달린, 정인(情人)끼리 주고받기 딱 좋은 그것 말입니다."

무는 대답할 말을 찾지 못한 채 얼굴을 붉혔다. 이를 보고 젊은 군사 평강은 빙글거리며 웃었다.

"밤마다 그 패를 꺼내 품에 안고 자는 걸 봤습니다. 누가 그 패를 주었을까 궁금했지요. 처음에는 왕후께서 주셨을 거라 생각했는데 어느 날 혼자 그 패를 보면서 낮게 이름을 흘려내는 바람에 엿듣고 말았어요."

"평강은 더 이상 말을 말라."

무가 짐짓 목소리를 높이는데도 평강은 여전히 빙글거렸다. 이때였다. 목이 터져라 우렁찬 목소리가 들려왔다.

"개선장군 납시오!"

무가 고개를 드니 개선장군 아달휼이 천천히 돌계단을 걸어 오르고 있었다. 대장군이라는 신분에도 불구하고 전장의 흙먼지가 그대로 떨어져 내릴 것만 같은 낡고 해진 전포 자락, 아무렇게나 헝클어진 머리칼이 과연 야전에서 쌓아 올린 명성을 웅변하는 듯했다.

"폐하!"

개선단 위에 올라선 아달휼은 한쪽 무릎을 꿇으며 그의 앞에 선 주군 을불을 향해 고개를 깊이 숙였다.

"한사군을 향한 원정은 오늘로 끝이 났습니다. 이제는 천하 정벌의 꿈을 꾸소서."

"고금을 통해 그 누구의 승전보가 이토록 오만하였던가!"

을불의 준엄한 음성이 아달휼의 머리 위로 떨어졌다.

"또한 그 누구의 기개가 이토록 높았던가!"

손을 내밀어 아달휼을 잡아 일으키며 을불은 더욱 엄숙한 목소리로 선언했다.

"고구려의 장수 된 이는 모두가 여기 이 아달휼을 본받아야 할 것이다. 이에 나는 모달(模達), 특히 대모달이라는 직위를 새로이 만들어 아달휼을 모든 장수들의 으뜸으로 삼고자 한다. 또한 숙신과 고구려의 법도와 풍습이 하나가 되기를 바라는 마음에 화도(和度)라는 이름과 아불(阿佛)이라는 성을 새로이 내리노라. 하여 앞으로는 대모달 아불화도라 불릴 것이다!"

모달. 본뜨고 목적하라는 뜻을 담은 그 말은 이때부터 고구려 최고의 무관직을 가리키는 단어가 되었다. 그 위(位)는 태왕의 바로 아래로 관등과 관계없이 군권의 총책임자를 가리키니 상가(相加)와 위를 같이하는 최고위 관직이 새로이 생겨난 것이었다.

더욱이 그 주인공인 아달휼은 숙신의 족장이었고, 비로소 숙신이 고구려에 완전히 동화되었음을 상징하는 터라 더욱 뜻하는 바가 컸다. 이에 모여들었던 온 숙신인들이 눈물을 흘리며 지난 세월의 차별과 설움을 깨끗이 흘려보내니 그 함성 소리란 평양성을 송두리째 뒤흔드는 것만 같았다.

을불의 칭송은 아달휼, 아니 아불화도의 세세한 과거 공적에까지 이어졌다. 그런 가운데 가장 앞자리에서 이 광경을 지켜보던 무는 평강이 단 위로 눈길을 주고 있는 사이에 품속을 가만히 더듬어 다시금 목패를 꺼내 들었다. 조심스레 두 손으로 이를 보듬는 그에게 이미 주위의 떠들썩한 환호는 일체 들리지 않았다. 무는 낮게 속삭였다. 이제는 전장을 넘은 청년의 목소리였다.

"나 또한 작지 않은 공을 세웠다, 정효."

계속 이어지는 함성 사이로 두 여인이 개선단 위를 오르는 모습이 보였다. 아영이 앞서 을불의 곁에 서고 또 한 여인 명림선빈이 아불화도의 곁에 섰다. 무는 눈을 들어 개선단 위의 아영을 바라보았으나 아영은 그를 발견하지 못한 듯 다른 곳을 향하고 있었다. 그 모습이 어딘지 쓸쓸하고 허망해 보여 무가 한참 눈을 떼지 못하고 그녀의 얼굴을 살피는데 을불의 목소리가 다시금 울려 퍼졌다.

"아불화도! 나는 그대와의 인연이 군신의 것만으로 끝나기를 바라지 않는다. 그것은 고구려와 숙신 또한 마찬가지. 이제 나는 그대와 혈연을 맺고자 한다."

태대형 명림중수가 앞으로 나섰다.

"대모달의 여식인 아불정효가 마침 나이가 맞아 왕실과 혼례를 치를 것을 약조하였으니 오늘 개선일을 맞아 천하에 공표합니다."

순간 무의 심장이 터질 듯 쿵쾅거리기 시작했다. 정효와 나누었던 이야기를 들으며 자신을 달래주던 어머니의 모습, 그리고 동맹제에서 함께 음양무를 추던 정효의 수줍은 모습이 겹쳐지며 그를 더없는 환희에 차오르게 했다. 태자비를 들먹였지만 정효가 함께해 준다면 자신은 태자가 아니어도 좋았다. 기를 쓰고 군공을 세운 것 또한 그녀의 아버지인 아불화도를 의식한 것이 컸다. 무는 뛰는 심장을 진정하려는 듯 가슴 가득히 숨을 들이켰다. 이제 곧 자신은 앞으로 불려 나가야 할 것이었다. 무는 손에 쥔 목패에 마지막 눈길을 준 후 품속에 집어넣었다. 이름이 불리면 바로 뛰어나가려 잔뜩 기다리고 있는 무의 눈에 매우 낯익은 두 사람의 모습이 들어왔다. 조용히 개선단을 올라와 명림선빈의 옆에 다가와 선 정효. 그리고 고개를 푹 숙인 채 머뭇거리며 아영의 곁에 선 사유.

순간 무는 그 자리에서 굳어버렸다.

"고구려와 숙신이 앞으로 천 년을 이어가듯 태자 사유와 정효의 인연 또한 영원히 이어질 것이다."

을불의 말이 무의 고막 속에서 수십 수백 번을 메아리치며 맴돌았다. 무의 뿌옇게 흐려진 시야에 사유와 정효가 마주 보고 서서 고개를 숙이는 모습이 들어왔다. 무는 눈에 힘을 잔뜩 주며 눈물이 생기지 않도록 안간힘을 썼다.

"왕자님!"

평강이 어찌할 바를 모른 채 쳐다보는 가운데 무는 자리에서 일어섰다. 그러고는 천천히 팔을 들어 가장 큰 목소리로 가장 먼저 외쳤다.

"고사유 태자 전하 만세!"

"아불정효 태자비 만세!"

곧이어 무의 외침을 따르는 군중의 함성 소리가 울려 퍼졌다.

"태자 전하 만세!"

"태자비 만세!"

그것이 평양성에서 무가 보여준 마지막 모습이었다. 을불의 논공행상이 차츰 아래로 이어져 그의 이름을 불렀을 때에도, 언제나처럼 여노가 연무장에서 그를 기다리고 있을 때에도, 사유와 정효가 어깨를 나란히 하고 거리를 지나칠 적에도 무는 모습을 비치지 않았다. 고구려 왕실의 홍복이라던 천고의 기재 무는 그렇게 자취를 감추었다.

을불의 이유

　무가 사라진 사실을 안 고구려 조정은 백성들이 알지 못하도록 함구하는 한편 사람을 풀어 무의 흔적을 샅샅이 찾았다. 하지만 무는 어디에서도 찾아지지 않았고 고구려 조정의 근심은 깊어만 갔다. 을불은 내색하지 않았지만 아영은 달랐다. 왕실의 안정을 위해 정효와 사유가 맺어져야 함을 누구보다도 잘 아는 그녀였지만 무의 마음을 가장 잘 알고 있던 사람 또한 그녀였다. 무가 사라진 후 그녀는 결국 몸져눕고 말았다. 침식을 끊고 굳은 얼굴로 한참 허공을 바라보기만 하던 그녀가 어느 날 아침 갑자기 일어나 찾은 곳은 사유의 거처인 태자궁이었다.

　"어머니, 병환은 괜찮으신지요. 저를 부르시지 않고서……."

　사유는 공손히 고개를 숙이며 아영을 걱정스러운 얼굴로 바라보았다. 그러나 아영은 냉랭한 표정으로 고개를 한 번 끄덕일 뿐이었다.

　"괜찮다."

　손을 들어 시종들을 물린 아영은 사유와 단둘이 마주 앉았다.

"동생이 사라져 가슴이 아프진 않으냐?"

"저 때문이라고 생각되어 잠을 이루지 못하고 있습니다."

"그리 생각하느냐?"

"많은 사람들이 무를 태자로……."

"태자?"

언제나 동생만을 아끼던 어머니. 그 어머니의 차가운 얼굴은 분명 자신에게 책임을 물어오고 있었다. 사유의 고개는 조금씩 떨어졌다.

"네가 태자가 되었다고 그 아이가 슬퍼하였더냐?"

"그렇지 않았습니다. 오히려 저를 독려하였습니다."

"그런데 왜 너 때문이라 생각하느냐?"

"……."

사유는 말을 잇지 못했다. 그런 사유에게 아영은 재차 물었다.

"네가 무언가 짐작하는 것이 있기에 너 때문에 동생이 사라졌다고 생각하는 게 아니겠느냐."

"그것은……."

"말하거라."

한참 대답을 못하고 고개만 숙이고 있던 사유는 마침내 결심한 듯 아영에게 물음을 던졌다.

"어머니, 혹시 무에게 목패를 주신 적이 있으십니까?"

"목패? 무슨 목패 말이냐? 나는 준 적이 없다."

아영이 고개를 가로젓자 사유는 작은 신음을 터트렸다. 무릎 위에 놓였던 사유의 손이 자신의 옷자락을 움켜잡았다.

"전장에 나갈 때 무는 목패를 가지고 있었습니다. 어머니께서 주신 거라고 하더군요."

"그래, 너는 그게 누구의 것이라 생각하느냐?"

사유에게 질문을 던지는 아영의 얼굴은 딱딱하게만 굳어있었다. 가뜩이나 어두운 얼굴에 더욱 짙은 수심이 서리더니 사유는 한참이나 후에 기어들어 가는 목소리를 간신히 꺼내어 말을 이었다.

"아버님께 일을 원래대로 돌려놓으시도록 말하겠습니다."

"원래대로?"

"태자…… 그리고 혼인도 말입니다."

"그것이 되겠느냐? 한 나라의 태자위를, 그리고 혼인을 멋대로 되돌리겠다고? 네가 정녕 생각을 하고 말하는 것이냐?"

어머니의 날카로운 목소리가 사유의 마음을 아프게 파고들었다. 더욱 어쩔 줄을 모르던 사유는 결국 눈물 한 방울을 떨어트리며 작게 중얼거렸다.

"떠나겠습니다."

"떠난다고?"

"무가 떠난 것은 죄 될 이유가 없지만 태자인 제가 떠나면 그것은 큰 죄입니다. 폐태자의 이유가 되고도 남을 일입니다."

"그것은 옳지 않다."

고개를 저었으나 아영의 목소리에 온기라고는 찾아볼 수가 없었다. 그 한마디를 던지고 아영은 사유에게서 등을 돌렸다.

그리고 다음 날, 기마 수련을 핑계로 궁을 나섰던 사유는 돌아오지 않았다.

그러나 사유는 무와 달랐다. 사라짐과 동시에 어디서도 행적을 찾을 수 없었던 무와 달리 사유는 채 수십 리도 가지 못하여 탐색에 나선 장수들에게 발각되고 말았다. 한 초가에서 짚 더미에 몸을 숨긴 채 추위에 떨던 사유는 고열에 시달리며 궁성으로 옮겨졌다.

을불의 분노 또한 무가 잠적했던 때와는 크기가 달랐다. 사유에게 한없이 자상하기만 한 아버지였던 을불은 칼집을 벗겨 내팽개치며 사유를 노려보았다.

"궁을 떠난 이유가 무엇이냐?"

"……"

"무슨 까닭이냐니까!"

"……"

"말하지 않는다면 너를 폐할 수밖에 없다. 어서 말하라."

"그렇게 하십시오. 소자는 죽어 마땅한 죄를 지었습니다."

"무어라?"

을불은 갑자기 물음을 멈추었다. 무슨 생각을 하는지 잠시 다른 곳을 노려보던 그는 이내 사유에게 눈길을 다시 던지며 더욱 크게 외쳤다.

"끝까지 말을 않으니 내 너의 목숨을 거두고 말리라!"

"……."

"이제 마지막으로 묻겠다. 말하라. 누군가 네게 궁을 떠나라 하기라도 했느냐?"

"그것은 소자 혼자의 결정이었습니다."

"이놈이! 아비를 능멸하려 들다니!"

을불은 칼을 높이 들었다. 워낙 갑작스러운 일이라 말릴 사람도 없었다. 을불의 칼은 쉬익 소리를 내며 사유의 목을 향해 떨어져 갔다.

"아악!"

사정없이 내리쳐진 칼이 사유의 목에 닿으려는 찰나 외마디 비명이 울려 퍼졌다. 그러나 비명의 주인은 사유가 아니었다. 그리고 그 목소리는 이내 평정을 되찾으며 다음 말을 이었다.

"이미 제 소행임을 알면서 이러실 필요까지는 없지 않으십니까?"

아영이었다. 그녀는 천천히 걸어왔다. 그리고 을불의 앞에 서서 또렷이 그를 노려보았다.

"태왕께서 어미 된 마음을 이용하십니까."

"무슨 말씀이시오. 왕후가 태자에게 떠나라고 시키기라도 했다는 말이오?"

"알고 계시지 않습니까."

을불은 아영에게 눈길조차 주지 않은 채 냉담한 목소리를 뱉어냈다.

"왜 그랬소?"

"진정 모른다는 말씀이십니까? 끝까지 그 아이를 외면하시는 겁니까?"

"내가 무에게 태자위를 주지 않았기에 왕후가 태자를 내보낸 것이오?"

"태자위만이 아닙니다. 그 아이는 정효와 서로 마음을 주고받는 사이였습니다."

"정효와 혼인하는 사람이 태자라고 주장하던 것은 바로 왕후였소. 그러니 왕후의 머릿속에 사유란 없었던 거요. 형인 사유는 애초부터 없는 아이였고 동생인 무만 있었던 거요."

"맞습니다. 제게는 무가 태자가 된다는 생각밖에 없었어요. 말씀해 보시지요. 어째서 사유인 것이죠? 왜 무가 아니라 사유란 말이지요?"

아영은 비명을 지르듯 을불에게 대들었다. 을불은 고개를 저었다.

"왕후는 그 이유를 이해할 수 없소."

"제가 이해 못 한다고요? 조정의 문무백관도, 이 나라의 온 백성도 무가 태자가 되어야 한다고 부르짖었는데 그게 태왕의 눈에는 안 보였단 말입니까? 이 세상 아무도 이해 못 하고 오직 태왕만이 이해할 수 있는 일이었습니까? 태자 책봉이."

아영은 무섭게 달려들었다. 을불도 아영도 평생 이런 모습을 보인 적이 없었다. 사유는 두렵고 놀라 고개를 숙인 채 한쪽 구석에서 어쩔 줄을 몰라 하고 있었다.

"태자는 그만 처소로 돌아가 쉬어라!"

곧이어 을불은 불같은 목소리로 내관에게 명했다.

"대소 신료를 모두 정전으로 부르라. 왕후도 나오시오!"

을불의 눈길이 긴장된 모습으로 도열한 신료들을 지나쳐 아영의 얼굴에 머물렀다. 한참이나 그녀의 얼굴에 시선을 꽂고 있던 을불이 이윽고 누구도 거역할 수 없는 목소리로 입을 열었다.

"나는 금후로 왕후를 북전(北殿)에 유폐하노라!"

짤막했지만 청천벽력 같은 이 말에 놀라지 않는 신료가 없었다. 이는 아영 역시 마찬가지였다. 침묵의 시간이 얼마간 지난 후에 태대형 명림중수가 한 걸음 앞으로 나섰다.

"태왕께서는 영을 거두어주옵소서!"

그러자 모든 신료가 앞으로 한 걸음 나서며 동시에 외쳤다.

"영을 거두소서!"

그러나 굳게 닫힌 입을 열지 않은 채 을불은 몸을 일으켰다. 그 순간 아영의 날카로운 음성이 정전을 울렸다.

"말하고 가세요. 어째서 모두가 원하는 무가 아니고 사유가 태자인지를! 만약 태왕께 합당한 이유가 있다면 저는 받아들이겠어요. 그러나 태왕께서 단순히 사유를 편애하여 태자로 책봉했다면 저는 유폐를 받아들이지 않겠어요. 아니, 저의 유폐가 문제가 아니라 금후로는 고구려 조정의 어떤 신하도 태왕을 따르기 힘들 것이에요."

매서운 거역의 말이자 모반의 씨앗이 될 수 있는 위험한 말이었다. 하지만 모든 신하의 지지를 받는 말이기도 했다. 왕후의 유폐는 결국 태자 책봉으로 말미암아 일어난 것이었고 태자 책봉에 대한 고구려 조정의 견해는 아영과 같이 진작부터 무로 일치되어 있었던 것이다.

"영을 거두소서!"

좀 전과는 비교도 되지 않게 커진 신료들의 목소리가 정전에 가득 찼지만 을불은 돌아보지 않고 그냥 걸음을 떼어놓았다.

"그냥 가시는 것입니까!"

다시 한번 아영이 외치자 을불은 걸음을 멈추었다.

"못 가십니다. 우리 고구려는 그간 군이 장자 세습을 지켜오지는 않은 터. 가까이는 고국천태왕과 서천태왕을 보더라도 차자(次子)가 재능을 보이면 왕위를 잇게 했습니다."

을불은 제자리에 우뚝 섰다.

"왕실에 장자 승계의 기틀을 다지려 함이었다면 그 판단은 너무도 때에 맞지 않는 것입니다. 농사를 지을 씨앗은 비가 오지 않을 때 뿌리는 법이며, 소와 돼지를 치는 것은 맹수를 막을 울타리를 세운 이후입니다. 지금 모용부가 강해지다 못해 터져나갈 지경인데 영특하고 용맹하여 온 백성의 추앙을 받는 무 대신 천하에 유약한 사유에게 태자위를 주신 것은 오판을 넘어 망국의 실수라 아니할 수 없습니다. 다람쥐가 재주를 넘는데도 이유가 있고 닭이 홰를 치는데도 이유가 있는 법입니다. 이제 그 이유를 말씀하셔야만 합니다."

을불은 눈을 감았다. 그리고 긴 침묵 끝에 눈을 뜬 을불의 입에서 흘러나온 이야기는 다소 엉뚱한 것이었다.

"나 스스로의 다짐이오, 사유를 태자로 세운 것은. 그리고 고구려 백성과의 약속이기도 하오."

"고구려 백성과의 약속이라고요? 그건 오만이십니다. 백성들은 강하고 명민한 무를 태자로 기대하고 있었습니다. 지금이라도……."

을불이 아영의 말을 잘랐다.

"왕후, 그리고 제신들은 일전에 내가 좌물촌을 방문했던 걸

기억하시오?"

당시 수행했던 녹번이 나섰다.

"물론입니다."

"그전까지 나는 여러분과 같이 무를 태자로 세우리라 생각하고 있었소. 내 스스로도 사유보다는 무가 나를 더 닮았다고 생각하고 있으니 무에 대한 애정이 사유보다 못한 것도 아니오."

정전에는 깊은 침묵이 흘러 바늘 떨어지는 소리까지 들릴 지경이었다. 드디어 모두가 궁금해하던 태자 책봉의 비밀이 풀리는 순간이었다.

"물론 무는 사유보다 총명하고 용맹하오. 비교가 되지 않을 정도이지. 어떻게 보면 사유는 나약하고 몸도 허약하며 의지도 굳지 못하오. 그러니 주변의 적과 끊임없는 긴장 관계에 있는 우리 고구려의 왕으로서는 적절치 못한 것도 사실이오."

"그리 생각하셨는데 어찌 이런 결과를 낳으셨단 말입니까?"

아영의 목소리는 더욱 날카로워졌다.

"하지만 임금이 되어야만 볼 수 있는 게 있소. 나는 그 문제로 한평생 고뇌해 왔기에 태자 책봉을 미루고 미루며 생각을 거듭해 왔던 거요. 그러던 중 좌물촌을 가게 되었소."

을불의 회상이 그의 입으로 흘러나왔다.

"폐하, 좌물촌이라는 곳을 아십니까?"

어느 날 조회가 파한 직후 창조리가 을불에게 물었다.

"좌물촌이라? 어디서 들어본 것 같은데. 아, 거기는 양우 장군의 고향이 아니오?"

"예, 작은 고을이라 양우 장군을 그렇게도 자랑스레 여겼다 합니다. 생전에는 그를 쫓아 온 고을의 장정이 전장에 나섰고 그들 중 싸움에서 뒤로 빠진 병사는 단 한 사람도 없었다 합니다."

"용맹하기가 한마음인 마을이구려."

"예로부터 북방의 절노부에서는 좌물촌 출신이라 하면 내력도 보지 않고 장수로 삼는다 합니다. 명신 을파소의 고향이기도 한데 터가 좋은지 그 땅에서 나는 이들은 하나같이 올곧고 용맹하다 하더이다."

"오호!"

"시간을 내어 한 번쯤 돌아보심이 어떠하올는지요. 우리 고구려의 자랑인 데다 앞으로도 이 땅의 미래를 짊어질 젊은이들이 날 땅이 아니겠습니까."

"알겠소. 그러잖아도 왕자들과 지방을 좀 둘러보아야겠다고 여기던 참인데 그런 자랑스러운 마을부터 가면 기분이 아주 좋아지겠군. 내 두 왕자를 데리고 다녀오리다. 국상께서 그곳에 맞는 선물을 준비해 주시오."

"잘 알겠습니다."

을불은 채비를 차렸다. 두 왕자와 선물을 가득 실은 수레들을 대동하고 평양성을 나서는 을불의 표정은 밝기만 했다.

"자, 왕자들아. 오랜만에 시원하게 말을 달려보려무나!"

곧 평양성 성문을 세 필의 말이 바람을 일으키며 달려나가는데 불과 열세 살의 무가 을불과 여노와 견주어 손색이 없이 앞서거니 뒤서거니 말을 달리는 모습에 수행하던 장수들이 모두 감탄했다.

"무 왕자는 태왕 폐하를 쏙 빼닮았구나."

그런 무의 모습과는 정반대로 사유는 말에서 떨어질까 조심하며 뒤에 처져 있었다.

을불 일행이 짐수레를 뒤로하고 좌물촌에 이른 것은 하루가 거의 저물어갈 즈음이었다. 평복을 하여 이들을 알아보는 이가 없는 가운데 마을 어귀에서 가장 먼저 눈에 들어온 것은 양우의 위령비가 있는 작은 사당이었다. 유해는 따로 좌원에 안치했지만 양우를 비롯한 전사자들의 영혼을 함께 기리며 제사를 지내기 위한 곳이었다. 사당에 들어 이들을 위로하는 말을 짧게 남긴 을불은 두 아들을 돌아보며 한마디를 던졌다.

"이들이 고구려의 영광을 이끌어낸 용사들이니라. 성심으로 명복을 빌거라."

이미 날은 어두워져 있었다. 숙소로 여노와 왕자들을 먼저 돌려보낸 을불은 근처의 바위에 걸터앉아 양우의 위령비에 다시 시선을 던져두었다. 저가의 집에서 처음 만난 그날부터 낙안평에 피를 흩뿌리며 죽어간 날까지 한 번도 물러섬이 없이 앞장서서 을불의 앞길을 지켜온 그였다. 을불은 속으로 몇 번이고 그를 그리며 애도했다.

그러던 중에 한 젊은이가 위령비로 다가왔다. 한참 그가 전사자들을 향해 술을 따르며 인사를 하고 있을 때 다른 젊은이 하나가 더 이곳을 찾았다. 그러자 이상한 광경이 벌어졌다. 먼저 온 젊은이가 하던 행동을 서둘러 마치더니 이내 사라지고 새로 온 젊은이는 몸을 숨겼다가 먼저의 젊은이가 돌아간 후에야 모습을 드러내는 것이었다. 관심 있게 이를 쳐다보던 을불은 나중의 젊은이가 조문을 마치자 그를 불러 세웠다.

"이보시오."

"무슨 일이신지요?"

젊은이는 정중하게 답해왔다.

"내 방금 보니 두 분이 서로 마주치기를 꺼리던데, 같은 마을 사람이 아니요?"

"예, 맞습니다. 함께 낙랑의 전장에도 나섰던 친구입니다."

"친구라? 그런데 왜 서로를 피하는 것이오?"

"……."

"말하기 어렵소?"

머뭇거리던 젊은이가 천천히 답했다.

"부끄러운 까닭입니다."

"부끄럽다? 좌물촌 사람들은 용맹하기가 따를 자가 없다 하던데."

젊은이의 얼굴에 갑자기 그늘이 드리워졌다.

"그랬지요. 양우 어른을 따라 선봉에 서서 언제나 최전방의 싸움을 도맡았습니다. 도망친 사람 하나 없고 항복한 사람 하나 없는 것이 우리 고을의 자랑입니다."

"그런데 무엇이 부끄럽소. 혹 도망병이오?"

"그럴 리가 있겠습니까. 도망친 이 하나 없다고 말씀드리지 않았습니까."

"그러면?"

잠시 머뭇거리던 젊은이는 한숨을 한 번 내쉬며 말을 이었다.

"그것은 저희가 생존자인 까닭입니다."

"생존자라?"

연신 범상한 목소리로 질문을 던지던 을불이 흠칫 고개를 들었다. 그 뒤로 청년의 자조 섞인 말이 다시 이어졌다.

"예. 좌물촌 사람 중 낙랑대전에서 살아남은 이가 넷에 하나가 되지 않습니다. 어찌 얼굴을 들겠습니까. 다른 마을에서는 서로 공훈을 자랑하고 유세를 떤다고도 합니다만 저희는 그러는 법이 없습니다. 아버지가, 형제가, 자식이, 친구가 모두 전사자요 부상병인데 그들의 희생을 딛고 살아 돌아왔으니 그저 부끄러울 따름입니다."

"아!"

"저희 생존자는 이렇게 가끔 밤을 틈타 나올 뿐 평소에는 얼굴을 비치는 법이 별로 없습니다. 희생자의 유족을 볼 낯이 없는 까닭이지요."

을불의 손끝이 가볍게 떨렸다. 동시에 눈시울도 붉어졌다. 이를 아는지 모르는지 젊은이는 여전히 부끄러워하는 목소리를 내었다.

"저는 좀 낫습니다. 아까 그 친구는 몸이 온전히 성하니 더욱 고개를 들고 살지 못합니다."

"그대는? 그대는 몸이 성하지 않소?"

젊은이는 수줍은 듯 가볍게 웃었다.

"사실 저는 앞이 제대로 보이지 않습니다. 지금은 간신히 희미한 형체를 구분할 수 있지만 머잖아 온전히 볼 수 없게 되겠지요."

동시에 을불의 시선이 크게 흔들렸다. 얼마 되지 않는 전공을 경쟁하듯 한껏 부풀려 떠벌리는 이들을 수도 없이 보아온 그에게 살아있는 것만으로도 희생자를 볼 낯이 없다고 말하는 맹인 젊은이가 너무나 안타깝고 슬픈 모습으로 다가왔다.

"그대는 이리 오라!"

저도 모르게 격정 어린 외침을 낸 을불은 당황한 젊은이에게 먼저 다가가 그를 부둥켜안았다.

"나라를 위해 눈을 바치고도 평생을 숨어 산다고? 그대에게 고구려가 무엇이기에!"

"예? 그것은……."

"고구려가 그대에게 무얼 해주었기에 그렇게 희생하느냔 말이다!"

영문을 모른 채 을불의 억센 품에 안긴 젊은이는 당황하여 말을 잇지 못하다 을불의 외침이 이어지고서야 여전히 부드러운 어조로 답했다.

"자식이 있습니다. 제가 몸을 바쳐 나라를 지켜내면 제 자식은 평화롭게 살 수 있지 않겠습니까? 어버이 된 마음이 다들 그렇겠지요. 어른께서는 그렇지 않습니까?"

천만 가지 상념이 동시에 을불의 머릿속을 드나들었다. 과거 상부에게 쫓겨 이르렀던 숙신에서 제 자식을 위해 떠나달라던 병사부터 낙랑성 성문 앞에서 고노자와 함께 죽어간 유민들이 외치던 함성까지 그들의 염원은 모두 하나같았다.

을불은 손을 들어 젊은이의 얼굴을 쓰다듬었다.

"다를 리가 있는가. 내 어찌 다르겠는가."

"그런 것이지요."

"내 어찌 다를까. 내 반드시 그대의 염원을 이루게 하리라."

이후로도 눈먼 젊은이를 부여잡고 그를 쓰다듬으며 놓아주지 않던 을불은 그의 이야기를 더 듣느라 한참 시간을 보내고서야 숙소로 돌아왔다. 그리고 온밤을 뜬눈으로 지새웠다.

다음 날 을불은 여노를 시켜 마을에 자신의 신분을 알리게 했다. 그러자 온 좌물촌이 크게 들썩였다. 나라를 위해 모든 젊은이가 몸을 바친 이 고을에 태왕의 방문이란 그야말로 너무나 기쁘고 영광스러운 일이었다. 수백 호(戶)에 이르는 마을의 모든 이들이 몰려나와 을불을 향해 엎드리며 크게 외쳤다.

"태왕 폐하 만세!"

"고구려 만세!"

"왕자 전하 만세!"

연호가 이어지는 가운데 을불은 다시 한번 눈시울을 붉힐 수밖에 없었다. 어젯밤 젊은이의 말처럼 온 마을의 남자 대부분이 불구자였다. 팔이 없는 자와 다리가 없는 자, 얼굴의 반이 날아간 자 등등이 수도 없었다. 을불이 그들 모두를 하나하나 부둥켜안으며 격려와 치하의 말을 하는 데에는 긴 시간이 걸렸다. 그렇게 마지막 한 명까지 위로한 을불은 이윽고 상을 내리고 술과 음식을 풀어 이들을 달래는 잔치를 벌였다. 모든 촌민들이 기쁘고 흥겨워 잔치를 즐기니 이날 좌물촌은 한낮부터

늦은 저녁까지 모두가 술에 흠뻑 젖어 노랫소리로 가득했다.

그렇게 백성들과 어울리던 을불은 한밤중이 다 되어서야 두 왕자를 돌아보았다. 그들 역시 좌물촌 장정들과 어울려 이야기를 나누고 있었다. 그런데 그 모습이 크게 상반되어 있었다. 건장하고 몸이 온전한 사내들 사이에 섞여서 그들의 무용담을 들으며 장수와 병사의 덕목을 논하고 꺾은 나뭇가지로 합을 겨루며 이들과 어깨동무를 하고 노래하는 무. 그리고 비참한 몰골을 한 사내들의 사이에서 금방이라도 울 듯한 얼굴로 그들의 이야기를 들으며 고개를 떨어트린 사유. 언젠가부터 그는 손을 들어 그들의 사라진 팔다리 어름을 어루만지고 있었다. 한참 그렇게 이들을 번갈아 살펴보는 을불의 곁으로 여노가 다가왔다.

"폐하, 큰 왕자께서 심성이 너무 유약하여 걱정하십니까?"

"유약하다?"

"그래도 마음이 무척 착한 분이십니다. 향후 작은 왕자님의 모자란 부분을 잘 채워주실 수 있지 않겠습니까."

을불은 여노의 말에 알 수 없는 다짐을 두었다.

"그대와 내가 참 많은 일을 해내야만 하겠다. 조금 더 나를 도와주게."

"이를 말씀이겠습니까. 죽는 그날까지 폐하의 뜻을 따를 것입니다."

"고맙네."

을불의 회상이 잦아들면서 신료들은 그의 얼굴에 약간의 눈물이 비치는 걸 보았다.

"장애가 심한 사람일수록 무의 곁에는 가지 않았소. 무는 온 마을이 장애인인 그 마을에 가서도 온전하고 건장한 젊은이들만 모아 무용담을 듣고 전략을 논하며 끝없이 전쟁 이야기를 하고 있었소. 사유는 자식 잃은 노파를 어머니라 부르고 팔다리 떨어져 나간 불구자들을 어루만지며 눈물로 그들을 위로해주고 있었단 말이오. 왕후, 백성이란 무엇이오?"

"……."

"군주란 또 무엇이오?"

"……."

"전쟁에 이기면 왕실과 조정은 부유하고 행복하지만 싸우면 싸울수록 백성은 목숨을 잃고 불구가 되며 가정도 망가지지 않소. 전쟁을 피하여 더 이상 싸움이 없다면 왕실은 궁색하고 고관대작들은 고통스럽고 견디기 힘들겠지만 오히려 백성은 가정에서 식구들과 살 수 있지 않겠소? 나는 그때 확신을 얻게 되었소. 항상 전쟁에 이기고 나라의 명예를 드높이며 그리하여 모든 백성들을 싸움터로 내모는 위대한 군주에 비해 전쟁에 지더라도 백성을 전쟁에 끌어들이지 않으려 애쓰는

옹졸한 군주가 못하지 않다는 걸 말이오."

"……."

"무는 너무 전쟁을 잘할 아이요. 백성의 수효도 얼마 되지 않는 이 고구려의 장정들은 그 아이를 따라다니며 끝도 없이 목숨을 잃고 팔을 잃고 다리를 잃을 거요. 군주는 백성의 희생을 바탕으로 자신의 영광을 이루는 자가 되어서는 아니 되오. 태자로는 사유가 맞소!"

을불의 마지막 말에 대소 신료들은 모두 그 자리에 엎드리고 말았다.

"폐하!"

아영은 이 광경을 바라보다 자리에서 일어나 스스로 북전으로 걸음을 옮겼다.

노장의 귀환

건업으로 향하는 패잔병의 무리. 그 선두에는 최비와 문호의 기대를 한몸에 모았던 비운의 주인공 손정이 말에서 내려 터벅터벅 걷고 있었다. 그는 주위를 돌아보며 위로와 격려의 말을 건넸다.

"고맙구나. 떠난 장수가 수십인데 일개 병사의 신분으로 끝까지 나와 같이해 주니."

"저희야 어차피 이런 운명이지만 대장군의 비운을 생각하면 눈물이 나옵니다."

"비운? 하하, 이제 겪을 만큼 겪었으니 앞으로는 좋은 일만 있지 않겠느냐?"

그러나 손정의 비극은 거기가 끝이 아니었다. 현도는 유주에 속한 곳이고, 현도군의 서쪽에는 평주의 창려군이 있었으며, 진의 영토인 요동군에 이르려면 창려군을 지나지 않을 수 없었다. 그리고 이 창려군은 바로 모용외의 영토였다.

창려군 빈도현. 그곳에서 손정의 오천여 군사는 이유도 목적도 알지 못한 채 모용선비의 군사에 의해 포위되어 처참한 살육을 당하기에 이르렀다.

당대 제일의 무장이라던 손정은 모용외와 직접 창을 맞대어볼 기회도 갖지 못한 채 그의 네 장수에게 둘러싸여 번갈아 창을 맞다 비참한 꼴로 사로잡혔고, 나머지 병사들은 투항할 기회조차 없이 모조리 베어졌다. 손정은 봉두난발이 된 채 모용외 앞으로 끌려 나왔다.

"꿇어라, 이놈아!"

"이 목숨이 붙어있는 한은 오랑캐 도적놈에게 꿇지 않는다."

이 모습을 보던 아야로가 돌연 도끼를 들어 손정의 두 무릎을 깨버렸다.

"으아악!"

외마디 비명과 함께 제자리에 쓰러져서도 손정은 이를 악물고 모용외를 크게 꾸짖었다.

"이놈, 모용외! 너는 주군의 의제(義弟)가 아니었는가."

모용외는 그런 손정을 향해 비웃듯 한마디를 던졌다.

"너희들은 세상 모든 일을 혓바닥으로만 해결하려 드는구나."

"네놈이 왜 주군을 미워하는지 이유나 알고 죽어야겠다."

"이유?"

"말하라."

"놈은 배신자가 아니던가."

"뭐라?"

"약속했던 드넓은 유주 대신 안평하의 한 자락을 주었을 때에도, 주아영을 빼돌렸을 때에도 나는 그를 믿었다. 그러나 그는 결국 낙랑에서 도망쳤다. 제 목숨이 아까워서 말이다."

"그게 무슨 상관이냐?"

"그는 처음부터 나와 천하를 논할 뜻이 없었다. 한낱 사기꾼에 불과했던 작자로 단 한 순간도 나를 진심으로 대한 적이 없었다. 이제 내가 그놈을 잡아 뼈를 씹을 것이다."

"하하하하! 무식한 개백정 같은 놈. 네깟 놈이 그 아픔을, 그 슬픔을 이해할 리가 없지. 죽음보다 힘든 삶을 살아가는 용기를 생각이나 해보았겠느냐. 그분은 한 번도 진을 잊은 적이 없는 분이다. 만고의 충신이시지. 배신자라? 너희 무식한 오랑캐들이 주군의 깊은 뜻을 이해할 리는 없는 것이다."

손정의 말에 모용외는 웃으며 서쪽을 바라보고 중얼거렸다.

"쵀비, 네놈은 정말 훌륭한 사기꾼이구나. 제자란 놈을 죽는 순간까지 너를 철석같이 믿도록 만들어놓았으니."

그러고는 손을 까닥이자 주위에 시립해 있던 도부수(刀斧手)들이 손정의 목에 도끼를 대었다.

"스승님, 제자가 무능해 끝까지 모시지 못합니다."

그 말을 마지막으로 손정은 세상을 하직했다. 모용외는 그의 수급을 진 장수 중 손정 다음가는 신분인 정로장군 노창에게 주며 진 조정에 전하게 했다.

"최비 그자가 세상에 나타나지 않으면 사마예라는 아이를 잡아다 끓는 가마에 넣어 삶고 나라를 모조리 도륙내리라."

노창은 모용외의 눈빛에서 그의 말이 결코 허언이 아님을 알 수 있었다. 이후로 밤낮을 죽을힘을 다해 달려 건업에 이르니 그가 유주 땅에 남아있던 진 군사 가운데 살아 돌아온 단 한 명의 인물이었다.

노창은 바로 사마예에게 모용외의 말을 전했다.

"최비 공을 찾아오지 않으면 건업을 불태우고……, 황송한 말씀이오나 폐하를 삶은 후 모든 백성을 죽인다 하였습니다."

진의 황통(皇統)을 계승했다고는 하지만 유약하기 그지없는 사마예였다. 믿었던 손정의 수급을 보자 두려움에 떨다 결국 혼절했는데 깨어난 이후로도 그는 방 안에서 두문불출하며 조정으로 나서는 법이 없었다. 그는 노상 노창을 불러 모용외를 만난 얘기를 들으며 불안해하고 근심하는 걸로 시간을 보냈다. 이미 노창은 모용외의 통첩을 가지고 왔다는 사실만으로도 진 조정의 중심인물이 되어버렸다.

모용외는 그 후 정기적으로 사람을 보내 최비의 건을 채근했는데, 횟수가 거듭될수록 진 조정의 공포는 쌓여만 갔다.

미천왕 20년. 그간 노창을 비롯한 몇몇 장수들은 자취를 감춘 최비를 찾아내려 수천의 사람을 풀어 수소문했으나 그의 흔적은 결코 드러나지 않았다.

"대선우께서 이제 마지막으로 두 달을 주셨소. 그 안에 최비를 찾아내지 못하면 단 한 사람도 살려두지 않겠다는 전언이오!"

모용부의 배의가 최후통첩을 전하고 가자, 진 조정은 초상집 분위기였다.

"최비는 명예를 중히 여기는 데다 손정을 그토록 사랑하였으니 그것을 이용해야겠다."

모용외가 통고한 기한이 다가오자 궁여지책을 떠올린 노창은 손정을 반역자로 공표했다. 명목은 고구려와 내통하여 대방과 현도를 넘긴 죄였다. 노창은 그의 반쯤 부패된 시신을 다시 파내어 채찍질을 가하고 성문 앞에 매달았다.

과연 온 나라에 이 소식은 순식간에 퍼져나갔다. 노창은 매일같이 성루 위에 앉아 지나다니는 이들을 훑어보다 조금이라도 최비와 행색이 비슷한 자가 있으면 바로 잡아들여 신분을 확인했다.

그러던 어느 날, 행인이 잦아들어 한산할 무렵 노창은 한 허름한 행색의 노인을 보고 자리에서 벌떡 일어섰다. 낡은 삿갓에 반쯤 숨겨진 얼굴이었으나 노창은 틀림없이 그를 알아볼 수 있었다.

"아!"

노창의 꾀는 과연 맞아떨어졌던 것이다. 나타난 노인은 최비였다. 모습을 드러낸 최비는 주위에 눈길 한 번 주지 않은채 천천히 손정의 유체(遺體)에 다가가 가져온 향을 피우며고개를 숙였다.

"불쌍한 녀석, 편히 죽지도 못하는구나."

최비의 주름진 눈가가 가볍게 떨리는 것을 본 노창은 다가가려던 걸음을 멈칫하며 기다렸다. 최비에게서 느껴지는 범접할 수 없는 위엄 때문이었다. 최비는 오랜 시간 손정의 썩어가는 유해 앞에 가만히 서 있었다. 그가 노창을 부른 것은 날이 어두워진 후였다.

"노창, 꾀란 안이 아닌 밖으로 써야 하는 법이다."

최비는 첫마디부터 노창을 움츠러들게 했다.

"송구합니다, 옛 주군. 어쩔 도리가 없었습니다."

"옛 주군이라……."

"산 사람이라도 살아야 하지 않겠습니까. 백성과 군사의 목숨도 살려야 할 것이고……."

"허허!"

최비는 허허로운 웃음을 털어내며 노창을 깊숙이 바라보았다.

"진이 참으로 많이 변했구나."

"이리 되리라 여기시고 하야한 것이 아니십니까."

"그렇지…… 그래, 네 말이 맞다."

갑작스레 고개를 끄덕이며 동의하는 최비의 모습에 노창이 할 말을 잃어 잠시 머뭇거리는 사이 문득 최비가 물어왔다.

"그간의 이야기를 들려주지 않겠느냐? 너희에게도 사정이 있었겠지."

최비는 선 채로 노창의 이야기를 들었다. 길고도 긴 이야기를 끝내며 노창은 깊은 한숨을 쉬었다.

"그리하여 옛 주군을 찾기 위해 손정 대장군을 역적으로 포고하고 유해를 파낸 것입니다."

"허허, 나를 잡아 모용외에게 넘기면 너희는 무사하리라 여긴 게로구나."

"진을 생각한 길입니다."

"맞다. 그러나 너는 모용부가 왜 나를 그토록 핍박하는지 생각해 본 적은 있느냐?"

노창도 생각해 보지 않은 바 아니었다. 천하의 모용외도 내심 최비를 꺼리고 있으며 진을 침공하기 전에 최비를 없애려 한다는 것 또한 익히 알고 있는 바였다.

"알고 있습니다. 옛 주군을 두려워한 까닭이지요. 그러나 지금은 옛 주군께서 모용외에게 가시는 방법밖에는 없습니다."

최비는 자신이 모용외에게 가서 죽어야 진의 평화가 온다는 노창의 강변에 어떤 감정도 개입되지 않은 미미한 웃음을 떠올렸다.

"허허, 죽는 자는 따로 있을 것이다. 그보다 고구려의 얘기를 해보아라. 아까 유약한 첫째 왕자를 태자로 세웠다 했느냐?"

최비는 조용히 눈을 감고 노창의 얘기를 들었다. 노창이 고구려의 태자 책봉 얘기를 채 끝내기도 전에 최비는 눈을 번쩍 뜨고 삿갓을 벗어 노창에게 주었다. 엉겁결에 이를 받아 든 노창은 최비가 그대로 걸어 지나치려 하자 당황했다. 그를 포박해야 한다고 생각했으나 입이 떨어지지 않았다.

"앞장을 서라! 황궁으로 가겠다."

"황궁이요?"

"그렇다. 이제 세상이 왜 이 최비를 두려워했는지 두 눈으로 보거라."

궁궐 깊은 곳에 틀어박혀 있던 사마예는 최비가 나타났다는 전갈에 위신도 잊은 채 뛰어나왔다. 최비는 역시 감정을 드러내지 않은 눈길로 사마예를 보았다. 너무나 미약한 황제였다. 최비는 눈길을 접고 바닥에 무릎을 꿇었다.

"신 최비, 죄를 청하나이다."

과연 최비는 최비였다. 그토록 두려움에 떨며 최비를 찾아 모용외에게 넘기려 했던 사마예도 조정의 대소 신료들도 최비를 보는 순간 생기가 돌았고 온데간데없던 용기마저 생겨나는 걸 느꼈다.

"오오, 최 공! 어디에 갔었소! 왜 이제야 나타난 거요?"

사마예는 눈물을 글썽이며 손수 최비를 일으켜 세웠다.

"몇몇 신하들이 공을 모용외에게 넘겨야 한다고 주장하는 통에 나는 가슴이 찢어질 것만 같았소. 천하의 충신 손정 장군을 역적으로 규정한 것도 너무나 안타까웠소. 여봐라, 어서 저 노창을 잡아 옥에 가두어라!"

그러나 최비는 선선히 고개를 가로저었다.

"명을 거두십시오. 그도 진을 위해 한 일입니다."

순식간에 표변한 사마예의 명령에 얼굴이 하얗게 질렸던 노창은 그 자리에 꿇어앉아 최비를 향해 머리를 조아렸다.

"이 노창을 죽여주십시오."

그러나 최비는 입가에 미미한 웃음을 흘리며 노창을 향해 의미를 알 수 없는 고갯짓을 하고 나서 사마예에게 청했다.

"긴히 의논할 일이 있습니다."

사마예와 최비는 밀실에서 단둘만의 대화를 나누었다. 최비가 얘기를 꺼낸 지 얼마 되지 않아 방 안에서는 사마예의 깊은 한숨이 흘러나왔다.

"이래도 되는 일이오? 최 공, 정녕 이래도 되는 일이오? 선

제들께 이래도 되는 일이냔 말이오."

"해야만 합니다."

"아아, 정녕! 조상들께 이런 죄를 지어도…… 흑!"

탄식에 이어 사마예의 흐느끼는 소리가 들려오고도 한참의 시간이 지난 후 최비는 사마예의 방을 나서 노창을 불렀다.

"너는 즉시 극성으로 가라!"

"예? 극성이라 하셨습니까?"

노창은 크게 두려운 빛을 떠올리며 반문했다. 비록 오래전이지만 최비를 찾아내 데려오라는 엄명을 받고 온 터에 혼자 돌아간다면 모용외의 분노를 어떻게 감당할 것인가. 노창은 생각만 해도 끔찍했다. 그러나 최비는 노창의 고민 따위는 아랑곳없이 품속에서 화려한 황색 비단으로 싸인 물건을 꺼내어 그에게 내밀었다.

"받아라."

"무엇입니까?"

"모용부로 가서 이걸 전하라. 모용외에게 내리는 관작과 함께."

"이것이 무엇이기에……?"

"네가 알려고 해선 안 된다. 가서 모용외를 만나 나를 찾지 못했음을 사죄하라."

"모용외는 절대 가만있지 않습니다. 즉시 저를 죽이고 군사를 일으켜…….."

최비는 확신에 찬 음성으로 말을 끊었다.

"그 물건을 전하면서 앞으로 건업에서 사람이 극성으로 자주 갈 것이라 하라. 모용외의 책사 사도중련이 그 물건을 알아볼 터. 너는 절대 죽지 않고 맡은 일을 완수하리라. 하나 모용외에게 주기 전까진 결코 그 보자기를 풀어보지 마라. 진의 미래가 달린 일이다."

최비의 음성은 준엄하기 그지없어 노창은 더 이상 묻지 못하고 곧 모용부로 향할 채비를 차렸다.

건업을 떠난 노창은 보름간 쉬지 않고 말을 달려 극성에 도착했다.

두 번 다시 마주치기 싫었던 모용외의 타오르는 눈빛이 그를 움츠리게 했으나 그는 최비의 당부를 떠올렸다. 떨리는 목소리를 다잡으며 짐짓 엄숙하게 사마예의 칙서를 읽어 내려갔다.

"짐은 모용 대선우를 새로이 창려공(昌黎公)에 봉하고, 용양장군(龍驤將軍)에 더하여 가절도독(假節都督)의 위(位)를 내리노라!"

여러 거창한 관직명 또한 그럴싸했지만, 특히 가절(假節)이라는 것은 황제의 권위를 상징하는 부절(符節)을 내림으로써 신하 및 백성의 생살여탈권을 주는 것을 뜻했다. 사마예로서는 그야말로 줄 수 있는 최대한의 관직을 준 셈이었다.

"낭야(琅邪)가 칭제(稱帝)하였더냐?"

"예. 모용 대선우께 미리 말씀드리지 못한 점에 대해 사과하셨습니다."

모용외를 비롯한 그의 수하들은 갑작스러운 침묵에 빠져들었다. 이를 미처 생각지도 못한 큰 선물 앞에 말문이 막힌 탓이라고 생각한 노창은 용기를 내어 한마디를 더 얹었다.

"과거 최비가 모용 대선우께 실수를 저질러 양 세력 간의 불화가 있었으나 이미 최비는 민초의 몸이 되어 찾을 수가 없는 터. 황제께서는 모용 대선우와 서로 도우며 향후의 천하를 경영하고자 합니다. 부디 옛일은 잊고 우의로써 맞아주시길 바랍니다."

한참 침묵을 지키던 모용외는 노창의 말이 끝나자 눈을 가늘게 떴다. 그리고 천천히 입을 열었다.

"이 미천한 몸에게 그리 큰 벼슬을 주셨다고?"

노창은 슬그머니 미소를 떠올렸다. 최비는 이런 모용외의 모습을 예상했던 것인가? 이 야수와도 같은 자가 오래도록, 그리고 은근히 바랐던 것이 바로 이 거창한 관직이었다는 사실에 노창은 더욱 근엄한 표정을 지었다.

"그렇습니다. 모용부는 여타 족속과 다르다는 것이 황제의 말씀이십니다."

잠시 침묵이 이어졌다. 그러나 뭔가 일이 되어간다고 느끼던 노창의 귀에 감당하기 힘든 웃음소리가 날아와 박혔다. 미친 듯이 웃어젖히는 모용외를 따라 그의 수하들도 영문을 모른 채 웃음을 터트렸다. 모용외는 참을 수 없다는 듯 배를 잡고 웃다가 숨이 막힌 듯 손을 내저었다.

"그래, 황송하게도 오랑캐인 내게 그런 어마어마한 벼슬을 주셨단 말이지?"

모용외의 웃음은 거짓말처럼 뚝 멎어 있었고 그는 얼음장 같은 얼굴로 노창을 노려보고 있었다.

"최비는?"

"예?"

"최비는 찾았느냔 말이다."

"그것이……."

"최비는! 그 도적놈은 찾았느냐?"

노창은 모용외의 섬뜩한 눈빛을 마주하자 다리가 후들거림을 느꼈다. 금세라도 피가 뚝뚝 떨어질 것만 같은 붉은 눈이었다. 그에게 거짓말을 하는 순간 상상도 하지 못할 일이 벌어질 것만 같았다. 노창은 이미 제정신이 아니었다. 한참 우물거리다가 저도 모르게 진실을 고하고 말았다.

"찾, 찾았습니다."

"잘했다."

정신이 나가버린 노창은 모용외의 목소리조차 들을 수 없었다.

"예?"

"잘했다. 그놈의 모가지를 가지고 왔느냐?"

"지금 옥에 가두어 두었지만 아직 목을 치지는 않았습니다."

"뭐라? 잡았는데 목을 치지는 않았다고? 내 오래전부터 그놈의 목을 가지고 오라 하였거늘 오늘 빈손으로 와서 나를 능멸해? 아야로, 이놈의 가슴살을 홀랑 베어내라!"

순간 노창은 자리에 털썩 주저앉아 버렸다. 이미 겁을 집어먹을 대로 집어먹은 그는 모용외의 숨소리에도 간이 떨리고 있던 차였다. 아야로가 시퍼런 칼을 빼 들고 개백정처럼 무작스럽게 다가오자 노창은 저도 모르게 두 손으로 가슴을 감쌌다.

"어!"

돌연 왼쪽 가슴에서 뭔가 만져지자 그는 순간적으로 고함을 내질렀다.

"잠깐!"

"이놈이 실성을 했나!"

다가온 아야로는 발을 들어 노창의 입을 걷어차 버렸다. 그리고 그의 가슴팍을 우악스럽게 잡는 순간 노창의 두 손이 허공으로 쭉 뻗었다.

"황제께서 이것을 보내셨습니다!"

노창이 황망 중에도 보자기를 풀어헤치는 순간 두 사람의 작지 않은 신음이 대전을 울렸다.

"아!"

한 사람은 사도중련, 그리고 다른 한 사람은 물건을 가져온 노창 본인이었다. 그것은 반으로 갈라진 벽옥(碧玉) 한 덩어리였다.

"이게 무어냐?"

"아……."

모용외가 재촉했지만 노창은 답할 수 없었다. 그 물건이 무엇인지 알아본 탓이었다. 노창은 몇 번이고 눈을 감았다 뜨며 고개를 저었다. 눈앞에 벌어진 일이 도무지 실감 나지 않는 탓이었다. 노창 대신 사도중련이 모용외의 귀에 무어라 속삭였다.

"옥새?"

모용외조차 뜻밖이라는 듯 사도중련을 쳐다보았다. 좌중에는 한참 침묵이 흘렀다.

"저것이 진의 옥새 반 조각이란 말이냐? 사마예가 옥새를 반으로 잘라 바친 뜻은 무어란 말이냐?"

모용외인들 그 의미를 모르는 바는 아니었다. 한 나라가 옥새를 넘긴다는 것은 바로 나라를 넘긴다는 뜻에 다름 아니었다.

"말하라! 어째서 반이냐?"

노창은 앞으로 건업에서 극성으로 사람이 자주 갈 것이라던 최비의 말을 떠올렸다.

"옥새를 찍어야 하는 중요한 일은 반드시 모용 대선우와 같이 의논하겠다는 게 폐하의 신념이십니다. 앞으로 반쪽의 옥새가 찍힌 문서가 건업으로부터 극성으로 오든, 아니면 대선우의 사신께서 반쪽 옥새를 가지고 건업으로 오든, 진의 중요한 일은 대선우의 허락을 받고자 함입니다."

엄청난 말이었다. 모용외는 아야로가 건네준 옥새를 한참 바라보다 발밑으로 던져버렸다.

"그런데 어째서 사마예는 최비의 목을 단칼에 치지 않고 잡아만 두고 있단 말이냐?"

"아마도 아직 최비를 따르는 잔당이 있기에 정식으로 재판을 한 후에 처단하는 게 후환이 없다고 생각하시는 것 같습니다. 어찌 되었든 일단 반이나마 옥새를 넘겼다는 건 폐하로서는 엄청난 일입니다. 이 소문이 퍼지면 폐위는 물론 그분의 목이 달아날 것입니다."

"옥새라? 너희들은 대단한 일이라 생각하겠지. 하지만 내게도 그것이 의미가 있으리라고 생각했단 말이냐!"

옥 조각, 아니 옥새 조각이 모용외의 발밑에 구르고 있었다. 하지만 옥새라는 충격적인 물건이 모용외를 어느 정도 움직인 것 또한 사실이었다.

"저걸 보니 너희의 정성은 알겠다. 내 당장 쳐내려 가고자 하였으나 앞으로 석 달 안에 최비의 목을 가져오면 사마예를 살려주리라. 그러나 따르지 않을 시에는 나를 또다시 농락하는 것으로 알고 진에 살아있는 모든 것을 죽이리라. 칙서를 내리겠다. 노창은 들어라!"

노창은 모용외 앞에 고개를 깊이 숙였고, 배의는 모용외의 명을 받아 적기 위해 두루마리를 펼쳤다.

"최비를 잡고 옥새를 보내온 상으로 사마예에게 진제(晉帝)의 직위에 더해 포비장군(捕毖將軍)의 칭호를 내리노라. 사마예는 최비의 목으로 내 은혜에 보답하라."

아무리 진이 영락했다 해도 이미 황위(皇位)에 오른 사마예에게 황제의 직위에 더해 포비장군, 즉 최비를 잡은 장군이라는 칭호를 내린다는 모용외의 말은 오만함을 넘어 황당하기까지 했다. 그러나 모용외의 얼굴을 흘낏 바라본 노창은 그가 진심임을 바로 알 수 있었다. 게다가 그는 이 영을 칙서로 보내는 것이다.

모용외는 붉은 눈으로 노창을 응시하며 말을 뱉어냈다.

"석 달에서 하루라도 늦으면 나는 두말없이 사마예라는 아이를 솥에 끓일 것이다!"

이때 배의가 붓을 멈추고 일어나 말했다.

"칙서이니만치 솥에 끓인다는 말보다는 문책하겠다는 말로 바꾸는 것이 어떠하겠습니까?"

"그럼 그렇게 하라!"

모용외는 자리에서 일어나며 발에 걸리는 옥새를 툭 차고는 밖으로 나가버렸다. 참담한 표정으로 배의로부터 칙서를 받아 들고 극성을 나온 노창은 생각할수록 자신이 처한 상황이 가벼운 것이 아님을 깨달을 수 있었다. 역사상 전무후무한 이런 칙서를 사마예에게 갖다 줄 수는 없었다.

"아, 진정 내가 설 곳은 아무 데도 없구나!"

고민을 거듭하던 노창은 그제야 최비가 자신에게 물건을 주며 보지 말고 전하라 한 이유를 알 것 같았다. 어찌 되었건 최비의 말대로 시간을 벌긴 한 셈이었지만, 그 대가가 자신의 목숨이라는데 생각이 미치자 노창은 온몸이 떨려왔다.

"나로 하여금 옥새를 가져다 바치게 한 것은…… 아아, 최비의 복수로구나. 그가 나를 천고의 죄인으로 만들었구나!"

괴로운 한숨을 크게 내쉬던 노창은 절규하듯 한 소리를 외치고는 옆의 대릉하에 몸을 던졌다. 뒤따르던 행렬 중 누구도 손쓸 겨를이 없이 그는 급류에 휩쓸려 자취를 감추었다.

노창의 죽음을 접한 최비는 사마예 앞에 섰다.

"이제 진은 석 달을 벌었습니다."

"겨우 석 달, 내 목이 겨우 석 달 더 붙어있다는 게 무슨 의미가 있겠소? 게다가 그는 나를 솥에 넣어 끓인다 했다니……아, 그건 정말 끔찍한 짓이오."

최비는 이런 사마예의 모습에 발아래로 눈길을 돌리며 공허한 웃음을 날렸다. 그는 쓸쓸하게 돌아서 병사 한 명 거느리지 않은 채 그길로 건업을 떠났다. 그가 향한 곳은 북쪽, 우문부의 영토였다.

최비의 웅지

그로부터 한 달 후, 평양성의 성문 앞에 한 노인이 홀로 찾아들었다. 막아서는 수졸을 향해 노인은 나직하나 위엄 있는 한마디를 던졌다.

"평주자사 최비, 진제의 전권을 대리하여 태왕 폐하를 뵙고자 한다."

급보도 그만한 급보가 있을 리 없었다. 수문장은 날듯이 뛰어들어 조정에 이 소식을 전했고, 대소 신료가 하나같이 놀라 웅성거리는 가운데 을불은 조용히 손을 들어 명을 내렸다.

"독대하겠다. 신료는 모두 물러나라."

텅 빈 대전에서 을불과 최비가 마주했다. 최비는 사신의 복색이 아닌 남루한 백색 옷을 입고 있었다. 이를 말없이 지켜보던 을불은 천천히 입을 열었다.

"영웅께서 자취가 없어 걱정이 심하였소."

흘러나온 목소리에는 온기가 담겨있었다. 최비는 이에 고개를 깊이 숙였다.

"태왕께서는 이 최비의 죄를 사하여 주시기 바랍니다."

옥좌에서 일어난 을불은 최비에게 다가가 손을 잡았다. 최비는 주름진 눈매를 약간 씰룩였을 뿐 별다른 말을 하지 않았다. 비록 숙적이었지만 과거 낙랑을 두고 필생의 혼을 다 바쳤던 두 영웅에게 공유된 기억은 천 마디 말보다 진한 유대감으로 흐르고 있었다.

"노구에 먼 길을 어이 오셨소?"

"오늘은 태왕 폐하 한 분의 인정에 호소하려 하는 까닭입니다. 죽음을 내리신다면 이 자리에서 죽을 생각으로 왔습니다."

최비의 목소리는 솔직하고 간절했다. 그리고 사고무친(四顧無親)의 외로움이 담겨있었다. 신산(辛酸)한 세월의 그늘이 짙게 드리워진 그의 얼굴에서 세상사(世上事)의 무상함을 느끼며 을불은 고개를 끄덕이고 자리를 권했다.

"영웅을 어찌 함부로 대하겠소. 자, 앉으시오."

자리에 앉은 최비는 이야기를 시작하기에 앞서 잠시 먼 곳을 보았다. 그리고 마음을 정리한 듯 을불을 바라보며 입을 열었다.

"고구려는 진과 동맹을 맺어야만 합니다."

최비는 첫마디에 본론을 꺼냈다. 예기치 못한 이야기에 을불이 미간을 찌푸리는데 최비는 한마디를 더 얹었다.

"진뿐 아니라 우문부, 단부와도 동맹을 맺어야 합니다."

을불은 잠시간 말없이 최비의 얼굴을 살폈다. 희대의 지략

가. 말 한마디마다 수십 가지 의미를 담고 행동 하나마다 수십 가지 이유가 있는 자. 그런 최비의 입에서 나온 동맹이라는 말은 참으로 이질적인 것이었다. 결코 신용할 수 없는 동시에 거부할 수 없는 호기심이 생겨 을불은 고개를 끄덕였다.

"더 들어보겠소."

"속에 감춘 뜻은 없습니다."

최비는 미미하게 고개를 젓고는 다시 창밖으로 눈길을 던졌다. 그리고 드문드문 이야기를 꺼내놓기 시작했다.

"제게는 본래 매우 영특한 아들놈이 하나 있었습니다. 그릇이 크고 담대하여 참으로 사랑스러운 아이였지요. 하나를 가르치면 열을 아는지라 오로지 그 아이를 키우는 보람으로 산 적이 있었습니다. 성년이 참으로 기대되는 아이였으니까요."

최비는 한동안 숙연한 표정으로 말을 잇지 못했다.

"그러나 스물 즈음에 그 아이는 결코 이길 수 없었던 변방의 전장에서 전사했습니다. 돌아온 그 아이의 시체를 옆에 놓아두고 저는 사흘간 맨손으로 흙을 팠습니다. 눈물로 진흙이 된 땅에 그 아이를 묻고 그 아이에 대한 마음도 온전히 묻었습니다. 짐작하셨겠지요. 그 아이를 보낸 것은 저였습니다. 제가 죽였습니다."

놀란 을불의 표정 위로 담담한 최비의 목소리가 떨어져 내렸다.

"사마씨 제후들이 그 애를 경계하고 불안해한 까닭입니다. 진의 천하를 다시 이룩하려면 제후들의 절대적인 신뢰가 필요했고 그러려면 제게 뛰어난 후계자가 있어서는 아니 되었습니다. 저는 그 아이를 그렇게 죽이고 형의 자식 중 모자란 아이를 입양했습니다."

"음."

"그 덕에 잠시나마 진이 혼란을 수습하고 제 주군이셨던 무제 폐하의 나라를 안정시킬 수 있었습니다."

작게 탄성을 낸 을불은 눈앞의 노인을 가만히 바라보았다. 최비의 이야기는 말할 수 없는 연민과 감동을 가져오고 있었다.

최비는 그런 을불의 마음을 아는지 모르는지 말을 끊고는 품속에 손을 넣어 무언가를 꺼내었다. 금룡(金龍)의 수가 놓인 비단으로 곱게 싸인 물건이었다. 천에 새겨진 금룡을 보는 순간 을불의 눈가에는 놀라움이 스쳤다. 최비는 그것을 을불에게 내밀었다.

"부디 이것을 받아주십시오."

을불이 건네받아 풀어보니 반으로 쪼개진 인장이었다.

"웬 인장이오?"

을불이 범상치 않은 인장을 눈으로 살피며 물었다. 인장은 한눈에도 세상에 보기 드문 진귀한 벽옥으로 만들어진 것임을 알 수 있었고, 무엇보다 손잡이 양면에 새겨진 용의 조각은 정교하기 짝이 없어 예사 물건이 아님을 알 수 있었다.

"진의 옥새입니다."

"옥새?"

"황제께서 보내신 것입니다."

을불은 최비의 이 말에 놀라지 않을 수 없었다. 아무리 소국 (小國)이라도 옥새를 나라 밖으로 내보내는 법은 없거늘 하물며 천하의 주인임을 자부하는 진임에랴. 을불은 다시 한번 인장을 살폈다. 인장은 정교하게 두 조각으로 갈라져 있었고, 최비가 내민 것은 그중 한 조각이었다.

"옥새가 갈라져 있군. 왜 이런 일이 일어난 것이오?"

"이제 곧 진은 모용선비에게 무너질 것입니다. 하여 제가 직접 황제 폐하 앞에서 갈랐습니다."

"음."

"민초들 사이에 파묻혀 진의 최후만을 기다리던 중에 고구려 왕자의 이야기를 들었습니다. 그리고 저는 바로 알 수 있었습니다. 옛적 제 마음과 태왕의 마음이 다르지 않음을. 그리고 태왕께서 향후 무엇을 생각하실지 또한 알 수 있었습니다."

"……."

"제가 천하를 안정시킬 때 가졌던 바로 그 마음입니다. 저는 진의 천하를 위해, 태왕께서는 고구려의 평화를 위해, 그렇게 눈물을 머금고 뛰어난 자식을 버린 것입니다. 그리고……."

최비는 잠시 말을 끊었다 을불의 얼굴을 한 번 살피더니 가슴속의 말을 토해냈다.

"이제 태왕께서는 반드시 모용선비를 쳐야만 합니다."

"으음!"

"모용부와의 승부를 후대로 넘기지 않겠다는 결심이 있어야 가능한 일 아닙니까, 사유 태자를 세우신 것은?"

을불이 들고 있던 찻잔이 흔들렸다.

"진의 옥새로, 아니 자식을 버렸던 아비의 마음으로 폐하의 마음을 사겠습니다. 이미 우문부와 단부에서는 군사 오만씩을 내기로 했습니다. 그리고 진 또한 마지막 군세 오만을 준비했습니다."

"음!"

"이 동맹은 모용부를 무너뜨릴 수 있습니다. 고구려만 뜻을 모아주면 틀림없이 승리할 수 있습니다."

최비의 마지막 한마디는 너무도 절실했다.

"하하하하!"

을불은 갑자기 크게 웃었다. 그리고 천천히 입을 열었다.

"마음이 내키지 않소. 그런 것은 나의 방법이 아니고 나아가 고구려의 방법이 아니오."

이어 을불은 깊이 가라앉은 묵직한 음성을 던지며 자리에서 일어섰다.

"하지만 공의 그 아들 얘기는 안타깝기만 하구려. 생각할 시간을 주시오."

을불은 돌아서 걸어 나가는 최비를 보며 마음이 잔잔하게 흔들리는 걸 느꼈다. 자식을 죽이고 옥새를 쪼개어가며 나라를 살리고자 애쓰는 충신의 모습, 무엇보다 사유를 태자로 세운 자신의 향후 계획까지 정확히 읽어내는 최비에게 느껴지는 감정은 결코 예사로운 것이 아니었다.

"아버님!"

대전 옥좌에 앉아 눈을 감고 있던 을불을 깨운 것은 사유의 목소리였다.

"들어가서 주무시지 않고……."

을불은 사유를 가만히 바라보았다. 희고 여린 얼굴, 작고 여윈 체구가 제 나이 또래보다도 앳돼 보였다. 을불은 그런 사유의 모습을 찬찬히 살펴보다 문득 물음을 던졌다.

"사유야, 너는 좋은 왕이란 어떤 왕이라 생각하느냐?"

사유는 을불을 마주 바라보며 차분하게 대답했다.

"병사의 손에 농구를 쥐여주는 왕이라 생각합니다."

"병사의 손에 농구라……. 무기 대신 농구를 쥐어준다? 적이 침략해 오면 어찌하겠느냐? 병사가 없으면 힘들여 지은 농

작물도 땅도 모두 빼앗기지 않느냐?"

"그것은……."

을불은 짐짓 엄한 표정을 지으며 말했다.

"나라면 병사의 손에 농구를 들리기 전에 적을 남김없이 섬멸할 것이다. 어찌 생각하느냐?"

"죄송합니다. 하지만 소자는 아버님의 뜻을 따를 용기와 담력이 없사옵니다."

사유의 목소리에는 자신이 없었으나 분명 반대의 뜻이 담겨 있었다. 그제야 을불은 얼굴의 엄한 표정을 걷고 미소를 떠올렸다.

"그래, 그 뜻을 잊지 말거라. 너는 이 아비와는 다른 너의 길을 가거라."

사유는 아는 듯 모르는 듯 고개를 끄덕였다.

"하나만 더 묻겠다."

"예, 아버님."

"만일 두 명의 적 중 하나가 손을 잡고 다른 적을 공격하자면 너는 어찌하겠느냐?"

"우선 다른 적을 설득하여 싸움을 피해 보겠습니다."

"그것이 힘들다면?"

"찾아온 적을 설득해 같이 방어를 하도록 하겠습니다."

"같이 방어를? 공격이 아닌 방어를 말이냐?"

"가능하면 군사의 희생을 줄이고 싶습니다."

"그러하지. 아무래도 방어보다는 공격의 희생이 큰 법이지. 그래, 그것이 네 방법이로구나."

"예."

"앞으로는 네 방법이 고구려의 방법이다."

을불은 사유에게 고개를 끄덕여준 것과는 달리 다음 날 최비를 불러들여 공격 동맹을 받아들였다.

"반드시 모용외를 죽이시오!"

을불은 여노로 하여금 오만 군사를 이끌게 했고, 그 휘하에 녹번과 형대 등 오랜 장수들과 젊은 군사 평강을 거느리고 극성을 향해 출발하도록 했다.

동맹군

모용부를 치기 위한 동맹군이 극성으로 모여들고 있었다. 진의 오만 군사는 남쪽에서, 우문부의 오만 군사는 북쪽에서, 단부의 오만 군사는 서쪽에서, 그리고 고구려의 오만 군사는 동쪽에서 모용부의 본거지 극성을 향해 진군을 시작했다. 최비의 필사적 노력 끝에 결성된 도합 이십만의 대군세는 한날한시에 극성에 도착하도록 미리 약조된 상태였다.

극성을 가운데 놓고 동맹군이 사방에서 에워싼 형국이라, 모용부는 섣불리 어느 한쪽에 힘을 실어 싸울 수가 없었다. 그야말로 사면초가(四面楚歌). 변방의 작은 성들은 동맹군이 출진한 지 보름이 지나지 않아 모조리 깨어졌고, 모용부의 정예군은 극성 안에 갇힌 채 발만 구를 뿐이었다.

이런 정황에 가장 기분 좋은 웃음을 터트린 것은 모용외가 득세한 이후로 모용부에 그토록 시달리면서도 한 번을 이겨보지 못했던 우문부와 단부였다. 그들은 날이 갈수록 더욱 경쾌하게 진군을 서둘렀고 그 결과 진과 고구려보다 사나흘이나 앞서 모용부의 중심부로 다가들었다.

"승리를 위해 가장 명심해야 할 것은 믿음이다."

우문부의 도독은 대인(大人) 우문실독관이라는 자로 나름 지략이 출중하여 명망이 있는 인물이었다. 그는 이 싸움의 관건을 단결력으로 보고 군장들에게 타 세력과의 믿음을 강조함은 물론 단부와 진, 그리고 고구려에도 매일같이 전령을 보내어 유화하니 원래도 사이가 좋았던 진은 물론 다투었던 단부마저도 동맹에 다른 의심을 품지 않았다.

"오늘 획득한 마필과 군량, 황금 등 전리품 모두를 정확히 따져 그 사분의 일씩을 각 군영에 나누어 보내도록 하라. 한 치도 속임이 있어서는 안 될 것이다."

"다른 이들도 그렇게 하겠습니까?"

수하 장수들이 아까운 표정으로 하는 말을 우문실독관은 단호히 잘랐다.

"그렇지는 않겠지. 그러나 오늘의 승리는 모두 이 동맹이 성사된 덕분이다. 홀로는 결코 얻지 못했을 이득인데 조금 손해를 본들 어떠하겠느냐."

이러한 우문실독관의 태도에 남쪽에서 진군하던 최비는 크게 만족하여 거듭 칭찬했다.

"우문부에도 인물이 없지는 않았구나! 내가 해야 할 일을 그가 대신하니 이 동맹은 결코 깨어지지 않으리라."

아울러 최비는 전령을 불러 신신당부했다.

"눈치를 보며 고구려군이 먼저 진격하기를 기다리는 일이 있어서는 안 된다. 우리 군사가 먼저 죽임을 당하더라도 앞서 나가 싸움에 임해야 한다."

이러한 지령과 실행은 여노의 귀에도 들어갔다.

"최비가 신의를 보이려 노력하는구나."

모용부의 중심을 향해 수월하게 진군하던 여노는 고개를 들어 눈에 들어온 작은 성을 바라보았다. 극성에서 동쪽으로 칠십 리 밖에 위치한 어랑성이었다. 성루에는 몇 개의 깃발만이 꽂혀 있고 많지 않은 군사들의 대오도 허술해 보였다.

"너무 쉽다. 모용부가 이렇게 쉽게 무너질 세력이 아니거늘."

"조심해야 하겠습니다."

평강이 적진을 살피며 경계의 빛을 얼굴에 떠올렸다.

"그렇다 하더라도 보낼 놈들은 보내야지."

여노가 말을 마치고 허리춤에서 활을 잡아 드는데 적의 성벽에서 오백 걸음이 넘는 거리였다. 그러나 그의 강궁에서 쏘아낸 화살은 믿을 수 없는 거리를 날아 성벽 위 적장의 이마를 정확하게 꿰뚫으니 그 순간 이미 싸움의 승부는 결정 난 것과 다름없었다. 사기가 바닥까지 떨어진 적병은 이어진 고구려 정병의 일사불란한 공격을 견디지 못하고 사방으로 도망쳐 성을 비우고 말았다. 이 한 싸움으로 고구려 장졸들의 사기는 높아만 갔다.

"이것이 병사 하나하나가 모두 일당백이라는 모용부인가."

고구려 군사는 의아해하면서도 거침없이 진격했다. 그리고 그것은 다른 동맹군의 군사들 역시 마찬가지였다.

극성은 수십 개의 고산으로 빼곡하게 둘러싸인 분지였다. 동서남북으로 각 하나씩 뚫린 길은 비좁고 험난하여 매복과 함정을 설치하기 용이했으며 경사가 높아 진군하면 쉬이 지치는 지형이었다. 그럼에도 불구하고 동맹군의 진군은 멈추는 법이 없었다. 간혹 모용부의 작은 마을이나 진지가 있기는 했지만 지키는 병사는 어디에도 없었다.

"극성으로 모든 전력을 모았구나. 성의 단단함에 기대어 싸우려는 심산이다."

각 수장들의 생각은 한결같았다.

"속전속결이 답이다. 원정군의 물자가 동나기 전에 극성을 무너뜨린다."

모용부와 가장 가까운 단부의 군세는 약조된 날보다 나흘이나 빨리 극성에 도착했다. 사람이 맨몸으로 쉬지 않고 달리면 아흐레쯤 걸리는 거리를 보병이 주력인 오만 대군이, 그것도 보급물품까지 운송하면서 보름 만에 도달했다는 것은 그들의 진격 속도가 얼마나 빨랐는지를 말해주고 있었다. 그 이튿날에는 우문부가 도착했고, 진과 고구려 또한 하루씩 차이를 두고 극성 앞으로 집결했다.

마침내 한자리에 모인 이십만 동맹군이 극성 바로 앞에 진을 치니, 왼쪽부터 단부, 진, 고구려, 그리고 마지막은 우문부의 진영이었다. 이에 비해 모용부가 모아들인 군사는 팔만 남짓하여 두 군세 사이에는 두 배 넘는 차이가 있었다.

그리고 마침내 개전의 날.

동맹군의 군세 속에 외로이 고립된 극성의 성문이 열리며 한 사내가 모습을 드러냈다. 보기 드문 붉은 머리에 보통 사람의 갑절은 되는 체격. 맹수와 같이 섬뜩한 눈과 돌도 씹어 먹을 듯 강인한 턱. 여태껏 그와 마주쳐 살아남은 이가 드문 까닭에 그의 얼굴을 아는 이 또한 드물었으나 지켜보는 모든 이들은 직감적으로 그가 누구인지 짐작할 수 있었다. 일기당천이라는 고사(故事)의 주인공. 천하무쌍이라는 수식어의 주인. 그런 그가 극성의 성문 앞에 직접 나선 것이다. 그러나 어딘지 이상한 것은 이제 오십 줄에 들었을 그가 너무나 젊어 보인다는 사실이었다.

"나는 대릉하의 모용황이다. 목을 내놓을 적장은 먼저 나서라!"

모용황은 땅에 창을 박으며 외쳤다. 쩌렁쩌렁한 소리가 온 진영을 들썩이며 퍼져나가자 지켜보던 동맹군 장졸들이 하나같이 움찔하며 마른 침을 삼켰다. 그야말로 압도적인 기세였다.

눈살을 찌푸리며 이를 지켜보던 우문실독관이 군사(軍師)를 불러 물었다.

"나는 모용외의 싸움을 본 적이 없다. 하물며 모용황이라는 이름은 들어보지도 못했다. 그대는 아는가?"

"모용외는 일기당천의 별명을 지닌 전신(戰神)으로, 장수를 보내면 장수를 모두 죽이고 병졸을 보내면 병졸을 모두 죽이는 무서운 자입니다. 모용황은 그의 아들인데, 지금 모습을 보니 젊은 날의 모용외와 크게 다르지 않습니다. 주의해야 할 것 같습니다."

"그 아비에 그 아들이라……."

우문실독관은 군사의 말이 실없다는 듯 고개를 털어내며 웃었다.

"기억이 과장되고 소문이 과장되어 군사의 사기를 떨어트릴까 두렵다."

곧이어 우문실독관은 장수 하나를 불렀다. 힘으로는 우문부에서 제일간다는 우문병국이라는 사내로 젊은 혈기가 펄펄 끓는 자였다.

"네가 저자를 상대할 수 있겠느냐?"

"반드시 저자의 목을 따 오겠습니다."

우문병국은 코웃음을 치며 말에 올랐다. 그 위세가 자못 당당하여 우문부 군사들은 크게 환호를 내었다.

"잘못하면 우문부에 큰 공을 넘겨주겠구나. 우리 장수 중에는 나설 이가 없는가?"

단부의 족장인 단말파가 주위를 둘러보며 외치자 분연히 창을 잡고 나서는 이가 있었다. 바로 단말파의 둘째 아들인 단봉이었는데, 그 또한 무예로 제법 이름을 떨치는 이였다.

"아버님의 이름을 욕되게 하지 않겠습니다."

단봉 또한 우문병국에게 질세라 모용황을 향해 힘껏 말을 달리니 양 진영의 군사가 두 장수의 이름을 경쟁하듯 외치며 목청껏 환호했다.

"모용외의 자식 모용황의 목은 이 우문병국이 치리라!"

"여기 단봉이 있는데 감히 누가 공을 서두르느냐!"

흙먼지를 일으키며 앞을 다투어 달려오는 이들 두 장수의 기세가 제법 흉흉함에도 성문 앞의 모용황은 땅에 박힌 창을 잡지 않았다. 거리는 순식간에 줄어들었다. 쉰 걸음, 서른 걸음, 그리고 스무 걸음쯤으로 거리가 좁혀진 순간, 모용황은 갑자기 말을 박차며 벼락같은 고함을 쳤다.

"하룻강아지들이!"

그의 고함 소리와 함께 펼쳐진 눈앞의 광경에 양 진영의 함성이 끊겼다.

"히이이잉!"

두 장수를 태운 말이 그의 고함 소리에 놀라 앞발을 높이 들며 제자리에 멈추는가 싶더니 병장기의 소리가 아닌 묘한 소리가 전장을 울렸고, 가까이서 지켜본 병사들은 눈에 들어온 끔찍한 장면에 몸을 떨어야만 했다. 모용황의 주먹이 단봉의 안면을 그대로 박살 내버린 것이었다. 허리가 뒤로 꺾인 채 바닥에 패대기쳐진 단봉은 몇 번 몸을 꿈틀거리다 그대로 혼절했다.

"이, 이게 무슨……."

우문병국은 입술을 떨었다. 그가 내지른 창은 모용황의 손에 붙잡혀 부러져 있었다. 우문병국은 그제야 자신이 상대하려던 적의 무서움을 깨닫는 중이었다.

"하, 항복."

그리고 우문병국은 정신을 잃었다. 명치를 거세게 얻어맞은 탓이었다. 쓰러지는 우문병국의 목덜미를 잡아 쥔 모용황은 흘낏 전장을 노려보았다. 감히 그와 눈을 마주치지 못하기는 모든 병졸과 장수가 하나같았다. 곧 모용황이 정신을 잃은 두 패장을 한편에 하나씩 질질 끌며 성문으로 돌아가는데 동맹군 진영에서는 잠시간의 머뭇거림이 있고서야 군사를 일으켜 그 뒤를 쫓았다. 그러나 이미 모용황은 성문 안으로 사라진 뒤였고 뛰쳐나온 모용부 군사와 한참의 각축전을 벌이던 동맹군 군사는 커다란 소득 없이 이날의 싸움을 마무리했다. 그간 동맹군의 쉬운 싸움에 드디어 하나의 마침표가 찍힌 셈이었다. 그리고 이것은 이후 새로운 모용 시대를 열게 될 주인공 모용황이 세상에 그 모습을 드러낸 첫 싸움이었다.

"이쯤이야 아무것도 아니오."

이날 밤, 우문실독관은 동맹군의 장수들이 모인 최비의 막사에서 담담한 음성을 내밀었다.

"우리 우문부는 우문병국의 목숨을 없는 것으로 여기기로 하였소. 결코 인질 때문에 머뭇거리지 않겠다는 말이오."

단말파가 그 말을 받았다.

"사로잡힌 그 순간부터 단봉은 내 자식이 아니었소."

일어선 우문실독관과 단말파는 서로의 손을 맞잡았다.

"족장의 기개가 참으로 영웅다우시오."

"대인이야말로 어려운 결단을 내렸소. 오늘 우리는 모용황이라는 걸출한 자를 보았으나 그뿐이오. 우리가 이토록 단결하니 모용부는 벌써 망한 것이나 마찬가지요."

"초장부터 모용외가 자신의 아들을 내보낸 것 또한 저들의 다급함을 보여주는 것이 아니겠습니까?"

회의는 호기 어린 화합과 격려의 장으로 끝났다. 각군의 수장들은 자신들의 막사로 돌아가며 하나같이 밝은 내일을 기대했고 그것은 당연한 일이었다. 모용부는 동맹군의 압도적인 군세에 둘러싸인 고립무원의 처지였고 어디에도 그들을 도와줄 세력은 없었나. 이제 모용부의 멸망이란 예정된 일이었다.

번개가 가른 성패

이튿날의 싸움은 아직 새벽닭이 울기도 전 극성 밖으로 모용부의 부월수(斧鉞手)들이 뛰쳐나오며 시작되었다. 때 이른 전면전이었지만 최비의 충고에 따라 많은 보초를 세워 야습에 대비했던 동맹군 진영이 이에 당황하지 않고 침착히 맞서자 곧 서로 죽고 죽이는 정직한 숫자의 싸움이 시작되었다. 갑절에 이르는 동맹군의 우세는 틀림없었으나, 선공에 나선 모용부의 장수와 군사들은 이상하리만치 소극적이었다.

"모용부의 사신장은 어디에 있느냐!"

쉴 새 없이 사방의 적을 베어 넘기면서 앞으로 나아가던 여노의 앞으로 한 장수가 말을 달려왔다. 여노는 이미 말을 모는 솜씨만으로도 상대가 보통이 아님을 알아보고 창을 높이 세운 채 소리를 질렀다.

"적장은 이름을 밝혀라. 나는 고구려의 호장(虎將) 여노다."

적장 역시 번개같이 내달아 여노의 앞에 버텨 선 채 사자후를 뿜었다.

"오호, 여노라! 고구려 제일장의 목은 내가 따리라! 나는 번나발이다!"

처음의 기세는 대단했으나 일단 싸움이 펼쳐지자 번나발은 치명적 살수를 내지 않은 채 적당히 말을 물려가며 지공(遲攻)과 수비로 일관했다.

"번나발이 어찌 이리 비겁하단 말이냐!"

사실 제아무리 번나발이 맹장이라 한들 상대는 한 창에 아야로를 물리친 여노였다. 기세등등한 시작과는 달리 조금씩 물러서는 게 당연하다면 당연했지만, 이날의 그는 지나치게 소극적이었다. 여노의 매서운 공격에 자잘한 상처를 입으면서도 치명상을 피해가며 싸우는 통에 시간이 한참이나 흘러도 승부가 나지 않았다.

"이놈이 무슨 꿍꿍이가 있는 게로구나."

여노는 치명적 일격을 위한 밑그림을 그렸다. 지금껏 파악한 번나발의 공수 형태에 따라 그의 공격을 흘려내고 가슴에 한 창을 박을 것이었다. 정황은 여노가 그린 대로 흘러갔다. 좌우로 민첩하게 몸을 움직이며 가슴을 내놓은 채 연신 창을 찔러대자 과연 번나발의 창끝이 가슴을 향해 찔러왔다. 이 순간 여노가 번개같이 번나발의 창대를 후려치자 결국 번나발의 창이 땅바닥에 떨어지고 말았다. 여노가 텅 비어버린 번나발의 가슴에 한 창을 찔러 넣는 순간 번나발은 전광석화같이 몸을 뒤집으며 말에서 떨어져 내리는 동시에 말의 급소를 발로 걸어차 버렸다.

"히히힝!"

번나발의 말이 극심한 고통에 고개를 숙이고 여노의 말을 향해 달려들자 여노의 말은 앞발을 들며 뒤로 물러섰다.

"여여! 괜찮다!"

여노가 고삐를 잡아채 말을 안정시키는 순간 번나발은 어느새 달려가 군사들 속으로 몸을 숨겨버렸다.

"그놈, 살아가는 재주 하나는 남겨두었구나. 말 불알을 걸어차다니! 하지만 알려진 바와 달리 계집애 같은 놈이로다!"

여노와 고구려군이 장졸 할 것 없이 모두 웃음을 터트리는데 어디선가 고막을 크게 울리는 뿔피리 소리가 들려왔다. 급히 구원을 요청하는 단부의 뿔피리였다.

소리를 쫓아 여노의 눈길이 이른 곳에는 아야로와 도환, 반강이 한데 모여 적을 깨부수고 있었다. 그들 본인의 무예는 물론 휘하 정예병 또한 하나같이 사납고 날랜 이들인데 모두가 한데 모여 날뛰니 단부의 군사들은 감히 맞서지 못하고 사방으로 흩어지고만 있었다. 다시 여노의 눈길에 모용부의 맹공에 질려 어찌할 바를 모른 채 우왕좌왕하는 단부의 장수들, 그리고 족장인 단말파가 들어왔다. 그제야 여노는 번나발이 왜 소극적으로 시간을 끌었는지, 다른 사신장들이 왜 나타나지 않았는지 그 이유를 알 것 같았다.

"죽여라!"

단말파를 향해 아야로, 도환, 반강 세 장수가 각기 정예병을 이끌고 달려들었다. 모용부 최정예의 전력을 다한 일격에 막아서는 단부의 상졸들은 가을철 낙엽처럼 힘없이 부서지며 짓밟힐 뿐이었다.

이날의 싸움이 끝나고서 진영을 정돈하는 네 세력의 모습은 크게 상이했다. 거의 피해를 입지 않은 고구려와 진, 우문부와 달리 단부는 삼분의 일이 넘게 꺾여나가는 타격을 입었다. 더욱이 족장 단말파를 지키기 위해 죽어나간 장수가 수십에 이르렀는데, 그중에는 단말파의 큰아들인 단량이 섞여 있었다. 단말파에게 자식은 단량과 단봉 둘뿐이었다.

"단부의 공이 가장 큰 것 같소."

우문실독관이 다른 이들을 돌아보며 말을 꺼냈다. 이를 악문 채 천천히 고개를 든 단말파의 눈시울이 붉었다. 무언가를 몇 번 말하려던 그는 가늘게 떨리는 입술을 깨물며 나오는 말을 삼켰다.

"그리 생각해 주니 고맙소."

이어 여러 장수가 한마디씩 단말파에게 위로의 말을 건네었다. 다음 싸움에 대해 몇 가지 책략과 전술 등이 오가던 회의는 무거운 분위기 탓인지 금방 끝나고 말았다.

돌아가는 각 세력의 장수들을 배웅한 최비는 빈 막사에서 홀로 생각에 잠겼다. 한참 눈을 감은 채 무언가를 고심하던 그는 이윽고 짧은 한숨을 뱉어내며 미미하게 고개를 좌우로 흔들었다.

"그래, 확실하다."

최비는 곧 밖을 향해 소리쳤다.

"고첨이 거기 있느냐!"

잠시 후 다부진 몸매의 장수가 들어와 고개를 숙였다.

"주군께서 명이 있으십니까?"

"극성 동쪽에 작은 문이 있다. 날랜 병사 십여 명을 이끌고 가서 근처에 잠복하라. 혹시 그 문으로 나오는 자가 있을지 모르니 그것만을 기다려라. 두 명이 나오면 그냥 놓아두되 한 명이 나오면 기필코 목을 베어라."

"둘이라 하면 어떤 사람들을 말씀하시는지……?"

"우문병국과 단봉이다."

"모두가 합심한 동맹군인데 하나라도 살리는 게 낫지 않겠습니까?"

고첨이 이해할 수 없어 큰 소리로 묻자 최비는 벌떡 일어나 그의 뺨을 세차게 올려 쳤다. 항상 인자하고 점잖은 최비에게서 결코 볼 수 없는 모습이라 고첨은 급히 몸을 세우며 자세를 바로 했다.

"나는 지금 네게 진의 운명을 맡기는 것이다. 정신을 똑바로 차려라."

"예!"

"한 장수만 나온다년 필시 우문병국일 것이다. 목숨을 걸고 그를 죽이되 조금이라도 실패할 성싶거든 절대로 몸을 드러 내지 말라. 내 말을 확실히 알아들었느냐?"

"예엣!"

"당장 가거라."

"옛!"

크게 대답한 고첨은 곧바로 날랜 병사 십여 명을 뽑아 극성의 동쪽 성벽으로 향했다. 작은 쪽문을 확인한 고첨은 근처를 물색하여 깊은 수풀에 잠복했다. 칼날을 검게 칠하고 검은 옷을 입은 데다 숨소리마저 죽인 채 밤새 온 신경을 곤두세워 쪽문을 지켜보았다.

필사적으로 졸음을 참아내며 기다리던 깊은 밤 어느 순간 쪽문이 정말로 열렸다. 그리고 그 문으로 한 사람이 빠져나왔다. 혹시나 따르는 이가 없을까 한참을 더 지켜보았지만 닫힌 쪽문은 다시 열리지 않았다. 둘이 아닌 하나. 최비의 말대로라면 상대는 필시 우문병국일 터였고 자신은 반드시 그를 죽여야 했다. 고첨은 우문병국이 더욱 가까워지길 기다리고 기다렸다. 자신에게 진의 운명을 맡긴다는 최비의 말이 머릿속에

맴돌며 집중력과 인내심을 극한까지 끌어올렸다.

"죽여라!"

우문병국이 열 걸음 정도로 가까워지고서야 고첨은 작은 목소리로 신호를 내었다. 동시에 잠복했던 십여 명이 손에 칼을 든 채 어둠 속에서 소리 없이 몸을 일으켰다. 그때였다.

번쩍!

그것은 번개였다. 고첨과 병사들이 우문병국을 향해 달려들려는 바로 그 찰나 난데없이 거대한 번개가 밤하늘을 온통 비추며 떨어졌다. 그리고 그 빛은 칼을 빼어 든 고첨과 그 수하들의 모습을 우문병국의 눈에 똑똑히 비추었다.

"무, 무어냐!"

놀란 우문병국은 다급한 목소리를 냄과 동시에 죽을힘을 다해 달렸다. 평소의 그라면 맞설 법도 했으나 이미 모용황에게 질릴 대로 질린 터라 온 세상의 모든 것이 두려웠다. 그야말로 젖 먹던 힘까지 짜내어 달리니 고첨과 수하들이 힘껏 뒤쫓았으나 역부족이었다. 결국 따라잡지 못할 것을 알고 멈추어 선 고첨이 그의 등판에 화살을 한 대 날리려는 순간, 우문병국은 바로 앞의 강물을 향해 몸을 던졌다. 망연자실한 고첨과 수하들이 근처를 밤새워 뒤졌지만 우문병국의 모습은 끝끝내 발견되지 않았다. 그가 나타난 것은 날이 밝은 뒤 수만의 병사가 지켜보는 우문부의 진영에서였다.

"단봉은?"

"죽었습니다. 모용황이 그의 목을 베었습니다."

"무어? 너는 어떻게 살았느냐?"

"모르겠습니다. 다만 이 서한을 대인께 전하라며……."

우문병국은 품에서 양피지를 한 장 꺼내어 우문실독관에게 내밀었다. 빼앗듯 이를 받아 든 우문실독관은 다급히 양피지를 폈다.

— 우문 대인, 두 가지를 잘랐으니 이제 그대의 도끼질 한 번이면 노송은 꺾이리라.

알쏭달쏭한 한 문장만이 쓰인 양피지였다. 우문실독관은 한 눈에 그 의미를 알지 못하여 눈살을 찌푸린 채 몇 번이고 다시 읽었다.

"노송……? 그렇다면 가지란!"

갑자기 의미를 깨달은 그는 너무나 놀라 큰 외침을 터트렸다.

"계략이다! 병국만이 혼자 돌아왔으니 크나큰 문제가 생기겠구나!"

이때 벼락같은 목소리가 터져 나왔다.

"이놈! 계략은 뭐가 계략이란 말이냐!"

형언할 수 없는 분노가 가득 담긴 낮은 목소리. 우문실독관은 그것이 누구의 목소리인지 바로 알아챌 수 있었다.

"단말파 족장!"

"이상했지. 참 이상했는데 왜 진작 몰랐단 말인가!"

성큼성큼 다가온 단말파는 우문실독관의 손에서 양피지를 낚아챘다. 당황한 우문실독관은 황급히 손을 내저으며 외쳤다.

"족장! 이 서한에는 음모가 있소!"

"네놈의 음모 말인가?"

이미 단말파의 눈은 서한의 내용을 읽고 있었다. 그리고 가뜩이나 붉어졌던 그의 눈은 이제 터질 듯 핏기가 올라 있었다.

"함께 잡힌 단봉은 죽고 우문병국은 살아왔지. 함께 싸운 단부는 내 아들 단량을 비롯해 반수가 죽었는데 우문부는 다친 이조차 드물다. 그리고 이런 서한을 가져왔다?"

단말파는 더욱 낮게 으르렁거렸다.

"노송이란 내가 아니고 누구란 말이냐! 잘려나간 가지란 내 자식들이 아니고 무엇이란 말이냐. 그래, 이제 네놈이 도끼질 한 번에 나를 죽일 차례더냐?"

"잠시만 내 말을 들어보시오!"

"어디서부터 어디까지 속았는지 알 도리도 없구나. 동맹군이란 허울 좋은 말에 속아 우문부야말로 우리의 주적이었던 사실을 내가 잠시 잊었구나. 너는 모용과 내통해 먼저 단부를 없앤 후 진과 고구려의 동맹군으로 모용부를 멸하려 했다. 그러면 너는 선비의 대선우가 되는 거지. 량아, 봉아, 너희가 흉악한 음모의 마차에 실려 죽음의 길에 들어서는데도 이 못난 아비는 웃고만 있었구나!"

단말파의 얼굴은 분노와 회한의 눈물로 범벅이 되어있었다. 그는 우문실독관을 죽일 듯이 노려보며 허리춤에서 큰 칼을 뽑아 들었다.

"이놈아, 나는 지금 형의 아들인 단아를 양자로 삼고 오는 길이다. 내 아들 둘이 다 죽은 까닭이지. 바로 이런, 이런 개수작에 속아서!"

"잠깐!"

그가 뽑아 든 칼을 위로 쳐들어 내리치려는 순간, 돌아가는 꼴을 지켜보던 우문병국의 입에서 다급한 고함이 터져 나왔다.

"뭔가, 뭔가 이상한 생각이 듭니다. 잘 모르지만 그렇습니다. 분명히 이상합니다."

단말파가 멈칫하는 사이 우문병국은 빠르게 말을 이었다.

"극성에서 나왔을 적에 저를 습, 습격한 이들이 있었습니다. 모용황의 군사인 줄 알고 죽어라 도망쳤는데, 지금 생각해 보니 모용황이라면 성안에서 죽이지 왜 살려준 다음에 죽일 필요가…… 그러니까 잘은 모르지만 흉수가 모용황은 아닌 것 같아서 말입니다."

"으하하하하."

갑자기 터져 나온 단말파의 웃음소리였다. 분노와 슬픔을 섞어 담은 듯 한없이 비통한 웃음소리가 한참을 끊이지 않고 이어졌다. 웃음을 멈춘 단말파는 붉은 눈으로 우문병국을 노려보았다.

"그러니까 우리 단부에서 너를 죽이려 했다는 말을 하고 싶겠지?"

"그런 것이 아니오! 지금 생각하니 그들은 진의 군사 같았소."

"이놈이 궁하니 진까지 끌어들이려 하는구나! 진이 왜 너를 죽인단 말이냐!"

그의 핏발 선 눈이 다시 우문실독관에게 향했다. 이미 단말파는 그들의 말을 곧이곧대로 믿기에는 너무나 격한 상태였다.

"내 아들이 홀로 죽은 것이 억울하고 내 군사가 많이 죽은 게 억울해서, 그래서 단부가 저자를 죽이려 했다고, 그런 이야기를 하는 것이지?"

단말파는 들었던 칼을 바닥에 던졌다.

"네놈의 대승이다. 네 계략이 훌륭하게 들어 먹혔다."

"족장!"

"여기서 네놈을 베면 동맹군 세 세력이 모두 단부를 핍박하겠지. 그래, 실로 완벽한 계략이다. 여기서는 물러나는 수밖에 없구나."

"족장! 제발 내 말을 들어보시오!"

우문실독관은 애원과도 같이 단말파를 불렀으나 그는 핏발
선 눈으로 마지막 한마디를 던지고 돌아설 뿐이었다.

"나는 발을 빼고 모용부에 가련다. 그들이 만약 이 전쟁에서
살아남으면 같이 우문부를 멸망시키자 약조할 것이다. 네가
나에게 한 것을 그대로 돌려주겠다."

단부는 결국 단말파의 명에 의해 회군을 시작했다. 족장의
두 후계자와 군사의 반절을 잃은 쓸쓸한 회군이었다. 누구도
말릴 엄두를 내지 못할 정도로 두 아들을 잃은 단말파의 분노
는 엄청난 것이었다. 그렇게 극성에는 세 개의 세력만이 남게
되었다.

"허허."

한편, 고첨의 보고를 받은 최비는 그 원망을 풀 곳이 없어
하늘을 올려다보며 한탄했다.

"하필 그때 번개가 쳤다니. 도대체 하늘이 모용부를 돕는 것
을 어쩌란 말인가!"

망연자실하여 깊은 한숨을 쉬던 최비는 시간이 지나며 점점
평정을 되찾았다. 천하를 모조리 손에 넣고도 허무하게 잃어
본 그였다. 보통 사람과 인내심의 그릇이 달랐다.

"계책으로 될 일이 아니다. 꾀로 망가진 일은 노력으로 되돌리는 법. 나는 사람이 해볼 수 있는 것은 다 해보리라."

"어디를 가십니까?"

곧 말에 오르는 최비를 향해 고첨이 물었다.

"우문부 진영으로 간다."

"예? 설마……."

"원수인 고구려 태왕에게 무릎을 꿇으며 애걸했던 나다. 우문부에라고 사과하지 못할 것이 무어냐."

엎드린 고첨을 뒤로하고 최비는 우문부 진영을 향해 홀로 말을 달렸다. 직접 찾아온 최비를 보자 우문부 장졸들은 황급히 고개를 숙이며 물러났다. 그들의 사이를 헤집듯 막사로 불쑥 들어간 최비는 어리둥절한 우문실독관을 보며 첫마디에 본론을 담았다.

"내가 범인이오."

"예? 옛 주인께서 무슨 말씀을 하십니까?"

우문부는 본래 진에 신종하였기에 우문실독관은 최비를 아직 주인이라 불렀다. 그런 우문실독관을 향해 최비는 더욱 담담한 목소리를 내었다.

"우문병국을 죽이려 한 것은 바로 나요."

"예?"

"모용부의 장수들은 맞선 상대를 반드시 죽일 뿐 인질 따위를 잡아본 적이 없는 자들이오. 그런데 모용황이 맨손으로 두 장수를 사로잡아 갔을 때 이미 계략이 있음을 알았소. 그 후 단말파만을 노려서 공격함을 보고 확신했지. 모용황이란 자, 보통이 아니오. 용맹은 아비를 쏙 빼닮았고 머리는 사도중련을 따라갈 자요. 그는 처음부터 단봉을 죽이고 우문병국을 살려 보낼 생각이었소."

거기까지 이야기한 최비는 갑자기 우문실독관의 앞에 무릎을 꿇었다.

"용서하시오. 나는 이 동맹을 보호해야만 했소. 그래서 반간계(反間計)를 막아보고자 그를 죽이려 한 게요."

우문실독관은 머리가 느리지 않은 자라 최비의 말을 바로 알아들을 수 있었다. 우문부 또한 이 동맹에 너무나 많은 것을 건 터였다. 그러나 우문병국은 족장 우문막규의 조카였고 이제 족장이 될 것이 분명한 우문걸득구의 둘도 없는 친구였다. 도성에 그 사실을 알리면 분명 우문부는 최비를 적으로 돌릴 것이었다. 우문실독관은 이 되돌리지 못할 사실 앞에 안타까운 물음을 던졌다.

"제게 알려주실 수도 있지 않았습니까."

"그대의 손으로 우문병국을 직접 죽일 수 있었겠소?"

"아!"

우문실독관은 한참을 고민했다. 그러다 눈앞에 무릎을 꿇은 최비를 바라보았다. 최비가 누구인가. 진의 황제나 다름없던 무소불위의 권력자이자 천하를 거의 가졌던 영웅 중의 영웅이 아니었던가. 그런 그가 모든 자존심을 버린 채 무릎을 꿇고 있는 것이었다. 우문부 또한 절박하기가 최비에 모자라지 않은데 각을 세울 이유가 무엇이랴. 우문실독관은 최비의 앞에 마주 무릎을 꿇었다.

"이 사실은 저와 옛 주인, 둘만의 비밀로 가져갔으면 좋겠습니다."

우문실독관은 최비의 손을 잡았다.

"제가 헤아림이 짧고 마음이 독하지 못하여 돌아온 우문병국을 즉시 참수하지 못했습니다. 그랬다면 단부의 오해를 막았을 텐데. 제가 오히려 죄인입니다."

"그대야말로 진정한 영웅이오!"

둘은 손을 굳게 맞잡았다. 이날 그렇게 사분오열될 뻔했던 동맹군은 평생을 계략으로 살아왔던 최비의 진심으로 인해 단부의 회군만으로 그쳤다. 오히려 적의 반간계를 확인한 진과 우문부가 사이를 돈독히 다지니 동맹은 더욱 굳건해진 것만 같았다.

그러나 극성이 자리한 창려에서 서쪽으로 멀리 떨어진 북평에서는 결코 생각조차 하지 못했던 엉뚱한 소식을 가진 전령이 최비를 향해 달려오고 있었다.

눈 위에 서리가 내리니

넓고 질 좋은 초지가 많아 좋은 말이 생산되는 북평은 당시 모용부의 영토였다. 이 땅의 중요함을 아는 모용외는 그의 모사(謀士) 중 주해라는 이를 주둔케 했는데, 오래전 진에서 귀부해 온 그는 사리에 밝은 데다 제법 지모를 가진 자였다.

주해가 모용외의 서한을 받은 것은 동맹군이 극성 앞에 이르기 열흘쯤 전이었다.

"허허, 땅도 땅이지만 이 많은 물자와 말을 공짜로 내주기는 좀 아까운 곳인데……. 사도 군사께서 또 무슨 꾀를 내셨는가?"

서한을 다 읽은 주해는 산더미같이 쌓인 물자와 힘 좋은 수천 마리 말을 눈길 밖으로 내보내며 혼잣말을 뱉어냈다. 그러고는 곧 장수 하나를 불러 엉뚱한 명령을 내렸다.

"늙고 병든 병사 오백을 추려 북과 꽹과리 오백 벌을 준비하게 하라. 그 외 나머지 군사는 모두 극성으로 가라."

다음 날 아침, 주해는 선발된 오백 약졸을 거느리고 원정을 떠났다. 그가 향한 곳은 인접한 어양으로 최비의 조카인 최도가 지키고 있는 성이었다.

모용부의 군사가 쳐들어온다는 소식을 접한 최도는 경계를 단단히 하고 수성전을 펼칠 생각을 하고 있었는데 정작 어양성 앞에 도착한 주해의 병사들은 한나절 내내 북과 꽹과리를 치며 신나게 춤판만 벌이는 것이었다.

　우두머리인 주해 역시 직접 선두에서 흥겹게 춤만 춰대니 그 꼴을 보고 있는 최도로서는 기가 막히지 않을 수 없었다. 저녁때가 되자 춤판을 벌이던 무리들이 밥을 지어 먹는데, 이번에는 춤판 대신 술판이 벌어졌다. 왁자지껄한 술자리가 끝나고 한밤이 될 무렵, 주해가 이끈 오백 군사는 누구 하나 빼놓지 않고 고주망태가 되어 어양성 벌판에 아무렇게나 널브러져 있었다.

　"저게 대체 무슨 꿍꿍이야!"

　보다 못한 최도가 마침내 발 빠른 군사들을 이끌고 직접 성밖으로 뛰쳐나갔다. 최도의 군사들이 칼을 뽑아 달려들었지만 술에 취한 주해의 군사들은 아무런 대응을 하지 않았다. 그들 대부분은 정말로 취해서 코를 골며 자고 있었다.

　"태수! 최도 공!"

　최도를 맞이한 것은 백기를 들고 흔드는 주해였다.

　"항복이오, 항복!"

　"대체 이것이 무슨 계략이냐? 당장 바른말을 고하지 않으면 네놈부터 도륙을 내리라."

최도가 당장이라도 목을 칠 듯이 소리치자 주해가 술 취한 목소리로 말했다.

"나도 이게 무슨 꼴인지 모르겠소."

"어서 말하라는데도! 무슨 목적으로 온 것이냔 말이냐!"

"목적은 어양을 빼앗으러 온 것이긴 한데⋯⋯."

"한데?"

"아, 나도 이게 무슨 짓인지 모르겠소. 주공이 나를 미워하여 고작 약졸 오백을 내주며 최 태수가 버티고 있는 어양을 빼앗으라 하니 이게 가당키나 하오? 그래, 군졸들에게 어차피 싸우면 모두 죽을 목숨이니 원 없이 춤이나 추고 술이나 먹다 죽자 하였소. 그게 다요."

최도가 가만히 보니 참말인 듯도 했다. 그도 그럴 것이 주해는 정말로 북평에 주둔한 모용부 군사의 우두머리였다. 최도는 그래도 미심쩍어 거듭 물었다.

"네놈은 북평의 태수나 마찬가지인데 병사가 약졸 오백이 전부란 말이냐?"

"제대로 된 병사는 모두 극성으로 불려 갔소. 이게 거짓이라면 내가 미쳤다고 승산 없는 이 싸움에 직접 군사를 이끌고 왔겠소?"

"그렇긴 하다만⋯⋯."

"이대로 우리를 잡아두고 북평에 정탐꾼을 보내보시오. 그럼 알 일 아니오?"

들고 보니 일리 있는 말이었다. 최도는 술이 잔뜩 취한 주해와 그 군사들을 감금하고 발 빠른 정탐꾼들을 보내어 북평을 살펴보게 했다. 돌아온 자들의 말은 하나같이 북평성이 엄청난 물자로 가득 찬 채 텅텅 비었다는 것이었다. 그제야 주해의 말이 거짓이 아니라 여긴 최도는 즉시 장수 하나와 군사 수백을 보내어 북평을 점거했다. 진 역사상 가장 적은 군사로 가장 신속하게 이루어진 정벌이었다.

— 북평을 점거하고 장졸을 모두 사로잡았습니다. 명마가 오천 마리에 곡식 등 이루 헤아릴 수 없는 물자를 획득했습니다. 대승입니다.

최도는 곧 최비에게 승전보를 띄웠다. 그간 실수를 거듭하여 최비에게 빈축만 사던 그였으니 그 기쁨은 크기만 한 것이었다.

"이틀 갈 길을 하루에 달려라! 어서 숙부께 이 기쁜 소식을 알리도록 해라!"

곧 승전보를 든 전령이 최비를 향해 출발했다. 그러나 북평을 떠난 것은 최도의 전령뿐이 아니었다. 이미 주해가 북평을 떠날 적에 퍼트렸던 첩자들이 사방에 소문을 퍼 나르기 시작했다.

'최비의 후계자 최도가 털끝 하나 상하지 않고 북평을 가졌다!'

'북평을 점령한 진이 막대한 물자를 실어 날랐다!'

'명마 이천 마리에 황금 스무 관이 북평에서 어양으로 옮겨졌다!'

단부의 회군과 함께 전해진 이 소식은 순식간에 널리 퍼졌다. 피는 남의 손에 묻히고 재물은 진이 챙긴 꼴이었다. 전해 듣는 이마다 남녀노소를 불문하고 최비를 욕하고 진을 비난하니 평생을 계책으로 살아온 최비, 그가 보였던 마지막 진심은 결국 조카인 최도의 우둔함으로 인하여 가려지고 만 셈이었다.

그 일의 여파는 극성 앞에 모인 동맹군에도 그대로 전해졌다. 단부가 떠난 이후 새롭게 의기를 모으고 있던 우문부와 고구려군은 일제히 최비를 의심하며 경계하기 시작했고, 당장이라도 내분이 시작될 듯한 긴장이 감돌았다.

사태는 점차적으로 커져서 나란히 서 있던 세 진영 중 우문부의 진영이 조금씩, 아주 조금씩 뒤로 물러나는가 싶더니 곧이어 고구려 진영도 조금씩 뒤로 물러났다. 그러자 진의 진영 또한 선두를 피하며 물러났다. 그것은 장수들의 명에 따른 것이 아니었다. 병사들이 막사를 걷고 차릴 때마다 조금씩 물러서는 것이 반복되며 생겨난 일이었다.

'언제 적이 될지 모른다. 믿을 건 우리 자신뿐이다.'

그것은 동맹군 전군에 흐르는 기류였다. 급기야는 모용부 군사 수천이 성을 뛰쳐나와 시위를 벌이는데도 십수만 동맹군이 싸울 의지를 잃고 진영을 한참 뒤로 물리는 일이 벌어졌다. 달려드는 군사와 피하려는 군사 사이에 숫자는 아무 의미가 없었다.

날이 갈수록 더욱 많은 모용부 군사가 몰려나왔고, 동맹군은 더욱 먼 거리를 물러났다.

"더 물러서라. 얻은 게 있으니 진이 앞장을 서야지."

"저들이 싸우지 않는데 우리만 싸울 수는 없다. 군사를 물려라."

각 세력의 장졸들은 피해를 비교하며 서로의 전력을 가늠해 보는 데에만 열중했다. 삼 대 일의 싸움은 어느새 일 대 삼으로 변해있었다.

"꼴이 말이 아닙니다."

"흠."

여노와 평강이 한참 뒤로 물러난 군영을 내려다보고 있었다.

"어양의 사건을 어찌 생각하느냐. 역시 최비에게 다른 뜻이 있었던 것이겠느냐?"

"그는 이 동맹에 나라의 운명을 걸었습니다."

"모용부의 이간책이란 말이지?"

"아무래도 그렇지 않겠습니까. 대단히 노련한 반간계입니다."

여노는 문득 창을 쥔 손에 힘을 주며 멀리 적진을 보았다. 한눈에도 사기가 잔뜩 오른 것이 아군의 맥없는 모습과는 천양지차였다. 이에 적진을 노려보던 눈을 잠시 감았던 여노는 곧 강한 의지가 담긴 목소리를 내었다.

"지금부터라도 우리 고구려가 선두를 맡음이 옳겠다."

"대장군⋯⋯."

젊고 현명한 군사는 이 우직한 장수에게 존경 어린 눈빛을 보내며 고개를 숙였다.

"저 또한 대장군의 의기를 따르고 싶습니다. 하지만 고구려가 앞에 나선다 해서 어제의 동맹군이 될 수는 없습니다. 벌써 최비는 동맹 이탈을 결심했을지 모릅니다."

"최비가?"

"온 천하가 최비를 사기꾼으로 알기 시작했습니다. 동맹은 흔들리고 최비는 불안해졌지요. 그는 지금 오만 생각을 하고 있을 것입니다."

"흠."

"만일 동맹이 깨어진다면 가장 빨리 회군하는 것이 상책입니다. 뒤에 남을수록 모용부와 생사를 건 싸움을 벌여야 하니까요. 최비는 그것을 너무도 잘 알고 있습니다."

"간단한 문제다. 모두가 신의를 지키며 남으면 될 일. 내 직접 그를 만나 뜻을 전하리라."

"대장군!"

평강은 조심스레 고개를 저었다.

"국상께서 경계하며 말씀하시길, 최비에게는 지켜야 할 것이 많다 하셨습니다. 옛 주군에 대한 충의, 진나라에 대한 애정, 자신만 바라보는 장졸……. 그에게 그것들은 동맹군에 대한 신의보다 무겁다 하셨습니다."

"……."

"애초부터 그는 자신의 군사를 하나도 희생시키지 않겠다는 생각을 했을지 모릅니다. 모든 것이 미심쩍은 상황에서 고구려만 홀로 앞에 나서면 너무도 아까운 우리 군사들만 희생될 것입니다."

여노는 입을 다물었다. 동맹군과 모용부의 군영을 한참이나 노려보던 그는 천천히 입을 열어 상기된 목소리를 꺼냈다.

"정략(政略)이란 나 같은 장수에게는 너무나 어려운 일이다."

"……."

"그러나 이대로는 패할 것임을 분명히 안다."

평강이 무어라 더 말하려는데 여노는 손을 들어 그의 말을 막았다. 그리고 이내 굳은 얼굴로 먼저 말을 몰아 본진으로 돌아갔다.

이튿날에도 전황은 변함이 없었다. 모용부 군사는 다가왔고 동맹군은 조금씩 물러났다. 선두였던 진이 물러나고, 새로 선두가 된 우문부가 물러나고, 다시 고구려가 물러났다. 그런데 이날 물러나는 고구려 군사 중에는 뒤처지는 자들이 있었다. 오백 명가량의 고구려 군사가 막사를 쳤던 자리에 늑장을 부리며 그대로 남아있었다.

"어서 군사를 물리지 않고 무얼 하느냐! 탈영이라도 할 작정이더냐!"

이 게으른 군사들을 향해 호통을 치며 달려온 고구려 장수는 갑자기 입을 닫아버리고 말았다. 그 군사들의 선두에 우뚝 서 있는 장수를 본 탓이었다. 그는 바로 이날 아침 전군에 후퇴령을 내렸던 당사자인 대장군 여노였다.

"탈영병이 아니라 선봉군이다."

여노는 다가오는 모용부 군사를 묵묵히 지켜보며 입을 열었다.

"우리는 동맹군이 돌아올 때까지 여기서 한 걸음도 물러나지 않을 것이다."

잘못 뿌린 씨앗

"멈추어라!"

모용부 군사들은 여노의 군사들과 맞부딪치기 직전, 일촉즉
발의 순간에 진군을 멈추었다. 불과 수백 걸음의 거리를 사이
에 둔 채였다. 그리고 진군을 멈추게 한 장본인은 극성의 성벽
위에 멀찍이 서서 여노를 바라보며 손뼉을 쳤다.

"대단합니다. 장수의 기백이란 저쯤 되어야 하겠지요."

"그래, 기백은 대단하다만……. 너는 어째서 군사를 멈추게
하였느냐?"

손뼉을 치는 이는 사도중련이었고, 묻는 이는 모용외였다.

"저들과 싸우는 것은 계책이 깨어지는 일입니다."

"계책이 깨어진다?"

"저자는 저기서 죽음으로써 이 전쟁의 승패를 바꿔보려는
것입니다. 저 오백 군사가 저 자리에서 전멸한다면 적들 사이
에는 믿음이 돌아옵니다. 적장의 의도를 좇을 필요는 없지요."

사도중련의 눈은 날카로웠다. 과연 여노의 결사대는 다른
동맹군 군사들의 시선을 끌어모으기에 충분했다. 그 적은 수

로 대군에 맞서고 있다는 자체만으로 이미 동맹군의 양심에 일말의 가책을 불러오던 터였다. 그 증좌로 동맹군은 언제부턴가 군사를 더 이상 물리지 않고 있었다.

"그렇군."

모용외는 고개를 끄덕였다.

"때때로 전장에는 계책을 깨는 기백이라는 것이 존재하는 법이지. 중련, 나는 저자를 반드시 죽이고 싶구나."

"그것은 다음 일입니다."

"흠."

"주공, 오늘은 결실을 거두는 날이지요."

"결실이라……. 그래, 그렇지. 우리는 너무도 오래 기다렸지."

떨떠름하던 모용외의 얼굴에 금세 웃음이 피어올랐다.

"기쁘십니까?"

"청산의 도하를 버리고 이 외지고 비좁은 극성에서 보낸 이십여 년은 너무도 답답한 세월이었다."

"결국은 때가 오고야 말았습니다."

잠시간 지난 세월을 훑던 사도중련은 크게 숨을 들이마신 후 모용외를 향해 입을 열었다.

"모든 것이 준비되었습니다. 지금 죽여야 할 것은 저 몇백 군사가 아니라 적의 마음입니다. 여노가 그 정교한 반간계 속에서도 저렇듯 목숨조차 바치려는 걸 보니 문득 떠오르는 게 있군요."

"무엇이냐?"

"동맹군의 수수께끼가 풀린 듯합니다. 여노를 만나야겠습니다."

"누구든 데려가라. 아야로든 번나발이든 아니면 넷 다를."

"혼자면 족합니다."

"알겠다. 그러나 이 모용외, 네가 없이는 한낱 도둑 떼의 두목에 불과하다. 그 사실을 부디 잊지 마라."

사도중련은 모용외의 앞을 물러나 말 등에 오르더니 홀홀히 극성의 성문을 나섰다. 격전지에 어울리지 않는 태평한 모습으로 말을 몰아 경계와 의혹의 창을 겨눈 여노의 군사들 앞에 선 그는 당당한 목소리를 내었다.

"여노 대장군을 만나러 왔다."

"누구냐!"

"모용부의 군사 사도중련이라 한다."

놀란 기색을 감추며 사도중련을 노려보던 부장은 그의 앞장을 섰다. 당혹스러운 출현이었지만 칼 한 자루 없이 홀로 나타난 사도중련의 처리는 여노가 직접 결정해야 할 문제였다.

곧 여노는 사도중련과 마주했다. 주위를 모두 물린 채 이루어진 그들의 대화는 그리 길지 않았다.

대화를 마친 여노는 짧은 시간 동안 너무나 복잡해진 표정으로 부장을 불렀다.

"진영을 거두고 본진으로 합류하라."

"대장군! 저희 모두는 죽을 각오를 하고 있습니다."

이를 악문 채 대답하는 부장에게 여노는 그늘진 얼굴로 고개를 저었다.

"아니다. 어쩌면 이 원정은 잘못된 것만 같다."

여노는 세 동맹의 한가운데에 막사를 세우고 나머지 수장들을 불렀다. 최비와 우문실독관이 최소한의 호위만 거느린 채 모습을 드러냈고, 이내 막사로 들어서던 이들은 하나같이 신음 소리를 감추지 못했다. 사도중련이 탁상의 한 자리를 차지하고 있는 까닭이었다. 눈을 부릅뜬 우문실독관과 어딘지 모르게 눈빛이 흔들리는 최비를 태평한 얼굴로 바라보던 사도중련은 여노를 돌아보며 말했다.

"천하의 운명을 결정하는 자리로군요."

이에 기다렸다는 듯 우문실독관이 입을 열었다.

"지금은 전시(戰時)요. 그대를 억류하거나 참해도 욕될 게 없을 터. 본론만 말하시오. 찾아온 까닭이 무엇이오?"

"우문부에 걸출한 인물이 났다기에 궁금했는데 과연 좋은 얼굴이시오. 훗날 더한 위명을 들을 것만 같구려."

우문실독관을 가볍게 비낀 사도중련은 눈길을 돌려 최비를 바라보았다.

"오랜만이네, 옛 친구여."

최비는 대답을 하지 않았다. 그런 최비를 향해 사도중련이 다음 말을 던졌다.

"무제를 모시고 격론을 벌이던 때가 엊그제 같군. 항상 자네의 견식이 나보다 나아 무제께서는 자네를 더욱 총애하셨지."

"그리 생각하셨는가?"

"허허, 모용 대선우에게 몸을 기댄 것 또한 자네를 한번 이겨보고 싶은 바가 컸기 때문이지. 하지만 맹세컨대 한 번도 자네를 친구로 생각지 않은 적이 없었다네."

최비는 평소와 다르게 말을 아끼고 있었다.

"한데 자네에게는 나 말고도 좋은 친구가 또 계셨더군."

"무슨 말씀이신가?"

"알면서 물으시는가. 여기 여노 공도 계시고 말일세."

최비의 표정이 흔들렸다.

"여노 대장군 말씀인가. 기회가 되면 기꺼이 교분을 맺고 싶은 분이시지."

"허허, 아직 친분이 없다는 말씀이신가? 정녕……."

최비는 대답하는 대신 자리에서 일어섰다. 그리고 여태까지의 소극적인 태도와 달리 카랑카랑한 목소리를 뱉었다.

"여노 대장군! 그리고 우문 대인! 모용부의 계책은 모두 이 사도중련에게서 나오는 바 이 사람이 홀몸으로 대장군을 찾아간 것 또한 계책의 일환이라 생각되오. 더 이상 듣는 것은 이 자의 책략에 말려드는 일이오."

최비의 말이 채 끝나기도 전에 뒤에 시립해 있던 진나라 장수의 칼이 번개같이 사도중련의 목을 향해 날아들었다. 미리 약속이라도 한 것처럼 삽시간에 일어난 일이었으나 막사에는 피 대신 날카로운 쇳소리가 튀었다. 사도중련의 뒤에 있던 고구려 장수 또한 불시의 일격을 대비하고 있었던 듯 적시에 칼을 뽑아 이를 쳐낸 것이었다.

"멈추라!"

묵묵히 자리를 지키던 여노의 목소리가 두 칼을 떼어놓았다.

"나는 아직 그가 하려던 말을 다 듣지 못했소."

여노의 시선이 재차 칼질을 하려던 진 장수에게로 향했다. 여노의 쟁쟁한 위명이란 옛적 개마대산의 전투에서부터 이어진 바라 그의 무시무시한 신위(神威)를 직접 목격한 바 있는 장수는 감히 그의 앞에서 다시 칼을 뺄 생각을 하지 못했다.

"사도 공은 하려던 말씀을 하시오."

"여노 대장군이 적의 이간계를 모르지 않으실 터. 어째서……."

순간 사도중련의 높은 목소리가 최비의 음성을 덮었다.

"바로 이것 때문이 아니겠는가!"

그는 어느새 품에서 천으로 싸인 물건을 꺼내 들고 있었다. 그의 손에서 천이 한 겹 두 겹 벗겨지더니 마침내 물건이 모습을 드러냈다.

"옥새!"

우문실독관의 비명과도 같은 목소리가 터져 나왔다. 모여든 장수들은 물론 진나라 병사들까지 제자리에 몸이 굳어버렸다. 그것은 옛적 진(秦)나라 시황제 이후로 너무도 오랜 기간 나라를 거치고 대를 물리며 내려왔던 전국옥새(傳國玉璽). 바로 황하족의 절대 권력을 상징하는 신물(神物)이었다. 그 옥새가 반이 갈린 채로 사도중련의 손에 들려 있었다.

"여노 대장군도 꺼내주시오."

여노 또한 을불에게 받았던 물건을 내밀었다. 묵묵히 천을 풀어 헤친 그의 손에는 사도중련의 것과 같은 모습을 한 옥새가 들려 있었다. 여노와 사도중련은 천천히 서로의 옥새를 맞추어 보았다.

"틀림없군."

아귀는 한 치 틀어짐도 없이 정확히 맞았다. 여노는 부릅떴던 눈을 감아버렸고, 사도중련은 고개를 저었다. 이어서 악을 쓰듯 내지른 고함이 막사에 터져 나왔다.

"이런 개같은!"

우문실독관은 허리춤에서 칼을 뽑아 들었다. 그는 최비에게 달려들어 목에 칼을 겨누며 외쳤다.

"이놈! 설명하라. 진의 옥새가 어째서 저들의 손에 있는가!"

진의 장수 또한 급히 우문실독관에게 칼을 겨누었다. 갑작스러운 대치가 이루어진 가운데 최비를 대신하여 사도중련이 중얼거렸다.

"같은 이야기를 한 것이 아니겠는가."

사도중련의 목소리에는 짙은 한숨이 담겨있었다.

"자네는 옥새를 담보로 우리 모용부와 고구려에 같은 이야기를 했겠지. 모용부에는 고구려의 소탕을, 고구려에는 극성의 점령을."

"……."

"나는 자네가 어떻게 고구려를 설득했을지 늘 궁금했지. 혹시 자네가 반쪽 옥새로 고구려의 동맹을 끌어내지 않았을까 생각해 보기도 했지만 건업에서는 최근까지도 계속 반쪽의 옥새가 찍힌 문서가 극성으로 왔으므로 나머지 반쪽은 진나라에 있음이 확실했어."

최비는 눈을 감은 채 고개를 옆으로 저었다.

"자네의 계략은 탁월했어. 아무도 자네의 간계를 눈치챌 수 없었지. 그런데 아까 이 동맹의 승리를 위해 목숨을 버릴 양으로 햇살 아래 서 있던 여노 대장군을 보다 문득 떠오르는 게 있더군. 날씨였지. 농경이 진의 주업임에도 불구하고 건업에서 보내온 문서에는 날씨와 관련한 어떤 내용도 없었어. 그건 자네가 옥새를 쪼갤 때 이미 옥새의 반을 가지고 각종 문서를 만들어둔 때문이 아니겠나. 그렇다면 반쪽 옥새로 고구려를 희롱할 수 있는 것이지."

최비는 천천히 눈을 떴다.

"내 짐작대로 과연 여노 대장군에게 옥새의 반이 있더군. 건업에 있어야만 하는 옥새가 말일세. 그러니 이 동맹은 처음부터 어떤 진심도 없는 자네의 농간에 불과했던 거지. 그렇지 않은가?"

"이 사기꾼!"

우문실독관이 탁자 위에 놓인 두 조각의 옥새를 최비에게 집어 던졌다. 날아간 옥새는 최비의 이마에 맞고 바닥에 떨어졌다.

"……."

터진 이마에서 흘러나온 붉은 피가 온 얼굴을 덮었으나 최비는 닦아내지 않고 천천히 허리를 굽혀 옥새를 집어 들었다.

"거짓과 진실 사이에 무슨 차이가 있겠는가."

최비는 선혈이 낭자한 채 웃었다. 웃음은 점점 번져 늙은 그의 목에서 나는 소리라고는 믿기지 않을 만큼 커졌다. 마치 광인처럼 크고 기괴한 웃음을 흘리던 최비는 별안간 웃음을 뚝

그치더니 돌아섰다.

"어딜 가려느냐!"

그의 목에 칼을 겨누던 우문실독관은 고함을 치며 칼을 더욱 바싹 가져다 대었다. 동시에 진 상수의 칼끝 또한 그에게 가까이 다가왔다.

"보내시오."

여노의 독백과도 같은 목소리였다.

"나는 오늘 아침까지도 거짓된 신의에 목숨을 걸었소. 그러나 이제는 서로가 서로의 적인 터. 극성에서는 그 어떤 전투도 있어서는 아니 되오. 모두가 이대로 물러나는 길만이 남았을 뿐이오."

그리고 여노는 사도중련을 보았다.

"돌아가는 길이 험난하겠군."

"모용부는 이 출병을 용서하지 않을 것이오. 비록 그것이 협잡에 기반한 것이었다 해도."

여노와 팽팽한 눈길을 마주치던 사도중련은 막사를 떠나갔다. 이윽고 이를 갈며 최비를 노려보던 우문실독관이 떠나고, 여노가 굳은 얼굴로 떠났다. 오로지 최비만이 우두커니 빈 막사에 남아 손에 쥔 옥새를 바라보고 있었다.

동맹은 그렇게 와해되었다.

어형과 어생

각 군은 부랴부랴 군막을 걷고 제각기 진군해 온 길로 회군하기 시작했다. 천하의 지략가 최비가 각고의 노력 끝에 이루어낸 동맹은 결국 필생의 맞수 사도중련에 의해 한순간에 물거품이 되고 말았던 것이다.

그것은 최비의 몰락만이 아니라 궁벽한 변방에 웅거해 온 모용부가 떨치고 일어나 대륙의 새로운 패자로 떠오르는 분수령이 되었다. 모용외는 뿔뿔이 흩어져 돌아가는 동맹군, 아니 이제는 원수가 된 그들을 그저 바라보고만 있지는 않았다.

첫 희생자는 가장 먼저 짐을 꾸려 떠난 단부였다. 단부의 군사가 돌아가는 서쪽 길에는 모용황이 답답한 가슴을 참지 못한 듯 밤의 야수처럼 서성거리고 있었다. 두리번거리는 그의 눈빛은 동굴 속에 오랫동안 웅크리고 있던 짐승의 그것과 다르지 않았다. 무엇이든 그 시야에 들어오면 뼈까지 통째로 삼켜버릴 것 같은 기세로 주위를 둘러보며 그는 단말파가 나타나기를 기다리고 있었다.

마침내 그 눈길의 한복판으로 두 아들을 잃은 슬픔에 잠겨 무거운 걸음을 옮겨놓고 있는 단말파가 들어왔다.

"한수, 나는 저들의 걸음걸이가 싫구나! 저녁에 죽으나 한밤에 죽으나 뭐가 달라 저리도 처참하게 걷는단 말이냐!"

비록 자신의 심복인 한수를 향해 하는 말이었지만 어찌 들으면 이것은 모용황이 자신에게 던지는 말 같기도 했다.

"이미 죽음의 길로 방향을 잡은 자들, 저들을 도와라!"

단부의 군사는 돌아가는 길에 잠복했던 모용황의 기습을 받아 변변한 저항 한 번 해보지 못한 채 산산이 부서지고 말았다. 우문부와 모용부가 결탁하고 있는 것으로 철석같이 믿고 있는 단부의 장수들은 아예 기습에 대적할 엄두조차 내지 못한 채 반절은 도주하고 남은 반절은 항복했다. 모용황이 알아들을 수 없는 말을 주절거리며 항복한 이들의 목을 모조리 베니 시체는 산이 되고 피는 강이 되어 흘렀다.

그러나 이들 단부의 피해는 우문부가 입은 것의 절반에 지나지 않았다. 모용부의 군사들은 너무나 오랫동안 극성에 갇혀있던 터였다. 그간의 분통을 한꺼번에 터트리듯 서로 단 하나라도 더 죽이겠다고 날뛰는 이들 정예병 앞에 잔뜩 움츠린 우문부 군사는 늦가을 마른 낙엽처럼 부서질 뿐이었다. 그리고 도주할 수 있는 단 하나의 길이자 우문부로 향하는 좁고 험한 길에는 거대한 불길이 피어올랐다. 타오르는 불길과 그 불길보다 더욱 거세게 타오르는 등 뒤의 모용부 군사 사이에 낀 우문부 오만 군사는 한날한시에 목숨을 잃었다. 적병의 옷을 뒤집어쓰고 얼굴에 검댕을 칠한 채 겨우 도주한 우문실독관은 시체가 타오르는 매캐한 연기를 바라보며 넋 나간 중얼거림을 흘렸다.

"아, 이십만 군사가 이리 허망하게 산산조각이 되었단 말인가. 그럴 수도 있단 말인가. 퇴각할 때는 알아도 진격할 때는 생각할 수 없는 일이었다. 나는 적이 누군지조차 알 수가 없구나. 사도중련인가, 최비인가. 무섭다. 너무나 무서운 일이다."

그것이 우문실독관의 마지막 말이었다. 이후로 그는 잠적하여 자취를 찾을 수 없었다.

모용부의 최정예 부대는 또한 진의 회군길을 막으려 지름길을 가로질렀고, 최비의 군사들 역시 회군길을 서둘렀다. 진 군사는 최비의 명에 따라 막사와 밥솥조차 그대로 다 놓아둔 채 걸음을 재촉했다. 불과 한 달 전까지만 해도 승리를 확신하며 앞다투어 전장으로 나서던 장졸들이 이제는 조금이라도 빨리 돌아가려 서로 다툼을 벌였다.

"이들만큼은 살려내리라."

최비는 마지막까지 결심한 바가 있었다. 동맹은 깨어졌고 어디에도 희망은 보이지 않았다. 더 이상 욕을 보지 않고 죽을 생각도 했다. 그러나 자신이 죽으면 장졸들의 미래 또한 사라질 것이라 생각한 그는 우선은 최후의 힘을 짜내어 남은 이들을 보전하는 것에만 몰두했다.

"달려야만 한다!"

최비는 그 어느 때보나 냉냉하고 엄하게 군사를 이끌었다.

"이곳은 저들의 땅. 언제 위험이 닥칠지 알 수 없다. 오로지 달리고 달려야만 목숨을 보전할 수 있다."

장수들은 길게 늘어진 대열에 고함을 지르고 악을 쓰고 심지어는 채찍을 가하며 속도를 주문했다. 그러나 처음 하루 이틀은 그런대로 장수들의 지시와 통제가 먹히던 대오가 시간이 지남에 따라 차츰 더디어지고 욕질에 무디어지더니 급기야는 채찍도 듣지 않았다.

"쉬어선 안 된다. 더욱 휘몰아쳐라! 조금만 더 가면 쉴 수 있다."

"그러나 병사들이 너무 지쳐있는 데다 적도 보이지 않는 터라 움직이려 하지 않습니다."

"뒤처지는 병졸들을 열 명씩 골라 목을 쳐라!"

"주군, 그러나……."

"입을 다물라! 어형, 이 일은 네가 맡아 어떤 예외도 없게 하라!"

최비의 추상같은 명에 따라 어형은 하루 세 번씩 뒤에 처지는 열 명을 골라내 목을 치니 군사들의 움직임은 훨씬 빨라졌다. 어형이라는 장수는 본래 글을 읽던 서생이었으나 거듭된 흉노의 침공으로 나라가 피폐해지고 농사조차 지을 수 없게 되자 동생과 더불어 전장에 나선 자로 평소 성품이 공명정대하여 최비의 신망은 물론 동료들로부터도 존경을 받는 사람이었다.

"살려주시오. 고의로 태만을 부린 게 아니라 다리에 종창이 나 걸음을 옮기기 힘들었소."

뒤처진 자 가운데 사정이 없는 자는 하나도 없었으나 어형은 이를 악물고 목을 쳤다. 그러나 무자비한 퇴각은 어형에게 감당할 수 없는 숙제를 몰고 왔다. 병사들의 목을 치기 시작한지 사흘째 되는 날 그에게 끌려온 열 명의 낙오자 중에 그의 하나밖에 없는 아우 어생이 있었던 것이다.

"형!"

어생은 형을 보자 울음을 터트렸다.

"아우야!"

어형은 전혀 생각지도 못했던 사태 앞에서 크게 당황했다. 이를 보고 있던 군병이 어생을 풀어주며 옆의 동료에게 눈짓을 했다. 대신 다른 낙오자를 하나 잡아 오라는 뜻이었다. 하지만 이를 본 어형은 손을 들어 군병을 가로막았다.

"이제껏 예외 없이 수십 명의 목을 쳤는데 내 아우라고 해서 예외를 둘 수는 없다."

어형이 추상같은 얼굴로 명하니 군병들은 어찌할 바를 몰랐다.

"형! 살려줘요!"

게다가 어생이 간곡하게 울부짖으니 군병들도 모두 울음을 터트렸다. 다시 어형의 목소리가 이어졌다.

"지금 내가 어생에게 내 말을 주면 그는 낙오할 이유가 없다. 다만 열 명의 목을 쳐야 하는 군령을 어길 수 없으니 나는 내 목을 치겠다."

말과 함께 어형은 날카로운 검으로 자신의 목을 그어 버렸다. 모두가 놀라 얼어붙은 가운데 이내 분수처럼 피가 치솟고 어형은 그 자리에서 절명해 버리고 말았다.

최비는 이 소식을 접하고도 낯빛 한번 바꾸지 않고 다른 장수로 어형을 대신하게 하니 군사들의 걸음은 더욱더 빨라졌다.

그날 저녁, 최비는 서산에 붉게 기우는 해를 보며 이를 악문 채 중얼거렸다.

"우리가 아무리 서둘렀다고는 하나 최소한 수천 마리의 마필은 쫓아와야 하거늘……. 뒤를 쫓는 군사가 없다는 건 앞에서 기다리고 있다는 뜻."

멀리 어둑해져 가는 초원을 바라보며 중얼거린 최비는 곧 고첨을 불렀다.

"부르셨습니까?"

"진중의 모든 말을 거두어들여라. 또한 말을 잘 타고 몸이 성한 병사 오백 명을 가려 뽑아라."

"예."

"그리고 말의 숫자만큼 짚으로 허수아비 군병을 만들게 하라. 서둘러야 한다. 오늘 밤 안에 마쳐야 할 것이다."

"예."

고첨은 알 수 없는 최비의 말에 고개를 갸웃거리면서도 진중으로 돌아가 시킨 일에 몰두했다. 세어보니 말은 오천여 필이었다. 병사들을 독려하여 철야로 작업하니 과연 새벽이 되기 전에 허수아비 오천여 개를 만들 수 있었다.

"준비했습니다, 주군."

가만히 허수아비를 보며 고개를 끄덕이는 최비의 표정에서 무언가 이상한 기색을 느낀 고첨이 조심스레 물음을 던졌다.

"그런데 주군, 저 허수아비는 어디 쓰시려 함입니까?"

"잘 들어라, 고첨. 마지막 명령이다."

"예?"

"여기서 무사히 살아간들 진에는 미래가 없다. 이제 나는 저 말과 허수아비를 가지고 고구려로 갈 것이다."

"예?"

"애초에 모용외의 원한은 나와 고구려왕 을불을 향한 것이다. 내가 오천이나 되는 기병을 가장하여 고구려로 망명하면 진은 모용외의 분노에서 벗어날 수 있으리라. 무슨 말인지 알 겠느냐?"

크게 충격을 받은 고첨이 무어라 말을 하려는데 최비가 손을 들어 이를 막았다.

"그것만이 남은 길이니 아무 말도 하지 말라."

"……."

"여기서 헤어지자. 너희는 기다렸다 적이 없어지거든 건업으로 돌아가거라."

최비의 표정은 너무도 확고했다. 고개를 푹 숙인 채 할 말을 찾지 못하던 고첨은 입술을 깨물며 작은 목소리를 흘려냈다.

"사열을 하시지요."

고첨은 눈물을 머금고 사열단을 만들어 최비로 하여금 오르게 했다. 병사들 역시 최비의 마음을 전해 들었기에 울음바다를 이룬 채 마지막 군례를 바치며 최비의 앞을 지났다. 한 서린 눈으로 마지막 한 병사까지 떠나보낸 최비는 이윽고 남은 오백 명의 기병에게 시선을 돌렸다.

"마지막까지 너희는 너무도 용감하게 싸웠구나. 이제는 너희의 동료를 살리는 일이 하나 더 남았다. 따라 주겠느냐?"

진의 오백 기병은 일제히 최비를 향해 고개를 숙였다. 주저하는 이는 하나도 없었다. 그들 모두 최비의 마음을 너무도 잘 느끼고 있었다.

"고맙다."

최비와 오백 기병, 그리고 오천여 허수아비는 곧 앞을 향해 질주를 시작했다. 사람이 탄 말은 바깥에, 허수아비를 태운 말은 안에 배치하여 달리는 내내 북과 꽹과리를 쳐대니 기수 없는 말까지 일사불란하게 달려 그 모습이 정말 오천여 군사와 다를 것이 없었다.

남쪽 길에서 매복한 채 최비를 기다리던 배의와 아야로, 번나발은 마침내 흙먼지를 일으키며 맹렬한 기세로 달려오는 한 떼의 기병을 보았다.

"이상하게도 겁이 없구나!"

배의는 뜻밖에도 전혀 움츠린 기색 없이 달려오는 거대한 기마대를 보고 적이 당황했다.

"회군하는 군사가 진군하는 군사보다 더 당당하고 용맹하다니! 혹시 이것은 우리의 매복을 눈치채고 군사를 흩으려는 최비의 전술이 아닌가?"

아야로도 비슷한 기분을 느끼고 있었다.

"이놈들이 미쳤나!"

당황한 배의와 두 장수는 대열을 단단히 정비하고 일단의 창병을 앞에 내세워 달려드는 진의 기병들에 대비했다. 그러나 새까맣게 몰려온 진의 기병들이 갑자기 멈추어 서자 그들을 따라온 거대한 먼지구름이 일대를 온통 뒤덮었다. 배의는 애가 닳았으나 먼지 속에 갇혀 아무것도 보이질 않으니 기다릴 도리밖에 없었다.

"참, 전략치곤 치졸하군."

바람 한 점 없어 먼지가 걷히기까지 꽤 오랜 시간이 걸렸다. 이윽고 누런 먼지가 내려앉고 시야가 열렸을 때는 이미 사위가 어둑해질 무렵이었다. 이때 멈추어 선 채 꼼짝하지 않던 진의 기병들이 다시 내달리기 시작했다. 그들은 매복한 모용부 군사들의 앞을 순식간에 지나쳤고 곧 갈림길이 나오자 동쪽으로 말 머리를 돌렸다.

"배 군사, 왜 저들이 고구려로 향하는 것인가? 제 나라로 가려면 남쪽 길로 가야 하거늘."

아야로가 영문을 몰라 배의를 돌아보며 물었다. 배의가 뭐라 입을 열려는 순간 그의 눈에 맨 끝줄에서 달리고 있는 최비의 깃발이 들어왔다. 선연한 백발에 붉은 안색의 최비를 본 배의의 입에서 다급한 목소리가 터져 나왔다.

"최, 최비다! 전군, 당장 저들을 쫓는다!"

최비만은 꼭 잡아야 한다는 모용외의 특별한 영을 받아놓고 있던 터라 배의는 즉시 매복했던 군사까지 불러내 최비를 쫓기 시작했다. 그러나 최비의 기병은 달렸다 늦추고 달렸다 늦추곤 하였다. 아야로와 배의는 애초 싸울 생각이 없이 전력을 다해 달리는 기병을 쫓을 도리가 없었지만 적이 속도를 조절하여 매번 거의 잡힐 뻔하는 모양새를 만들자 꼬박 이틀간이나 최비의 기병을 쫓고 또 쫓았다. 그렇게 배의의 군대가 최비를 쫓고 있는 사이 진의 본대는 아무런 방해도 받지 않고 무사히 건업에 들 수 있었다.

그리고 하성.

창려군의 동쪽으로 이백 리 떨어진 곳에는 그런 이름을 가진 성이 있었다. 회군길의 선두에서 말을 몰던 여노는 그 하성 즈음에 이르자 손을 들어 군사를 멈추었다.

"저것이 하성인가?"

여노는 멀찍이 드러난 작은 성을 바라보며 중얼거렸다.

"오늘은 이곳에 머문다."

때 이른 저녁, 그는 아직 저물지 않은 해를 보며 명을 내렸다. 그간의 강행군에 비하면 이상할 정도로 이르게 주어진 휴식이었다. 기뻐하며 막사를 세우고 밥을 짓는 군사들의 모습을 말에 탄 채로 묵묵히 지켜보던 여노는 곧 병영에서 조금 떨어진 언덕으로 혼자 말을 몰았다.

"음."

여노는 남모를 고민을 떠안은 듯 몇 번이고 고개를 저었다가 다시 생각에 잠겨 들기를 반복했다. 이 순간 그에게는 떨칠 수 없는 번민이 있었는데, 그것은 떠나오기 전 병석에서 창조리가 했던 한 가지 이상한 당부에서 기인한 것이었다.

부축을 받으며 겨우 몸을 일으킨 창조리는 쉰 목소리를 끌어냈다.

"여노 대장군, 당부할 것이 있소."

"말씀하십시오."

"하성이오."

창조리는 그 짤막한 말 한마디를 던졌다. 하성. 그 생소한 지명은 이상하게도 여노에게 불길한 느낌으로 다가왔다.

"회군할 때는 하성을 만나는 길로 오시오. 그리고 그 하성을 불태우시오. 군사는 물론 농민까지, 살아있는 모든 사람을 죽이시오. 근방 수십 리를 모조리 불태우고서 돌아오시오."

"예?"

잘못 듣기라도 한 양 여노는 되물었다.

"진정 농민까지 죽이라 하셨습니까?"

창조리는 묵묵히 고개를 끄덕이며 재차 당부했다.

"반드시 그래야만 하오."

하성 근처에 이르러 진영을 차린 지금, 여노는 멀찍이 모습을 드러낸 하성을 보며 이 기억을 온전히 되살리고 있었다.

"대체 이것은……."

하성은 견고한 성이었다. 그러나 그보다 더 놀라운 것은 하성 뒤로 뻗어 나간 수십 갈래의 길이었고 그 길이 이르는 곳마다 펼쳐진 어마어마한 너비의 평야, 바로 곡창 지대였다. 계절이 이미 초겨울로 접어들고 있음에도 밀이 푸른 싹을 싱싱하게 틔워 올린 평야는 그 끝이 보이지 않아 푸른 바다와도 같았다.

여노는 눈을 크게 떴다. 이것은 혁명이었다. 거친 북방 유목민들이 쉽사리 강성했다가도 금방 쇠락하고 말았던 것은 그들이 오로지 약탈로만 물자를 수급해 온 까닭이었다. 이만한 경작지를 가져본 적이, 스스로 물자를 만들어본 적이 없는 탓이었다. 이 급격하고 위협적인 변화는 마치 앞으로의 새로운 시대를 예고하는 것만 같았다.

"그래서, 그래서 죽이고 불태우라 하였는가."

여노의 눈길이 다시 하성으로 향했다. 깃발이 적고 파수병이 드문 것이 분명 주둔하는 군사가 많지 않음을 드러내고 있었다. 수도인 극성에 들이닥쳤던 동맹군과의 전쟁을 위해 군사를 뺀 것이리라. 이 길로 회군한 게 참으로 다행이라 생각하며 마음을 쓸어내리던 여노는 다음 순간 가슴에서 뜨거운 것이 솟구침을 느꼈다. 그것은 공명정대한 무인의 양심이었다. 죽이라 말한 것은 분명 농경 기술을 익힌 일반 백성일 것이었고, 태우라 한 것은 사람을 먹여 살릴 곡식이었다.

머리를 움켜쥐고 돌아온 여노는 밤새 갈등을 거듭했다. 언제 모용부의 추격이 있을지 모르는 한시가 바쁜 회군길이었다. 날이 밝으면 어느 쪽이든 결단을 내려야만 할 것이었다. 양심, 그리고 고구려를 향한 애국심. 두 마음의 싸움을 밤새도록 겪은 여노는 아침이 되어 몰라보게 핼쑥해진 얼굴로 군막을 나섰다. 그리고 밤을 새워 얻은 결론을 던졌다.

"하성에 든다."

"예?"

"고구려로 돌아가지 않는다. 우리는 하성에 주둔할 것이다."

허수아비 오천 군사를 거느리고 갈 곳 없이 걷던 최비 역시 드넓은 곡창 지대를 발견했고 이어 하성과 그 하성에 걸린 고구려군의 기를 발견했다. 최비는 그 모습을 보자 말을 멈춘 채 하염없는 상념을 거듭하다 종내 길고 긴 한숨을 토해냈다.

"걸어도 뛰어도 무(無)를 향해 나아가는 게 인간의 운명이다. 하지만 아직 스스로 목숨을 거둘 때가 아니란 생각이 드는건 무엇 때문인가. 나의 운명이 참으로 모질구나."

탄식을 거듭하던 최비는 하성을 향해 기수를 틀었다. 말굽 소리가 높아질수록 주저하는 마음이 요동쳤지만 수십 차례 스스로를 채찍질하며 최비는 억지로 말을 몰았다. 홀로 성문 앞으로 다가간 그는 말에서 내려 흐느꼈다. 행여 들릴세라 목울음을 삼켜가며 환갑을 넘긴 노인은 홀로 흐느꼈다.

"꿈을 꾸었도다. 오랜 꿈을 꾸었도다. 지난날이 꿈인지 지금이 꿈인지 가릴 수 없을 만큼 오랜 꿈을 꾸었도다."

그러나 다음 순간 최비는 눈물을 닦고 다시 고개를 꼿꼿이 세웠다.

"신 최비, 잠시 무제 폐하를 부정하겠나이다."

미천왕 20년 겨울. 때로는 숙적으로, 때로는 우방으로 고구려와 패권을 두고 겨루었던 최비는 고구려에 망명을 내세운 항복을 하고 말았다. 데려온 군사는 오백, 가져온 말은 오천 필이었다. 내막이야 어찌 됐든 한 시대를 풍미한 인물로서는 너무도 쓸쓸한 마지막이었다.

모용부의 천하

극성에 모여들었던 이십만 군사, 그리고 네 개의 세력 중 반절은 결국 모용부에 허리를 숙이고 말았다. 군사와 장수를 모조리 잃은 단부와 우문부는 누가 먼저랄 것도 없이 모용부에 찾아가 복속을 청했다. 이제 나이를 먹은 탓인가. 여태껏 항복이라고는 받아본 적이 없던 모용외였지만 이번에는 모두의 예상을 뒤엎고 이들의 신종을 기꺼이 받아들였다.

"어차피 우리는 한 뿌리가 아니더냐. 이제는 함께 살 때도 되었도다."

죽음을 각오하고 왔던 사신들이 뛸 듯이 기뻐하며 돌아가 낭보를 전하니 단부의 족장 단말파와 우문부 족장 우문막규는 직접 모용부를 찾아와 신하의 예를 갖추어 인사를 올릴 지경이었다.

그리고 그것은 진 또한 다를 바가 없었다. 최비의 기지로 천신만고 끝에 살아 돌아온 장졸들에게 건업의 성문은 굳게 닫혀있었고, 성문 위에 모습을 드러낸 원제(元帝) 사마예는 이들을 무섭게 꾸짖었다.

"나는 본래 모용부와 반목할 생각이 없었거늘 너희가 최비라는 자의 꾐에 빠져 나라를 위기로 내몰았다. 너희 모두를 대역죄로 다스리리라!"

모용외가 두려웠던 사마예는 장수들을 모조리 포박했다. 그리고 산더미 같은 공물과 함께 이들을 극성으로 호송하여 책임을 전가하고 용서를 빌었다.

'고구려로 도망친 최비의 주구들을 보내니 부디 이들을 참하고 진의 죄를 용서하소서.'

진의 무장이란 무장은 모조리 모용부로 끌려간 꼴이었다. 이들을 본 모용외는 껄껄 웃으며 양팔을 벌렸다.

"서로 살자고 벌이는 전쟁판에 죄인이 어디 있단 말이냐. 너희 모두를 살려주리라. 진으로 돌아가든 모용부에 남든 너희 마음대로 하라."

이미 사마예에게 배신당한 이들이었다. 애초에 이들의 주군은 사마예가 아닌 최비였고, 이제 최비는 돌아올 수 없는 길을 떠난 터였다. 그들의 갈등은 짧았고 대부분이 남아 모용부에 몸담기로 결심했다. 그리고 모용외는 이들 모두를 중용하여 각기 큼직한 장수의 자리를 내주었다.

"다시 한번 천하를 꿈꾸라. 모용부의 이름으로!"

이로써 진의 잔존 세력이 고스란히 모용부에 먹힌 셈이었다. 옛적에는 사마월이 불구덩이로 뛰어드는 경솔함을 보이더니 이번에는 사마예가 불구덩이에 제 식솔들을 집어 던지는 비겁함을 저질렀던 것이다. 위, 촉, 오를 일통하며 천하를 호령하던 사마씨의 제국은 그렇게 사마씨 스스로에 의해 몰락의 길로 접어는 채 장강 이남으로 밀려나고 말았다.

한편 동맹군을 사정없이 쳐부순 모용부의 기개는 하늘을 찌를 것만 같았다. 천하에 거칠 것이 없게 되자 어느 날 조회에서 사도중련은 의관을 바로 하고 숙연한 표정으로 나섰다.

"주공, 이제 진은 멸망 직전입니다. 누구든 화중으로 내려가기만 하면 천하의 주인이 되는 이때 우리 모용부는 양 떼를 키우며 흘러가는 구름을 벗 삼아 말젖술이나 마시고 있습니다."

예사롭지 않은 사도중련의 서두였다.

"천하를 쥐기 전에는 침막에서도 갑주를 벗지 않고 주무시겠다던 주공이 주아영을 만난 후로는 그 패기와 결기를 다 떠나보냈습니다."

분명 힐난이었다. 단 한 번도 모용외에게 싫은 소리를 한 적이 없었던 사도중련이 모용외를 나무라는 것이었다. 그것도 수많은 부하들 앞에서. 하지만 모용외는 의외로 조용히 사도중련의 말을 들었다.

"저는 더 이상 옛일을 거론하지는 않겠습니다. 주공은 잘못한 것을 잘못이라 받아들이는 분이시기 때문입니다. 다만 이제는 모용부의 할 일을 말씀드리고자 합니다.”

“말하라.”

모용외의 입에서 묵직한 목소리가 밀려나왔다.

“이제 모용부는 나라를 세우고 주공은 황제가 되셔야 합니다.”

“……?”

“나라를 세운 후 중원에 들어가 천하의 주인이 되는 것입니다. 이 중련, 지금까지 그 꿈 하나로 살아왔고 이제는 때가 되었습니다.”

모용외는 그간 수없이 황제가 되겠다는 말을 뱉어왔지만 그리 진정성이 있는 말은 아니었다. 그런데 지금 헛말이라고는 도통 할 줄 모르는 사도중련이 건원칭제(建元稱帝)를 주청하고 있지 않은가.

“저는 이미 국호까지 생각해 두었습니다. 바로 연(燕)입니다!”

사도중련의 입에서 터져 나온 연이라는 국호는 모든 사람의 깊은 침묵을 불러일으켰다. 모용부가 나라를 세운다니! 그리고 그 국호가 연이라니!

“우리 모용부는 제비가 날아오는 마지막 북쪽 땅입니다. 제비의 고향이지요. 하지만 제비는 날이 추워지면 강남으로 내려갑니다. 제비의 또 다른 고향 강남, 그게 우리 모용부의 강역이 되어야 하는 것입니다. 연이란 그런 의미입니다."

한참의 시간이 지나고 나자 누군가의 입가에서 이제껏 모용부에서는 한 번도 쓰인 적이 없는 호칭이 새어 나왔다.

"황……제."

이어 또 누군가의 입가로 이 생소하지만 원대한 꿈이 담긴 호칭이 이어졌다.

"폐하!"

"황제 폐하!"

"모용 황제 폐하!"

갑자기 고막을 찢는 웃음소리가 모용외의 목청에서 터져 나왔다.

"으하하하, 나더러 황제가 되라고? 하지만 나는 황제가 싫다. 중련, 네가 꼭 나라를 세워 황제를 만들고 싶다면 내 아들들 중에서 하나를 골라라. 나는 저 너른 초원에서 마음껏 말을 달리며 내키는 대로 살고만 싶다. 하지만 화중으로 밀고 내려가 천하의 주인이 된다는 포부는 그럴듯하구나. 황제는 싫어도 정복은 좋다는 말이다. 당장 떠나자!"

사도중련은 생각만 나면 바로 행동에 옮기는 자신의 주군을 보며 미소 지었다.

"알겠습니다. 그러나 약속해 주십시오. 화중을 정벌하거든 그때는……."

이어지는 사도중련의 말을 한 음습한 목소리가 잘랐다.

"군사, 지금 화중으로 떠나는 건 너무 급한 것 아니오?"

바로 모용외의 장남 모용광이었다. 그는 모용외가 열다섯 살 무렵에 낳은 아들로 성격이 광포하고 음흉한 데다 검고 마른 얼굴은 때때로 모용외보다 더 늙어 보였다.

"하오면?"

"기왕 아버님의 말씀이 있으셨으니 화중으로 내려가기 전에 나라를 세우고 황제를 칭하는 게 낫지 않겠소?"

사도중련은 빙그레 웃었다.

"물론 그것도 길입니다. 이제 모용부는 언제 나라를 세우고 황제를 칭해도 이상할 것이 없습니다."

"그렇다면 하고 갑시다. 그래야 천하의 백성들도 우리 모용부를, 아니 연나라를 따르고 복속하지 않겠소?"

딴은 그럴듯한 말이었다. 사도중련은 여전히 웃음을 머금은 채 선선한 낯빛으로 고개를 끄덕였다.

"방금 아버님이 군사로 하여금 우리 형제 중에서 황제를 뽑으라고 하셨는데 당연히 장남인 나를 말씀하신 것이오."

사도중련의 눈이 모용광의 얼굴에 잠시 머물렀다 나머지 모용외의 아들들을 차례로 훑었다. 모용한, 모용황, 모용인, 모용소.

하나같이 기골이 장대하고 용맹해 보이는 얼굴들이었다. 사도중련의 눈길이 다시 모용광에게로 돌아오는 순간 묵묵히 서 있던 모용황이 천천히 걸음을 옮겨 모용광의 앞으로 다가 갔다.

"오오, 역시 황이로다. 언제나 앞장서서 모든 걸 해결하는 아우야. 이 형은 고맙기만 하구나."

모용황은 고개를 끄덕였다. 그러자 모용광의 얼굴에는 기쁨의 웃음이 활짝 피어올랐다. 그러나 다음 순간 그는 벌린 입을 채 다물지도 못하고 불귀의 객이 되고 말았다. 모용황의 칼이 단숨에 그의 목을 쳐버린 까닭이었다.

"아앗!"

이 뜻밖의 사태에는 놀라지 않는 사람이 없었다. 수십 명의 목이 한 번에 달아난다 해도 외눈 하나 깜짝하지 않을 번나발, 반강, 아야로, 도환 등의 장수들은 물론 사도중련, 심지어는 모용외까지 눈이 휘둥그레져 모용황의 얼굴로 눈길을 모았다. 그러나 모용황은 아무 말도 하지 않고 천천히 걸음을 옮겨 자신이 원래 서 있던 자리로 돌아갔다. 시간이 지나면서 차츰 사람들의 눈길이 모용황의 얼굴에서 모용외에게로 모아졌다. 자신의 장남을 눈앞에서 잃은 모용외의 반응은 당연히 모든 사람들의 초미의 관심사였다. 문제는 모용황을 그냥 죽이느냐, 아니면 좀 더 잔혹하게 죽이느냐였다. 모용외는 기분이 좋을 때면 웃으며 선선히 목을 쳐주었고, 기분이 가라앉아 있을 때는 기름에 튀겼으며, 분노했을 때는 오랜 시간에 걸쳐 소금을 쳐가며 살갗을 수백 겹이나 종잇장처럼 얇게 벗겨 포를 떠 죽이곤 했다.

"이놈!"

모용외는 쩌렁쩌렁 울리는 목소리로 모용황을 불렀다.

"네놈이 황제가 되려는 것이냐?"

모용황은 아무런 대답 없이 묵묵히 바닥만 보고 있었다.

"말하라! 네놈이 황제가 되려는 심산으로 나의 장남을 죽였느냐?"

그제야 모용황은 느릿하게 대답했다.

"저놈은 싸울 때는 어디 숨어 술이나 퍼마시다 싸움이 끝나면 기어 나와 자신의 전공만 늘어놓는 놈이니 저놈이 황제가 되면 모용부는 몇 년 못 가 천하의 웃음거리가 되고 말 거요. 아비가 황제가 되는 게 제일 낫지만 정녕 아비가 제위에 구속되는 게 싫다면 둘째인 한을 세우는 게 그중 낫소. 아비만은 못해도 저놈보다는 나으니까!"

이상하게도 모용외는 모용황에게만은 늘 약했고 모용황은 모두가 두려워 쩔쩔매는 모용외를 대할 때도 결코 굽히는 법이 없었다. 언젠가 한번은 모용외가 죽인다고 위협하자 모용황은 태연히 배를 내밀었는데 이때 모용외는 모용황을 죽이지 못했다. 모용황에게서 자신의 모습을 본 때문이었는데 이는 다른 아들들에게서는 결코 경험해 보지 못한 감정이었다.

"으하하하!"

갑자기 모용외는 하늘을 보며 크게 웃었다. 자신의 장남을 눈앞에서 잃은 사람치고는 너무나 통쾌한 웃음이었다.

"네놈이 눈깔 하나는 제대로 박혔구나. 저런 비겁한 놈에게 제위를 줄 수는 없는 일이지."

모용외가 모용황을 죽이기는커녕 동조하고 나서자 모용한이 한 발 앞으로 나섰다.

"나는 황제감으로는 부족하다. 황아, 너 말고 누가 황제가 될 수 있겠느냐? 나는 너의 장수로 충분하다. 사도 군사, 아버님이 군사에게 황제를 지명할 권한을 주셨으니 군사가 이 자리에서 바로 황이를 지목하시오!"

비록 목소리는 컸으나 어딘지 겁을 먹고 떠는 소리였다. 아버지, 그것도 천하가 두려워하는 모용외의 눈앞에서 태연히 장남을 죽여버린 모용황을 제치고 황제가 된다는 일이 무엇을 의미하는지 모용한은 너무도 잘 알았다. 아무도 모용한의 이 말에 반대하지 않았고 모용외조차도 흥미롭게 지켜보고 있는 것이, 모용한의 말이 그럴듯하다고 여기고 있는 듯했다.

모두의 눈길이 모용황의 얼굴에 꽂혔지만 그는 피식 웃어버렸다.

"중원이고 황제고 순서가 다 틀렸소. 고구려가 있는 한 마음대로 중원을 가질 수 없소. 모용부가 가장 먼저 할 일은 고구려를 없애는 일이오. 그새 잊었소? 바로 얼마 전까지 우리는 고구려왕에게 복수하지 않고는 모용부는 모용부가 아니라고 맹세하지 않았소!"

"으하하하!"

모용외였다.

"너의 말이 백번 옳다. 황제를 세우든 중원을 차지하든 말든 그건 너희가 알아서 하라! 그러나 그 모든 것은 고구려를 짓밟은 이후의 일이다! 이제 모용부 앞에는 진도 단도 우문도 소련도 목진도 없다. 모두 나에게 멸망하거나 복속하지 않았느냐. 중련, 준비하라. 나는 고구려를 짓밟으리라!"

색다른 태자

을불은 하성에서 여노가 보낸 전령을 맞았다. 전령이 가져온 서신에는 장문의 내용이 적혀있었다.

― 동맹은 깨어졌습니다. 단부와 우문부는 처절한 죽임을 당하고 복속했으며, 진은 마지막 남은 군사를 겨우 건져 건업으로 도망쳤습니다. 적이 유독 신에게만 추격을 붙이지 않은 것은 전군을 몰아 고구려로 들이치려 함입니다. 국상이 회군길에 하성을 불태우고 모든 살아있는 것을 죽이라 하였지만 차마 그리하지 못하고 신은 지금 하성에 머물러 있습니다. 국상을 좇는 게 옳으면 바로 따르고자 하니 교시를 주시기 바랍니다. 그리고 평주자사 최비가 오백 군사와 오천 마필을 이끌고 망명하였기에 받아두었습니다. 처우를 명해 주십시오.

"으음!"

을불은 아랫입술을 꽉 깨물었다. 최비가 몰락한 지금, 주변

부족을 모두 집어삼켜 터질 듯 부풀어 오른 모용부 앞에 이제는 고구려만이 홀로 남은 것이었다. 을불은 대소 신료를 불러 모았다.

"저 모용부란 상생(相生)을 모르는 무리. 언젠가는 매듭을 지어야 할 운명이오!"

조정은 삽시간에 긴장에 휩싸였다. 조회가 파하자 을불은 사유를 불렀다.

"태자야, 여노 대장군이 국상의 당부를 어겼음을 알려왔다. 국상의 병환이 위중하니 네가 가서 위로하고 거기에 대한 의견을 물어오너라."

사유는 먼저 태자궁으로 물러나 몸을 씻었다.

"특별한 일이라도 있으신지요?"

몸을 씻은 후 궁을 나서는 태자에게 호위가 물었다.

"국상의 문병을 간다."

"그러면 갔다 오신 후에 씻는 게 순서가 아닐는지요?"

"나를 위해서라면 갔다 온 후에 씻는 게 나을 것이고, 국상을 위해서라면 가기 전에 씻는 게 나을 것이다."

"저의 생각이 모자랐습니다."

이렇듯 사유는 왕자로 태어나 떠받들어져 오기만 했음에도 상대에 대한 배려가 탁월했다.

"국상, 사유입니다."

창조리는 사유를 보자 몸을 일으키려 했지만 몸이 제대로 말을 듣지 않았다.

"그냥 누워 계십시오."

사유는 마치 아들처럼 창조리 앞에 조심스럽게 앉았다.

"태자께서는 여전히 글을 열심히 읽으신다고 들었습니다."

"네, 아무래도 글 속에 들면 편합니다."

"허허, 그렇습니까?"

잠시 덕담을 나누고 나자 사유가 말을 꺼냈다.

"폐하께서 여쭈라 하신 말씀이 있습니다."

"말씀하시지요."

"여노 대장군이 회군하다 하성을 불태우지 않고 거기에 머물렀다 합니다. 국상의 당부를 저버렸으니 태왕께서 판단을 물어오라 하셨습니다."

"하하하하!"

창조리는 병자답지 않은 웃음을 날렸다.

"그게 여노지요. 그럴 줄 알았습니다."

"당부를 어길 줄 아셨다는 말씀입니까?"

"명령이든 당부든 때로는 어기는 것이 따르는 것보다 나을 때가 있습니다. 그리하여 성군들은 대개 명을 따르는 신하보다 명을 어기는 신하를 더 높이 보곤 하지요."

"깊이 새기겠습니다."

"회군하는 군사에게 하성에 들어앉아 있으라 할 수 없어 그런 잔인한 당부를 했던 것입니다."

"아마 여노 대장군께서도 속으로는 국상의 그런 뜻을 헤아렸을 것입니다. 그런데 국상, 전해 온 소식이 하나 더 있습니다. 평주자사 최비가 하성으로 찾아와 망명했다고 합니다."

조정을 온통 놀랍게 한 소식이었으나 정작 창조리는 이미 예상하고 있기라도 했었던 듯 조용히 고개를 끄덕였다.

"마지막 남은 육신 하나까지도 그는 진을 위해 내놓는군요."

"혹여 고구려로 모용부의 칼날을 돌리겠다는 심사는 아닐는지요."

"그렇겠지요. 그러나 그를 그 정도로 끝내게 버려두어서는 안 되겠지요."

"하면?"

"길이 끝나는 곳에 길이 있고, 세상 밖에 세상이 있는 법입니다."

말을 마친 창조리는 필묵을 가져오도록 했다. 그러고는 사유가 매고 있는 하얀 띠를 얻어 거기에 시를 지었다.

술잔을 들어 서풍에 빈다.

누런 황하에 불어가시라

길 끝난 곳에 길 있다 하니

모난 돌부리 깎아보시라

"태자 전하께서 하성으로 사람을 보내 최비에게 이를 좀 전
해주시렵니까?"

사유는 입속으로 조그맣게 창조리의 시를 읊고는 띠를 받아
가슴속에 넣었다.

"국상, 그런데 모용부와의 전쟁을 피하는 길은 없겠습니
까?"

"제가 왜 여노 대장군을 하성에 머물게 했는지 생각해 보셨
습니까?"

"전쟁에서 고지를 선점하려는 선견이 아닐는지요. 하지만
전쟁을 아예 피할 수는 없는 일입니까? 설사 그들이 원하는
걸 조금 내어주고라도."

"고구려의 방식이 아닙니다. 선왕들은 언제나 물러섬이 없
이 싸워왔지요."

"그러나 모든 반목을 전쟁으로 해결할 수는 없는 일이 아닙
니까?"

"태자 전하께서 좀 더 숙고해 보셔야 할 일입니다."

사유는 묵묵히 고개를 숙이고 창조리의 집에서 나왔다.

을불은 여노의 하성 주둔이 창조리의 뜻과 다르지 않다는 이야기를 듣자 고개를 끄덕였다.

"국상은 처음부터 동맹군이 실패할 때를 생각했구나. 여노를 하성에 들라 한 뜻은 하성에 본거지를 두고 모용부와 존망을 결하자는 것!"

"국상의 병환이 중하여 눈물이 나려 했습니다."

"그것이 큰일이다. 그가 없는 고구려를 생각하면 마음이 무거워지는구나."

을불은 탄식을 흘려냈다.

"아버님!"

"말하려무나."

"모용부 원정을 철회해 주십시오."

사유의 입에서는 전혀 뜻밖의 소리가 튀어나왔다.

"그게 무슨 소리냐?"

"지금 온 백성이 거듭된 전쟁의 후유증에 시달리는 데다 가뭄까지 심해 기아에 허덕이고 있습니다. 원정을 떠난 대군은 돌아오지 못하고 하성에 주둔한 터라 고구려 땅에 제대로 된 장정들을 찾아보기 어렵고 집집마다 제대로 된 낟알은 모두 군량미로 내놓았습니다. 사정이 이러한데 모용부 원정은 옳지 않습니다."

"태자가 할 말이 아니다."

"이제 다시 원정 준비로 백성을 고통 속에 몰아넣어서는 안 되는 일입니다."

"태자가 할 말이 아니라 하였다!"

을불의 호통에도 사유는 물러서지 않았다.

"고구려의 태자이기에 드리는 말씀입니다. 아버님을 이어 백성을 다스려야 하는 태자인 제가 백성의 고통을 뻔히 알면서 보고만 있을 수는 없습니다."

을불은 이런 사유가 답답한 듯 짧은 숨을 뱉고는 물었다.

"너는 내가 폭군이라 생각하느냐?"

"천하의 현군이라 생각합니다."

"내가 왜 모용부 원정을 하려는지 그 이유도 알고 있느냐?"

"알고 있습니다."

"지금이 아니면 고구려는 모용부에 맞설 수 없다."

을불이 단호하게 내뱉자 사유가 평소답지 않게 결연한 얼굴로 을불을 바라보며 말했다.

"아버님, 어째서 저를 태자로 세우셨습니까?"

"무어라?"

"칼을 이기는 게 어찌 칼뿐이겠습니까?"

"……."

"강한 것은 오히려 부드러움으로 이기는 것입니다. 지난번 낙랑은 고구려가 힘으로 이겨냈지만 이번 모용부는 고구려가 부드러움으로 이겨내야 합니다."

을불은 잠자코 들었다. 사유의 태도에서 평소와 다른 모습이 분명히 느껴진 까닭이었다.

"나라가 어찌 싸움마다 항상 이겨내겠습니까. 싸움이란 반은 이기고 반은 지는 것입니다. 저는 잘 지는 것 또한 이기는 것 못지않게 중요하다 생각합니다."

"……."

"세상이 강자의 것만은 아니고 싸움이 나라의 모든 것은 아닙니다. 그래서 외교가 있는 것일 테지요."

"……."

"아버님, 지금 모용부는 시뻘겋게 달구어진 쇠와 같습니다. 거기에 살갗을 맞대어 가며 불을 끄는 것보다는 다가오면 웃으며 물러서는 것이 지혜입니다. 전쟁이란 물러서고 물러서다 더 이상 물러설 곳이 없을 때 하는 것이라 생각됩니다. 싸우는 게 강한 것이지만 세상에는 물러서는 강함이란 것도 있을 것입니다."

"음!"

을불은 사유의 말이 맹랑하게만 들리지는 않음을 느꼈다. 더불어 사유가 무척 컸다는 생각이 들었다.

"이 원정이 실은 저를 위한 것이라는 사실을 너무도 깊이 알고 있습니다. 하지만 지금은 원정군이 아니라 사신을 보낼 때입니다. 그리고 그 사신으로는 제가 가고 싶습니다."

"사신? 네가 모용부에 사신으로 간단 말이냐?"

"그렇습니다. 앞으로의 시대에는 서로의 반목만이 능사가 아니라는 점을 알려주고 싶습니다."

을불은 갑자기 할 말을 잃었다. 여리기만 한 사유가 그 험한 곳을 사신으로 가겠다니.

"하하하하! 하하하하! 네가 모용부의 사신으로 간다고! 네가? 모용부에! 하하하하하하!"

무언지 모를 시원한 기운이 가슴속에서 치솟아 올라와 을불은 통쾌한 웃음을 멈추지 못했다.

모용부의 사유

적국으로의 사행길, 그것도 사납기로 이름난 모용부로의 길이라 온 조정이 말리고 들었지만 을불은 결국 사유의 청을 승낙하고 말았다.

"그래, 가라! 단, 하성에 있는 여노를 데리고 가라!"

"장수를 데리고 가면 이미 사신이 아닙니다. 저는 선물을 운반할 사람들만 데리고 가겠습니다."

순간 을불의 표정이 굳어질 대로 굳어졌다.

"너 혹시 스스로 죽음을 청하는 것이 아니냐? 무의 일로!"

"맹세코 아닙니다. 어찌 그런 일을 사신행과 섞겠습니까?"

"정녕 두렵지 않으냐?"

을불의 마지막 물음에 사유는 쭈뼛거리다 제법 강단이 선 목소리로 대답했다.

"두렵습니다. 그러나 이겨내겠습니다."

"네가 마음으로는 그렇게 생각해도 어디 두려움이 마음으로 잡아지는 것이더냐? 그래서 꼭 가겠다면 여노와 같이 가란 것이다."

"대장군이 같이 가면 오히려 저의 부담이 커질 것입니다."

"어째서?"

"여노 대장군은 우리 고구려군의 수장인데 그를 잃어서는 안 된다는 생각에 저는 할 말을 다하지 못할 것 같습니다."

을불은 다시 한번 무엇인지 알 수 없는 이상한 기분에 사로잡혔다. 말에서 떨어질까 고삐를 꽉 쥔 채 몸을 떨던 아이가 내로라하는 장수들도 가기 두려워하는 모용부 사신을 자청하며 오히려 고구려 제일장 여노를 걱정하는 것이 아닌가. 이게 객기라도 좋았고 허세라도 좋았다. 사유의 입에서 이런 말이 나온 것은 기적이었고, 을불은 이 기적에 몸을 실어보고 싶었다. 그간 사유에 대해 가지고 있던 아쉬움을 한꺼번에 날려 보내는 말할 수 없는 시원함이 을불의 온몸을 휘감아 왔다.

"그래, 혼자 가거라!"

을불이 태자를 호위도 없이 짐꾼만 대동한 채 모용부로 보내기로 했다는 사실이 알려지자 신료들은 앞을 다투어 을불 앞에 몸을 던졌다.

"안 됩니다. 차라리 소신이 가겠습니다."

언제나 을불을 지지해 왔던 창조리조차 병든 몸을 이끌고 나와 을불 앞에 섰다.

"국상, 지켜봅시다. 어쩌면 저 아이는 우리와는 다른 세상을 보고 있을지도 모른다는 생각이 들었소."

결국 창조리는 을불의 고집을 꺾을 수 없어 마지막 당부의 목소리를 내었다.

"떠나는 그날까지 열심히 후사를 만들도록 폐하께서 명을 내리십시오."

"알겠소."

을불은 사유에게 매일 밤 정효의 침소에 들기를 명했고, 사유는 이를 따르지 않을 수 없었다. 하지만 두 사람은 한 번도 살을 맞대는 법이 없었다. 정원을 같이 거닐고 같이 차를 마시고 함께 처소에 들기도 했지만 어떤 일이 있어도 잠자리를 같이하지는 않았다. 을불의 지시를 받은 내관이 압박하듯 두 사람을 살폈지만 그들은 적당히 시늉만 해 눈길을 받아낼 뿐이었다. 그러니 이런 비밀을 아는 사람은 아무도 없었다.

사신으로 떠나는 날 아침, 정효는 언젠가 무에게 그랬던 것처럼 사유의 앞에 고개를 숙인 채 소리를 내었다.

"다녀오세요."

정효는 언제나 넘침도 모자람도 없이 사유를 깍듯하게 대했고 이 점은 사유 또한 마찬가지였다. 두 사람은 혼인 후 단 한 번도 다투는 일이 없었고 한 번도 상대방의 의사에 반해 무언가를 하는 법이 없었다. 그리하여 궁중에서는 두 사람이 원앙보다 사이가 좋은 부부로 알려져 있었지만 두 사람 사이에는 그 정확함과 깍듯함 이외의 다른 감정의 흐름은 극도로 억제되었다.

정효가 소리를 낸 후 더욱 고개를 숙였고 사유 또한 잠시 고개를 숙였다 징효를 지나쳐버리고 말았다. 정효는 이후로도 한동안 고개를 숙이고 있다 사유가 사라진 방향을 바라보았다.

"가엾은 분……."

무 또한 출정하던 날 아침 같은 방향을 향했었기에 딱히 누구를 향한 것인지 모를 말이 정효의 입에서 흘러나왔다.

사유 일행이 명마로 널리 알려진 숙신마 백여 마리를 끌고 모용부의 땅에 들어서자 변방의 유목민들은 눈이 휘둥그레졌다. 귀하기 짝이 없는 숙신마가 한두 마리도 아니고 한꺼번에 백여 마리나 나타난 것도 그렇거니와 그 말들을 몰고 온 사람들이 고구려 사신이라는 사실이 더욱 놀라웠다.

"고구려에서 사신이 왔습니다."

전령이 전한 소식에 모용외조차 성루에 올라 멀리 내다보았다.

"중련, 이게 무슨 해괴한 일이냐?"

"저 역시 고구려 사신이란 한 번도 생각해 본 적이 없습니다."

"하성을 틀어쥐고 전쟁 준비에 한창인 놈들이 사신을 보내오다니 이것은 나를 농락하는 게 아니냐!"

"일단 무슨 말을 하는지 들어봐야겠습니다."

대규모 사절을 맞은 적이 없는 모용부는 사신단을 위한 변변한 숙소조차 없어 한 마을의 반을 비우고 십여 채의 집에 사유 일행 오십여 명을 머무르게 했다. 여독을 푸느라 며칠을 쉰 사유가 의관을 갖추고 숙신마 백여 마리와 함께 궁에 들자 이를 보고 있던 사람들의 수군거림이 사유의 귀에도 또렷이 들려왔다.

"여자야? 남자야?"

"저렇듯 곱상한 청년이 사신단장이란 말인가?"

사유는 소년기를 지났음에도 유약하고 여린 외모라 거친 모용부 사람들에게는 이상하게만 보였다. 모용외의 앞에 선다는 것은 누구에게나 끔찍한 일이었다. 사유는 몇 번이나 마음을 다잡았지만 자신도 모르게 떨리는 걸 어떻게 할 수는 없었다. 사유가 걸음조차 흔들리며 앞으로 다가오자 모용외를 비롯한 모용부 중신들은 너무나 의아한 표정으로 사유의 일거수일투족을 바라만 보았다. 그처럼 오금을 펴지 못하는 인물을 본 적이 없는 까닭이었다. 결국 모용외는 기다리지 못하고 외쳤다.

"웬 아이냐!"

마음의 준비를 단단히 했지만 사유는 모용외의 호통에 자신도 모르게 흠칫 놀라 들고 있던 사신의 패를 떨어트리고 말았다. 모두의 눈길이 바닥에 떨어진 사신패로 옮겨가는 순간 모용외의 조정은 탄성으로 뒤덮여버리고 말았다.

— 고구려국 사신 태자 사유(高句麗國 使臣 太子 斯由)

사람들의 눈길이 빠르게 사유의 얼굴로 옮겨갔다 다시 사신패로 돌아왔다. 분명 사신패에는 태자라는 두 글자가 깊숙이 새겨져 있었다.

"고구려 태자 사유가 모용 대선우를 뵙습니다."

사유는 기어들어 가는 목소리를 냈다. 한참이나 아무도 대답하는 이가 없었다. 당사자인 모용외조차 입을 허 벌린 채 어떻게 할지 몰라 하고 있었다. 도대체 이렇게나 심약하고 유약한 소년이 전쟁의 나라 고구려의 태자라는 사실이 이들을 놀라게 했고 고구려왕이 이런 태자를 홀로 극성까지 보냈다는 사실에 다시 한번 놀랐다.

"정말이냐? 네가 고구려의 태자란 말이냐?"

정신을 차린 모용외의 입에서는 의구심과 분노가 한데 섞인 호통이 다시 터져 나왔다.

"마, 맞습니다."

모용외는 이 뜻밖의 상황을 어떻게 판단해야 할지 가늠을 할 수 없었다. 이때 잔뜩 찌푸리고 있던 배의의 이마가 갑자기 환해졌다.

"알겠다!"

무의식중에 소리를 내지른 배의에게로 모든 사람들의 시선
이 모였다.

"고구려의 속셈이 무엇인지 알 것 같습니다."

배의가 나서 모용외에게 고개를 숙였다.

"말하라!"

"고구려 태자는 더운술입니다."

"더운술?"

모용외가 반문하자 배의는 자신 있게 설명을 시작했다.

"한겨울 차가운 마유주를 먹기 전에 독한 화주를 한 잔 털어
넣지 않습니까? 이는 술을 더욱 맛있게 하기 위함입니다."

배의는 자신에 찬 목소리로 모용외를 바라보았다.

"모용부와 고구려는 당장 내일이면 전쟁으로 돌입합니다.
고구려왕은 자신의 아들을 모용부로 보내 죽임을 당하도록
함으로써 백성들의 마음에 불을 지르려는 것입니다. 즉, 모용
부에 대한 증오와 복수심을 끌어내기 위한 계략입니다. 과거
춘추 전국 시대 제(齊)나라 환공(桓公)이 고의로 백성의 신망
이 높은 신하를 적국의 손에 죽게 만든 후 전쟁을 시작한 적이
있습니다. 이야말로 고육지책(苦肉之策) 중에서도 최고의 고
육지책입니다."

배의의 이 말에 모두가 탄복하며 고개를 끄덕였다. 배의는 더욱 기가 올라 목소리에 힘을 더했다.

"지금 저 태자의 꼴을 보십시오. 얼굴은 달아올라 있고 이마에는 땀이 맺혀있으며 나리는 떨리고 있습니다. 이런 아이가 고구려의 태자가 될 수 있겠습니까? 하지만 이 아이는 태자임에 틀림없습니다. 귀한 숙신마를 백여 필이나 끌고 왔으니까요. 말하자면 숙신마는 저 아이의 신분을 증명하는 것입니다. 동시에 아이를 죽여달라는 고구려왕의 염원이기도 합니다. 고구려에 두 왕자가 있는데 큰 왕자는 유약하고 작은 왕자는 용맹하고 총명하다 들었습니다. 고구려왕이 첫째를 태자로 삼았다는 소식에 도저히 이해가 가지 않았으나 이제 태자가 여기로 온 걸 보면 고육지계의 제물로 쓰려는 속셈임을 확인할 수 있습니다. 그는 첫째를 이렇게 죽이고 전쟁을 마친 후 진짜배기 둘째를 태자로 세우려는 심산입니다."

배의를 바라보는 사람들의 눈빛이 달라졌다. 과연 치밀하고 엄정한 추리였다. 그게 아니면 도저히 이 희한한 현상을 설명할 길이 없었다.

"중련, 그러하냐?"

모용외는 이 복잡한 설명에 얼굴을 찌푸리며 사도중련에게 물었다. 그러나 사도중련은 천천히 고개를 가로저었다. 낙랑성 함락 직후 병사들의 혼을 위로하던 고구려왕의 얼굴과 배의의 추리는 전혀 들어맞지 않았다.

모용외는 다시 사유를 보았다.

"너는 왜 왔느냐? 과연 전쟁을 돋우는 심지가 되려고 온 것이냐?"

사유는 고개를 가로저었다.

"그럼 도대체 무엇 하러 왔단 말이냐! 이제껏 돼지 새끼 한마리 보내지 않다가 저 많은 숙신마를 끌고 오다니! 너는 정말 태자가 맞느냐?"

"맞습니다."

"혹시 너는 내놓은 자식이더냐?"

"제가 사신으로 온 이유는 저희 태왕께서 백성을 제일로 여기시기 때문입니다."

"네 목숨이 백성의 목숨보다 값이 떨어진다는 얘기냐? 아니면 내가 너를 죽이지 못할 거라고 생각했던 것이냐?"

"쉽게 죽이지는 않을 거라고 생각했습니다."

"어째서?"

"저는 여기에 고구려 백성만을 위해 온 게 아니라 선비의 백성을 위해서도 온 까닭입니다. 그리고 선비의 백성을 위함은 바로 모용 대선우를 위한 것입니다."

"네가 나를 위한다?"

"전쟁이 없어 백성이 평안하면 군주가 기쁜 법 아니겠습니까?"

"하하하하! 아이가 말장난으로 나를 농락하려 드는구나. 이
놈아, 모용선비는 전쟁을 해야 백성이 평안한 법이다. 먹을 것
이 없는데 어찌 여기서 평안하게 지내린 말이냐? 너희 고구려
의 그 너른 평원과 저 화중의 기름진 땅을 약탈해야만 먹고 산
단 말이다. 무슨 말인지 이제 알겠느냐? 이 젖비린내 나는 놈
아."

"고구려는 모용선비가 필요한 물자를 드릴 수 있습니다. 비
록 흡족하진 못할지라도 나누어 가질 수 있습니다. 또한 모용
선비도 고구려가 필요한 물건을 줄 수 있을 겁니다. 찾아보면
서로 도움 되는 게 반드시 있을 것입니다."

"모용선비는 빼앗으면 빼앗았지 그냥 주는 건 받지 않는다.
그게 수백 년간 내려오는 모용 백성들의 법이다."

"그렇다면 제가 평생 모용선비에 남아 백성들에게 싸워서
얻는 것보다 서로 주고받는 게 더 크고 더 오래간다는 것을 설
득하겠습니다."

"평생? 고구려의 태자란 놈이 왜 나의 백성을 가르친단 말
이냐?"

"그것이 바로 고구려의 백성을 위하는 길이기 때문입니다.
군주의 임무는 백성을 평안히 살게 하는 것입니다. 그럴 수만
있다면 제가 고구려에 있으나 여기 극성에 있으나 무엇이 다

르겠습니까."

"너의 욕망은? 마음껏 먹고 마시고 아름다운 여인을 품고 싶은 욕망이 없느냐 말이다. 너는 고자냐?"

모용외가 거침없이 뱉은 말에 사유는 한참이나 우물거렸다. 머릿속으로 아무리 떠올려보려 해도 생각이 나지 않는다는 듯 사유는 얼굴을 바로 하고 물었다.

"고자란 무엇입니까?"

"푸하하하!"

"크하하하!"

"우헤헤헤!"

"낄낄낄낄!"

사유의 이 물음에 모용외의 조정에는 폭소가 터지고 말았다. 모용외를 비롯해 모두가 배를 잡고 땅을 치고 옆 사람의 어깨를 두드려가며 미친 듯이 웃어젖혔다. 심지어는 사도중 련조차 입가에 한가득 웃음을 머금었고 한참의 시간이 지나도록 연속적으로 터져 나오는 신하들의 미친 웃음은 수그러들지 않았다. 무슨 이유인지 몰라 어리둥절해하고 있는 사유를 보면 볼수록 웃음은 더 터져 나왔고 종내 아야로와 반강 등은 바닥에 때굴때굴 굴렀다. 한바탕 크게 웃고 난 모용외는 조금 전과는 달리 약간 부드러워졌다.

"그럼 너희가 점령하고 있는 하성은 어떻게 하겠느냐?"

"태왕께 돌려드리도록 말씀드리겠습니다."

"흠!"

모용외는 평생 이런 종류의 사람을 만난 적이 없는지라 어딘지 맥이 빠지는 걸 느꼈다. 신하들 역시 미찬가지였다. 사유의 말하는 품은 우스꽝스러웠지만 고구려 태자가 백성을 위해서라면 극성에서 평생을 보내도 좋다는 말에 적이 놀라고 있었다. 큰 웃음이 끝난 조정에는 알 수 없는 침묵이 한동안 감돌았다.

"태자라면 바로 아영의 아들이란 얘긴데⋯⋯."

모용외의 입에서 갑자기 튀어나온 말이었다. 그리고 그는 한참이나 사유를 바라보다 느닷없이 자리에서 일어나 밖으로 나가고 말았다. 신하들은 다시 한번 크게 놀랐다. 밑도 끝도 없이 튀어나온 아영이라는 이름은 무엇을 말함인가. 한참이나 방향을 못 찾던 사람들의 눈길이 마침내 사도중련에게 모아졌다.

"태자께서 먼 길을 마다 않고 와주어 고맙습니다. 거느리고 오신 숙신마는 천하의 명마로 보통 값진 선물이 아니니 모용부에서는 진정 감사하는 마음으로 받겠습니다."

사람들은 눈을 커다랗게 뜰 수밖에 없었다. 사도중련은 이제껏 모용외가 아닌 그 누구에게도 취해본 적이 없는 깊은 공대를 고구려 태자에게 하고 있었다.

사유 역시 깊이 고개를 숙여 답했다.

"오랫동안 명성을 흠모해 왔습니다."

그날 저녁 사도중련은 어디론가 홀연히 사라져버린 모용외를 대신하여 사유를 위한 연회를 베풀었다. 보통의 군사(軍師)라면 이런 기회에 적국의 태자로부터 될 수 있는 대로 많은 정보를 얻어내기 위해 온갖 물음을 다 던졌겠지만, 사도중련은 사유에게 아무 질문도 하지 않았다.

"제가 여기 머물며 백성들에게 우리 고구려 백성의 마음을 전하고 양국 간에 전쟁보다는 평화가 더 많은 걸 가져다준다고 설득하는 것은 실례되는 일이겠습니까?"

"좋기만 한 일입니다."

사도중련은 선선히 고개를 끄덕였지만 사유를 보는 그의 눈길이 그리 간단치만은 않았다.

뜻밖의 구원자

"오늘 밤은 푹 쉬도록 하자."

사유는 연회가 끝나고 마을로 돌아오자 일행을 쉬도록 한 후 먼저 처소에 들었다. 처음으로 많은 사람들 앞에서 많은 얘기를 한 터라 고단하기도 했고 별로 마시지도 못하는 술을 사도중련이 권하는 대로 거절하지 않고 받아 마셔 취한 사유는 이내 잠에 떨어졌다.

사유를 따라온 수행원들 중에는 직위가 높은 사람이 없었다. 다만 무술이 뛰어난 몇 사람의 교위가 수행원의 대부분을 차지하는 말몰이꾼들을 관리했는데, 그들조차 그간의 긴장을 풀고 고단한 몸을 쉬고 있었다.

긴 여정 끝의 편안한 휴식. 그들 중 가장 먼저 깨어난 것은 수석 교위였다. 한참 단잠에 들어있던 중에 문득 이상한 기척을 느끼고 눈을 떠보니 사방에 짙은 기름 냄새가 진동하고 있었다. 그는 소스라치게 놀라 벌떡 일어나며 본능적으로 사유의 방으로 뛰어가다 어둠 속에서 누군가의 발에 걸려 바닥에 넘어지고 말았다. 이내 목덜미에 서늘한 기운이 느껴져 보니 복면의 괴한이 자신의 목에 칼을 겨누고 있었다.

"뭐하는 짓이냐! 나는 고구려의 사신이다!"

"그냥 자고 있었으면 편히 죽었을 것을!"

이 말을 끝으로 괴한은 교위의 목젖에 칼날을 쑤셔 박았다. 비명 한 번 지르지 못하고 절명한 교위의 시체 위로 횃불이 날았다. 이미 온 건물이 기름에 전 터라 마을은 삽시간에 불길에 휩싸였다.

"튀어나오는 놈은 모조리 죽여라!"

이어 거대한 살육이 벌어졌다. 미처 빠져나오지 못하고 방 안에서 불타 죽는 사람부터 뛰쳐나오다 칼과 도끼로 무참히 살해당하는 사람까지, 피가 튀고 시체가 뒤엉켰다. 삽시간에 온 마을이 아수라장이 되어 도망하는 이와 쫓는 자들이 사방에서 날뛰었다. 이 까닭 모를 학살자들은 마을 구석구석을 샅샅이 뒤지고 다니며 사신 일행이든 마을 사람이든 가리지 않고 눈에 띄는 자는 모조리 참살하고 날이 밝기 전에 모두 사라져버렸다.

사유는 연거푸 어깨를 잡아 흔드는 손길에 겨우 눈을 떴다. 간밤에 마신 술이 깨지 않아 눈앞이 어지러웠다. 가만히 눈을 뜬 사유는 여기가 낯선 곳임을 깨닫고 얼른 몸을 일으켰다.

"깨어나셨습니까?"

낯선 음성이었다. 처음 보는 중년의 건장한 사내가 사유를 바라보고 있었다. 모용부의 사람이었다.

"아, 내가 어제 너무 취해……."

사유는 먼저 고개를 숙였다. 처음 취하는 술이라 혹시 자신이 실수를 한 것이 아닐까 걱정했으나 차츰 기억이 되살아나자 순간 어리둥절해졌다. 분명 어젯밤 숙소까지 무사히 돌아와 자신의 처소에서 잠에 들었던 것이다.

"누구신지요? 여기는 어딘가요?"

"큰일이 벌어졌습니다."

사내의 대답에 사유는 급히 눈길을 바깥으로 돌렸다. 장소도 낯설었을 뿐만 아니라 자신과 함께 온 일행들은 한 명도 보이지 않았다.

"무슨 일인지요?"

"고구려 사신단이 참변을 당했습니다. 모두 불 속에 갇혀 생존자가 없는 듯합니다."

사유는 놀라 일어서려다 다리에 힘이 풀려 그대로 침상에 주저앉고 말았다. 궁궐 안에서 평생을 보내온 그로서는 상상조차 할 수 없는 일이었다. 불과 몇 시간 전까지 수십 일의 여정을 함께해 온 이들이 모두 불타 죽었다니, 도무지 믿어지지가 않았다.

"불이라니? 누군가 일부러 그랬다는 것이오?"

"누구의 소행인지는 아직 모르겠습니다."

사유는 그제야 정신이 퍼뜩 들었다.

"나는? 그런데 나는 지금 어떻게 살아있는 것이오?"

"저의 주인님이 손을 쓰셨습니다."

"주인님? 주인이 누구요?"

"저를 따라오십시오."

사유는 조용하고 정갈한 방으로 안내되었다. 사내를 따라 들어선 방의 한가운데에는 탁자가 놓여있었고 찻잔이 준비되어 있었다. 곧 누군가 들어오는 기척에 이어 뒤에서 나지막한 음성이 들렸다.

"너는 나가 있거라."

사유는 이것이 누구의 음성인지 알 수 있었다. 사도중련, 바로 그였다.

"많이 놀라셨지요?"

사도중련이 맞은편에 앉자 사유가 정색을 했다.

"어떻게 이런 일이 일어날 수 있는 것입니까? 사신단을 불에 태워 몰살시키다니요! 대선우가 그런 분이라고는 생각하지 않았습니다."

사도중련은 대답 대신 사유의 잔에 차를 따랐다.

"놀란 가슴을 가라앉게 해줄 것입니다. 우선 한 모금 드시지요."

"나는 차를 들지 않겠습니다. 말씀하십시오. 정녕 이것이 대선우의 지시입니까? 그렇다면 군사께서는 왜 나를 살리셨습니까!"

일행을 모두 잃고 따서 묻는 시금의 사유는 이미 두려움에 떨던 어제의 태자가 아니었다.

"이 일에 대해서는 대선우를 대신하여 제가 먼저 깊은 사과를 드리겠습니다. 또한 대선우의 지시가 아니었다는 말씀을 드리겠습니다."

"극성에서 일어난 일입니다."

사도중련은 지긋한 눈으로 사유를 바라보다 입을 열었다.

"어디서부터 이야기를 들려드려야 할지 모르겠는데……."

"가려서 듣겠습니다."

"대선우께는 손가락으로 다 헤아리기 힘들 정도로 많은 아드님들이 있습니다. 그중 가장 용맹한 분이 모용황입니다."

"왜 모용황의 얘기를 꺼내는 겁니까? 대선우가 시킨 일이 아니라 하고 싶으신 겁니까?"

사도중련은 대답 대신 엉뚱한 물음을 던졌다.

"대선우께서 태자님의 모친과 인연이 있다는 사실은 아십니까?"

"몰랐습니다."

사실 사유는 전날 모용외가 자리에서 일어나며 했던 말에

상당히 놀랐었다.

'태자라면 바로 아영의 아들이란 얘긴데……'

"모용황은 사실 주 왕후 때문에 태어난 자식이지요."

사도중련의 말에 사유의 눈이 놀라움으로 커졌다.

"모용 대선우께서는 한때 주 왕후를 크게 사모하셨지요. 그런데 주 왕후는 대선우를 버리고 고구려왕에게 갔던 것입니다. 그 전에 대선우는 주 왕후를 연모하는 마음에 모든 여자를 멀리하다 끝내 욕정을 다스리지 못하고 술김에 여자를 취하게 되었는데, 그때 얻은 아들이 모용황입니다."

생각도 못 한 얘기에 사유는 깊이 귀를 기울이지 않을 수 없었다.

"얼마 후 여자와 아이는 버림을 받았고, 궁에서 쫓겨나 세상의 이목을 피해 숨어 살게 되었던 것이지요. 그렇게 시간이 흘러 주 왕후가 두 아들을 낳고 고구려가 낙랑을 차지하는 등 많은 일들이 있었습니다. 사실 그 일로 모용 대선우께서는 마음의 상처를 크게 입으신 뒤 낚시로 소일하게 되었지요. 천하쟁패를 꿈꾸던 모용부로서는 큰일이 아닐 수 없었습니다. 대선우의 투지를 되살리기 위해서는 무언가가 필요했습니다. 저는 생각 끝에 그분이 잊고 계시던 아들 모용황을 데려오기로 했던 겁니다. 모용황은 그 어떤 자식보다 대선우를 쏙 빼닮았고 무엇보다 젊은 날 대선우가 가졌던 그 투지의 화신이기 때문이지요."

"어미와 함께 내쳐졌다는 걸 아는 자식이라면 쉽게 돌아올 것 같지 않습니다만."

"그랬습니다. 해서 저는 시간을 두고 찾아가 그에게 자신의 아버지가 얼마나 큰 인물인지를 말해주었지요. 누구와도 비교할 수 없을 정도로 강한 자존심을 지닌 그에게 어머니와 함께 버림받았다는 사실은 영원히 씻을 수 없는 상처였기에 저는 그의 마음속 증오를 대선우에 대한 존경과 이해로 바꾸려 온 힘을 쏟았습니다. 그리하여 그에겐 그 증오하는 대선우로부터 사랑을 받고 싶다는 마음 또한 얼마간 생겨났지요."

"그렇다면 모용황이 이 사건을⋯⋯?"

"맞습니다. 바로 태자께서 주 왕후의 혈육이기 때문입니다. 모용황은 자신과 어머니가 아버지로부터 버림받은 것이 모두 주 왕후 때문이라고 믿고 있지요. 그리고⋯⋯."

"⋯⋯."

"아직도 그녀가 대선우의 마음속에 살아있다는 강한 의심을 품고 있었을 것입니다. 그런데 어제 대선우께서 자신도 모르게 주 왕후의 이름을 입에 올렸지요."

사유는 그제야 어느 정도 상황이 이해되었다.

"그런데 왜 군사께서는 나를 구해주신 겁니까?"

"대선우께서는 결코 태자님의 죽음을 바라지 않을 것이기 때문입니다. 그리고 이런 식은 이 사도중련의 바라는 바도 아닙니다."

"……그럼 나는 이제 어찌해야 하는 겁니까?"

"이 길로 돌아가십시오. 제가 태자님을 구하고 이처럼 세세한 이야기까지 들려드린 이유는 대선우를 천하의 비겁자로 만들지 않기 위함입니다. 그러나 항상 안전하다고 생각지는 마십시오. 한 번은 제가 구해드릴 수 있었지만 두 번은 안 되는 일입니다. 그러니 이 길로 즉시 이곳을 떠나십시오."

말을 마친 사도중련은 정중히 고개를 숙인 후 사람을 불렀다.

"궁 앞에 내려 드려라."

그런 다음 그는 뒤도 돌아보지 않고 방을 나가버렸다.

한편 사신단이 몰살당했다는 보고를 받은 모용외는 크게 분노를 터트렸다.

"도대체 어떤 놈이 이런 짓을 저질렀단 말이냐! 이 극성에서!"

아무도 대답을 할 수 없었다.

"어느 놈이든 아는 놈이 있을 것 아니냐!"

모용외가 아무리 분노를 터트려도 나서서 한마디라도 고하는 사람이 없었다. 그러자 모용외는 곁에 두었던 창을 들어 대

여섯 걸음 떨어진 바닥으로 힘껏 내리꽂았다.

"범인을 고하지 않으면 너희 모두가 다 같이 저지른 짓으로 알겠다."

모용외가 벌떡 일어나려는 순간 한 사람이 앞으로 낭낭하게 나섰다.

"내가 고구려 놈들을 죽였소."

모용황이었다. 신하들의 눈길이 그에게로 몰리자 모용외는 입가를 몇 번 씰룩거렸다.

"어째서 그리했느냐?"

모용황과 모용외의 번뜩이는 눈빛이 마주 얽혀 드는 순간 모용황은 비웃음을 날렸다.

"모른단 말이오?"

"네가 멋대로 일을 저질렀으니 그 책임 또한 지도록 해라."

"어떻게 하면 되겠소?"

이때 한 장수가 들어와 고개를 숙였다.

"고구려 태자가 살아서 궁 앞에 나타났습니다."

"어서 데리고 오라!"

순간 모용황의 얼굴이 묘하게 비틀렸다.

사유가 천천히 걸어 들어와 고개를 숙이자 모용외는 사유의 모습을 훑었다.

"고구려 태자가 살아있었느냐!"

"다행히 난을 피했습니다."

"내 흉수를 찾아 고구려로 보내 너희 나라에서 그를 죽이도록 하겠다."

"대선우, 저는 복수를 원치 않는 바입니다."

예상치 못한 사유의 답변에 모용외는 놀란 기색이 역력했다.

"어째서?"

"복수는 끝이 없습니다. 누군가 한쪽에서 먼저 용서하는 게 옳습니다."

사유의 말투는 단정했다. 죽음의 문턱을 넘어온 때문인지 행동거지도 어제와 달랐다.

"원수를 용서한다고! 진정이냐?"

"진정입니다."

모용외는 사유를 한참 바라보았다. 항상 단순하기만 했던 그의 얼굴이 온갖 생각으로 얽혀드는 듯 복잡해지더니 이내 눈을 부릅떴다. 그리고 낮은 목소리를 내었다.

"고구려 태자를 추방하라. 내어줄 것은 말 한 마리면 족하리라."

그런 다음 모용외는 갑자기 우레 같은 고함을 질렀다.

"황은 명을 받들라!"

모용황이 한 발 앞으로 나섰다.

"너는 지금 도환, 반강, 아야로, 번나발을 거느리고 나가 모든 군장에게 나를 대신하여 명하라. 우리 모용부는 오늘부로 고구려와 존망을 건 싸움을 시작한다. 고구려왕이란 놈이 감히 태자를 사신으로 위장해 쓸데없는 변설로 모용부를 현혹하려 늘다니! 내 그놈을 잡아 고기를 씹으리라!"

모든 신하들이 예상치 못한 모용외의 명령에 놀라고 있었다. 조금 전까지만 해도 모용황을 처단하려 했던 그가 정반대로 모용황에게 선전 포고의 전권을 주며 잔뜩 무게를 실어주는 것이었다. 사유가 뭐라 말을 하려는 바로 그 순간 모용외의 날카로운 음성이 재차 날아들었다.

"뭐하느냐? 어서 적국의 사신을 데리고 나가지 않고!"

장수들이 즉각 사유의 팔을 잡고 걸음을 옮겼다.

"저, 저는……."

당황한 사유는 무슨 말을 하려 했으나 양팔을 꽉 잡힌 채 장수들에 끌려 밖으로 걸음을 옮길 수밖에 없었다.

모용외는 모든 신하를 대전에서 내보낸 후 사도중련만을 곁에 둔 채 침묵의 시간을 한참이나 보냈다. 사도중련은 모용외의 이러한 시간을 잘 알고 있었다. 과거 진에 반기를 들 때, 그리고 아영의 죽음을 생각했을 때에도 이렇게 긴 시간을 홀로 고뇌했었다. 천하의 모든 사람이 모용외를 마음 내키는 대로 행동하는 과격한 인물로 생각했으나 실상 모용외는 일의 알

맹이를 볼 줄 아는 이였다. 작은 일은 짧게 생각했으며 큰일은 길게 생각했다. 이번 사태를 지켜보며 사도중련은 이미 수십 가지 해답을 떠올렸으나 모용외의 시간을 방해하지 않았다. 그는 모용외가 필요한 것만을, 그리고 묻는 것만을 대답할 줄 아는 신하였다.

"중련!"

긴 침묵의 끝에 모용외는 언제나 그래왔듯 그의 충신을 불렀다.

"예, 주공."

"과거 고구려왕을 만났을 때 그는 아영에게 철값으로 낙랑을 거론했다. 그 후 십여 년 만에 그는 정말로 낙랑을 가졌다. 내가 겨우 수백 명의 병사로 짓밟았던 고구려, 그 고구려가 최비와 진을 쳐부수고 낙랑을 가진 것이다."

사도중련 또한 을불을 잘 알고 있었다. 과거 숙신의 홀한주성에서 모든 군사를 도적으로 만들어 군사와 백성을 보존한 계략에 그조차도 내심 박수를 보낸 적이 있었다.

"예, 대단한 인물입니다."

"그가 저 여린 아이를 태자로 삼고 여기 사신으로 보냈다."

사도중련은 천천히 고개를 끄덕였다.

"너는 알겠느냐, 내 마음을?"

"이해하고 남습니다."

모용외의 목소리가 가라앉았다.

"아영이 고구려로 간 것은 그녀의 선택이었다. 나는 혼례 선물을 보내는 한편 그녀를 잊으려 수없는 시간을 번민하며 괴로워했다. 나의 가장 가까운 신하늘조차 나를 비난했고 내 자식은 나를 패배자라 불렀지만, 그것은 사실과 다르다. 나는 오히려 승리자였다. 고구려를 쳐부수고 아영을 빼앗는 것은 을불에게만 승리하는 일이나 나는 마음속에서 아영을 깨끗이 잊음으로써 그 둘에게 모두 승리하려 했다. 나는 그렇게 생각했다."

사도중련은 이 순간 놀라고 있었다. 그의 주군이 겉보기와 달리 깊은 인물인 줄은 익히 알고 있었지만 이 정도로 깊은 마음의 수양을 닦아온 줄은 그조차도 모르던 일이었다. 이제야 안평하에서 낚싯줄을 드리우던 모용외의 모습을 완전히 이해할 수 있었다. 그는 다른 방법으로 아영, 을불과 싸운 것이었다.

모용외의 말은 계속 이어졌다.

"그러나 나는 지금 그들에게 패배한 것만 같다."

"어째서입니까?"

모용외는 대답하지 않았다. 한참 시간이 지난 후 그는 어딘지 쓸쓸한 목소리로 마치 자신에게 말하는 것처럼 한마디만을 흘렸다.

"내 자식은 언제나 남의 자식보다 나은 법 아니겠나. 아니 아비로서 그리 생각해야 하지 않겠나."

하성 공방

모용외의 전격적 결정에 따라 고구려와 모용부의 처절한 전쟁이 시작되던 날 임지(任地)인 낙랑으로부터 평양성으로 돌아온 아불화도는 하성의 여노에게 전령을 급파했다.

— 하성을 여하히 잘 지키느냐가 이 전쟁의 승패를 좌우할 것이오. 여노 대장군께서는 자중자애하여 본군이 갈 때까지 하성을 나와 적과 싸우는 일이 없도록 해주시오.

수십 리에 걸쳐진 비옥한 곡창 지대의 길목에 자리하고 있는 하성을 차지하는 것은 바로 그 곡창의 수확을 모두 갖는 것을 의미했다. 농산물이 풍족하지 않기는 북방 세력인 고구려나 모용부나 매한가지였다. 전쟁이 길어질수록 하성을 가진 세력이 압도적으로 유리해질 것이었다. 하성은 그만큼 중요한 땅이었다.

하성에는 여노가 고구려 삼만 정예군과 함께 주둔해 있었다. 극성 원정을 떠났던 군사는 오만이었으나, 모두를 주둔시키기에는 성이 작았으므로 그중 최정예 삼만을 제외한 이만 군사는 평양으로 돌려보낸 터였다. 존망을 건 결전을 선포한 모용외의 명령에 따라 하성을 향해 다가오는 모용한과 장통 휘하의 군사는 사만 남짓이었으나 여노 밑에서 불철주야 훈련을 거듭해 온 고구려군은 조금도 위축되지 않았다.

초겨울에 출발한 모용한의 군사는 매복을 가장한 여노의 지연작전에 걸려 한겨울이 되어서야 하성 앞에 진을 칠 수 있었다. 여노는 소수의 군사로 도처에 매복을 심어 교란함으로써 적의 진군을 최대한 지연시켰다. 그리하여 모용한의 군사는 예정보다 한 달이나 늦어서야 하성 앞에 다다랐던 것이다.

"성벽에 하루 종일 물을 뿌리게 하라. 성문 아래로는 아예 물길을 대도록 하고."

그리고 펼쳐진 여노의 엉뚱한 작전은 하성의 성벽을 얼음으로 바꾸어놓았다. 모용부 병사들은 성벽에 갈고리가 걸리질 않으니 성을 공략하는 데 애를 먹었다. 게다가 성문 아래는 온통 얼음판이라 힘을 쓰기는커녕 미끄러져 다치는 자가 속출했다. 그 위로 낙랑에서 들여온 연노(連弩)가 수없이 많은 화살을 일거에 흩뿌리니 그것은 일방적인 학살이었다.

"앞으로 하루에 세 번, 적이 밥을 지어 먹을 때마다 공격을 한다. 그러나 적 진영에 닿기 전에 반드시 후퇴한다."

과거 창조리로부터 수성(守城)의 요령을 확실히 전수받은 여노의 명령은 독특했다. 여노는 특별히 가려 뽑은 날랜 기병을 이끌고 적 진영에 밥 짓는 연기가 오를 적마다 성문을 열고 무서운 기세로 뛰어나가곤 했다. 그러나 결코 싸우는 법은 없었다. 여노의 회군령이 항상 절묘한 순간에 떨어져 양 진영의 군사는 아슬아슬한 거리를 두고 멀어지는 까닭이었다.

"병사 몇 명을 죽여 봤자 적의 독기만 오를 뿐이다. 그러나 밥과 잠을 죽이면 의지가 꺾이는 법이지."

그것은 사실이었다. 모용부의 군사들은 밥을 지을 때마다 적이 들이치니 견디지 못하고 진영을 하성으로부터 점점 멀리 떨어진 곳으로 옮겨 갔다. 그러나 여노와 그의 기병들은 장장 십여 리 떨어진 곳까지도 달려와 집요하게 취사만을 방해하니 어느 날부터인가 지친 모용부 군사들은 아예 맞서길 포기하고 말았다.

"어차피 돌아갈 놈들이다. 밥을, 제발 밥을 짓자."

코앞까지 달려든 고구려 군사에 등을 돌리고 밥을 지은 결과는 처참했다. 기사(騎射)에 능한 고구려 기병은 가져온 화살을 모조리 쏘고 돌아갔는데 밥 짓다 죽은 이의 숫자가 꼭 그 화살의 반절만큼이었다.

"세상에 이렇게 비겁한 놈들이 또 있을까!"

모용한은 자신의 곯은 배를 움켜잡으며 외쳤다. 그도 나름 지략으로 이름이 있는 자라 수를 써보지 않은 것은 아니었지만 수성에만 전념하는 여노를 당할 수 없었다. 하지만 모용한 또한 못난 인물이 아니었다. 무엇보다도 그는 자신의 주제를 잘 아는 인물이었다.

"서둘러시 대선우와 시도 군사께 고하라. 이 모용한은 도무지 저놈들을 이길 자신이 없다고."

그러나 전령은 하루도 되지 않아 되돌아오고 말았다. 그것은 밀려오는 대군, 자그마치 팔만에 이르는 모용부의 원군을 목격한 까닭이었다. 그 선두에는 모용외와 사도중련이 나란히 말을 몰고 있었다.

모용외의 대군이 도착한 이후로 싸움의 양상은 크게 변했다. 굳게 닫힌 하성의 성문은 단 한 번도 열리는 법이 없었고 성벽 위로 화살이 나는 법도 없었다. 여노는 성벽을 더욱 견고히 쌓는 데에만 열중했다. 군사들은 창 대신 도끼를 쥐고 나무를 베었으며, 군마는 병사 대신 짐을 끌었다. 성 밖의 모용외 또한 공성을 굳이 서두르지 않으며 시일을 보내니 싸움은 한참이 지나도록 벌어지지 않았다. 다만 고구려와 다른 것이 있다면 모용부 장수들은 번갈아 하성 바로 앞까지 달려와서는 칼춤을 추며 어디서 잡아왔는지 모를 고구려 사람들의 목을 치고는 한바탕 욕설을 퍼붓고 돌아간다는 점이었다.

날이 갈수록 고구려 장졸의 불만은 높아갔다.

"군졸들의 사기가 말이 아닙니다. 어째서 삼만이나 되는 병사를 데리고 싸움을 피하십니까?"

"국상께서 누차 말하시길 하성의 가치란 다른 성 열 개에 해당한다 하셨다. 그렇다면 하성의 군졸 또한 다른 병사 열에 해당하는 것. 되도록 아끼고 싸우지 않는 것이 상책이다."

"어째서 잃을 것만 생각하십니까!"

혈기로 둘째가라면 서러운 형대는 상장인 여노를 삿대질까지 해가며 비난했으나 여노는 요지부동이었다.

"나는 하성을 지키라는 명을 받았으니 그를 따를 것이다."

"여태까지는 잘만 싸웠지 않습니까! 대장군께서는 저 모용외가 두려운 것이 아니고 뭐란 말입니까!"

"저만한 군세를 이곳에 묶어두는 것만으로도 이득이다. 저들은 하성을 치자니 어렵고 그냥 지나치자니 뒤가 두려운 것이다. 너는 더 말을 말라."

하지만 매일 죽어가는 고구려 백성들의 비명과 절규를 듣는 여노 또한 마음이 좋을 리 없었다. 모용부의 장수들은 하루가 멀다 하고 하성 앞에서 칼춤을 추며 고구려 백성들의 목을 쳤고 그때마다 여노는 들끓는 혈기를 애써 잠재워야만 했다. 여노 자신이 바로 무인 중의 무인인데 자존심이 성할 리 없었다. 여려극을 잡았다 놓기를 벌써 수차례, 여노는 필사적으로 참아내고 있었다. 그런 여노의 마음을 형대의 비난이 재차 찔러

왔다.

"에라, 대장군은 겁쟁이요!"

그 말에 돌연 여노는 주먹을 들어 성벽을 힘껏 후려쳤다. 돌로 쌓인 성벽이 무너질 리 없으니 망가진 것은 당연히 여노의 주먹이었다. 피가 흐르고 속살이 드러난 주먹을 들어 보이며 여노는 형대에게 말했다.

"이 손으로는 창을 잡지 못한다."

"대장군!"

"마음을 다스리기 벅차 몸을 망가뜨렸다. 너 또한 정히 참기 힘들다면 내가 도와주마."

여노의 눈에서 붉은빛이 번뜩였다. 형대는 저도 모르게 뒷걸음질을 치더니 어쩔 줄을 모른 채 굳어버렸다. 이어진 여노의 낮은 목소리가 결사 항전을 외치던 그 어느 장수보다 더욱 비장하게 형대의 귀를 울렸다.

"피할 수 있는 모든 싸움을 피한다. 우리가 싸움을 피할수록 고구려는 승리에 다가갈 것이다."

그날 이후로 하성에 싸움을 외치는 고구려 장수는 없었다.

그로부터 이레째 되는 날 아침, 성루 위에 오른 여노는 여느 날과 같이 성문 앞에 나타나 욕설과 비난을 퍼붓는 모용부 장수들을 내려다보고 있었다. 욕설에 이어 어린 고구려 아이 하

258

나와 여인을 끌고 와 둘 다 목을 치니 지켜보던 고구려 장졸들의 신음과 비명이 성벽 전체에 깔렸다.

"흔들리지 마라!"

내막을 아는 장수들이야 이미 귀를 닫은 지 오래였지만 일반 군졸들은 흔들리지 않을 수 없는 일이었다. 갈수록 불어나는 장졸의 수군거림과 동요가 여노의 눈에 선히 보였다.

성문 바로 아래까지 다가온 모용부 장수들이 큰 목소리로 얼러댔다.

"아영이라는 년은 우리 주공께 꼬리 치던 계집이 아니었느냐! 어째서 을불이란 놈은 여자 도둑질을 그토록 즐기느냐!"

"그 잡년이 최근 서방질하다 들켜 유폐된 것은 천하가 알고 있다. 어서 길을 터라. 우리는 그년 사타구니에 난 불을 꺼주러 가는 길이다!"

"낄낄낄낄!"

이쯤 되자 여노조차도 다친 오른손 대신 왼손으로 여려극을 잡았다 놓았다 할 정도가 되었다.

"아아. 무인으로 이런 수모를 참아야 하는가!"

그때였다. 성벽 아래로 한 병사가 뛰어내리는 장면이 여노의 눈에 들어왔다. 성벽은 자칫 잘못 떨어지면 목숨을 잃을 만한 높이였다. 그러나 병사는 햇살에 얼음이 녹으며 튀어나온 돌덩이를 날랜 몸놀림으로 몇 번 밟더니 안전하게 바닥에 착

지했다. 그야말로 새처럼 가벼운 움직임이었다.

"저것은……."

병사를 지켜보던 여노는 한 번 더 움찔했다. 그것은 병사가 창 한 자루를 꼬나든 채 맹렬한 속도로 달리기 시작한 탓이었다. 마치 말이 달리듯 흙먼지를 일으키며 달리던 병사는 갑자기 한쪽 무릎을 바닥에 처박듯 제자리에 멈추며 온몸의 탄력을 더하여 창을 쏘아내듯 던졌다. 병사의 창은 화살이었고, 그의 몸은 시위였다. 쏜살처럼 날아간 그의 창은 악담을 퍼붓던 모용부 세 명의 장수 중 하나의 목덜미를 정확히 꿰뚫었다.

"악!"

그러나 그것이 끝이 아니었다. 어느새 득달같이 달려든 병사는 장수의 시체에서 창을 뽑더니 다음 장수의 가슴팍을 찔렀다. 얼토당토않은 광경에 몸이 굳어버린 두 번째 장수는 비명 한 번 지를 틈 없이 목숨을 잃고 말에서 떨어졌다.

"뭐, 뭐냐, 이놈!"

마지막 남은 장수는 이름이 있는 이였다. 바로 반강의 아우인 반소연이었는데, 창을 잘 쓰기로 소문난 자였다. 그는 적의 무서움을 깨닫고 황급히 말을 움직이며 창을 들었다. 본래 말 탄 기병과 보병은 상대가 되지 않는 법이었다. 기병이란 높은 곳에서 보병의 온 몸뚱이를 마음껏 노려 공격할 수 있는 반면 보병은 상대가 탄 말조차도 피해가며 싸워야 하는 까닭이었다.

"히이이잉!"

그러나 반소연의 말은 주인에게 도움이 되어주지 못했다. 병사의 발끝이 말의 한쪽 다리를 거세게 걷어차자 말이 균형을 잃고 쓰러져버린 탓이었다. 말과 함께 옆으로 고꾸라지던 반소연은 병사의 창에 그대로 꿰어 꼬치가 되고 말았다. 병사는 그 창을 뽑아 다시 한번 반소연의 목에 꽂았다.

"우와!"

"대단하다!"

하성의 성벽에서 떠나갈 듯한 환호성과 박수 소리가 터져 나왔다. 일개 병사라고는 도무지 믿어지지 않는 신기에 가까운 무예였다. 오랜 나날 모용부의 도발을 참아오며 쌓여온 고구려 장졸들의 갑갑함을 일거에 날려주는 통쾌하기 그지없는 광경이었다.

"음."

여노 또한 병사의 무예에 감탄했다. 그가 아는 한 고구려에 그만한 무예를 가진 자는 다섯 손가락 안에 꼽힐 것이었다. 그러나 그는 곧 얼굴을 굳혔다. 일개 병사의 무예보다 군영의 기강이 몇 배는 중요한 법. 여노는 병사를 맞아들이려 성문을 여는 군졸들에게 엄한 호통을 내었다.

"성문을 열지 말라!"

"예? 그러나 대장군님, 저 병사는……."

"군령을 어긴 자다. 무슨 말이 더 필요한가."

반쯤 열렸던 성문이 도로 닫히기 시작했다. 비록 죽음을 내리는 순간이었지만 여노는 자신마저 놀라게 한 무인의 얼굴을 한 번쯤 보아두고 싶었다. 그는 성문 앞으로 걸음을 옮겼다. 그리고 성문이 완전히 닫히기 직전, 여노는 투구에 가려진 병사의 얼굴을 볼 수 있었다.

"엇!"

손을 뻗어 닫히는 문을 애타게 잡아보려던 병사도 그 작은 틈으로 여노를 보고 있었다. 좁은 틈이라 완연히 드러난 것은 입가뿐이었지만 어딘지 모르게 수줍은, 반가운, 그리고 씁쓸한 웃음이었다.

"분명히 본 적이 있다."

여노는 갈등했다. 그러나 이미 내린 군령을 번복할 수는 없었다. 병사는 한참이나 서 있다 문이 다시 열리려는 기미가 보이지 않자 발걸음을 돌려 적들 앞으로 걸어갔다. 여노는 급히 성루로 뛰어 올라가 다시 병사의 뒷모습을 바라보았다. 그러나 아무리 생각해도 그가 누군지 떠오르지 않았다.

"분명 나를 보고 웃지 않나. 도대체 누구란 말인가."

반강은 동생 반소연이 창에 찔려 죽었다는 보고를 듣자 모용외에게 허락을 구하지도 않은 채 이를 갈며 도끼를 들고 말

262

에 올랐다. 그의 부릅뜬 눈에 닫힌 하성의 성문과 그 앞에 홀로 버려진 병사의 모습이 들어왔다. 반강은 그를 보며 한을 가득 토해냈다.

"오늘 원수를 갚지 못하면 내 목숨을 끊고 말리라."

반강이 달려오는 꼴을 보며 고구려 병사도 주인 잃은 말을 하나 골라 오르니 한마디 나눌 틈 없이 부딪힌 이들은 바로 격전에 들어갔다. 서로 오가는 한 칼 한 칼이 모두 천 근의 무게가 실린 무서운 일격이었고, 결코 쉽게 볼 수 없는 대결이었다.

비록 방정균의 꾀에 빠져 우스꽝스러운 꼴을 당하고 이름을 망쳤지만, 그 힘과 무예만으로 놓고 보자면 반강은 도환까지 꺾은 전적이 있는 인물로 모용부 장수 가운데 둘째가라면 서러운 자였다. 일개 병사가 그런 반강과 거의 동수를 이루는 모습에 지켜보는 고구려 병사들은 너 나 할 것 없이 감탄하며 신음을 흘렸다.

"아!"

그러나 그중 가장 큰 신음은 바로 여노의 입에서 흘러나왔다. 반강의 도끼를 거듭 좌우로 쳐내며 폭을 점점 벌리는 기술, 한 손으로 창대 끝을 잡고 자유자재로 찌르고 빼기를 거듭하는 기교, 그것은 바로 여노 자신의 무예였다. 여노는 미친 듯 고함을 질렀다.

"성문을 열라! 어서 성문을 열라!"

육중한 성문이라 병사 십여 명이 달려들어 빗장을 빼내는데도 시간이 걸렸다. 여노는 왼손으로 창을 들고 성벽을 뛰어내리려 했으나 다친 오른손으로는 몸을 지탱할 아무것도 잡을 수 없어 발을 동동 구를 뿐이었나.

여노는 성문 앞으로 뛰어 내려가 울부짖었다.

"문을 열라! 어서 열란 말이다!"

한편 성 밖에서 싸우던 병사는 서둘렀다. 반강의 등 뒤로 수십 명의 장졸이 말을 달려오고 있는 광경이 눈에 들어온 까닭이었다. 그때까지 너무나도 침착하고 안전하게 틈을 만들어 가던 그의 창끝이 갑작스러운 도박을 걸었다. 어깨에 힘이 들어간 일격, 과한 힘이 실린 찌르기가 반강의 목젖을 노렸고, 그리고 허망하게 허공을 찔렀다.

그것을 마지막으로 병사는 정신을 잃었다. 반강의 억센 완력을 가득 담은 도끼가 병사의 창을 부러뜨리고 투구를 부수며 머리를 강타한 것이었다.

"네놈을 여기서 죽이지 않으리라. 석 달 열흘에 걸쳐 껍데기를 벗기고 온 살을 저며 죽여주마."

반강은 정신을 잃은 병사를 말에 묶으며 증오에 찬 목소리를 흘렸다. 곧 그가 말을 돌려 모용부의 진영으로 돌아가니 병사는 온몸이 바닥에 끌리며 만신창이가 되었다.

"아아! 이를 어쩌면 좋단 말인가!"

절규하는 여노에게 형대가 대들었다.

"대장군, 어찌하여 그 병사를 맞아주지 않았단 말씀입니까? 우리 모두의 속을 시원하게 해준 그 장한 병사에게 어찌하여 열리던 문조차 닫아 죽음을 내린단 말씀입니까?"

여노는 아무런 대꾸도 하지 않은 채 자신의 방으로 들어가 홀로 깊은 고민에 빠져들었다.

"아아, 왕자님!"

병사는 바로 왕자 무였다. 무의 죽음, 혹은 인질. 그것은 무엇을 의미하는가. 세상 아무도 아는 이 없다 해도 여노만큼은 을불의 마음을 알고 있었다. 사유를 향한 웃는 낯과 무를 향한 엄한 표정. 그러나 그 엄한 표정 속에는 항상 자랑스러움이 있었고 기특함이 있었다. 자기를 꼭 닮은 아들을 어찌 미워할 수 있을까. 무가 떠난 이후로 그가 얼마나 괴로워했는지 얼마나 그리워했는지 여노만큼은 잘 알고 있었다. 고구려를 위해 희생시킨 아들. 을불은 그 후로 밥상을 앞에 두고 숟가락을 두 번 뜨는 법이 없었고 침소에서 이불을 덮고 잔 적이 없었다.

그리고 그 모든 것을 떠나 무는 여노 자신이 생전 처음 가진 제자였다. 얼마나 훌륭하고 얼마나 빠르게 자신의 모든 것을 이어받았던가. 또한 자신을 얼마나 따랐던가. 자식이 없는 여노는 그런 무를 진심으로 사랑했었다. 오늘 닫혀가는 성문 사이로 보여준 반가움과 쓸쓸함을 담았던 입 모양이 자신에게 태자관을 씌워달라던 날의 미소와 겹쳐져 여노의 심장을 저며왔다. 살고자 내뻗었던 마지막 손짓을 거부한 채 육중한 성문을 닫아 그 불행한 왕자에게 사형을 선고한 것은 다름 아닌 여노 자신이었다.

"아아!"

미친 듯이 고뇌하고 괴로워하던 여노는 하성의 장수들을 불러 모았다.

"제장."

항상 꼿꼿하게 서서 기개를 떨치던 여노의 고개가 힘없이 떨어졌다.

"나는 모용부에 항복하겠다."

여노의 항복

"항복이라 하셨습니까?"

"진심이시오?"

"대체 무슨 말씀입니까, 대장군? 그 누구도 아닌 여노 대장 군께서 항복이라니!"

"잘못 들은 것이겠지요?"

쏟아지는 장수들의 질문과 비난에 여노는 아무 대답도 하지 않았다. 다만 여려극을 세워 들고 쿵 소리 나게 바닥을 찍을 뿐이었다. 그 기세가 너무도 비장하여 여러 장수들은 말을 멈추고 한 걸음씩 물러났다.

"나는 지금……."

장수들의 얼굴을 피해 간 여노의 시선은 애매한 허공 어디쯤에서 갈 곳을 잃은 채 머물러 있었다.

"하성을 나간다."

목소리는 흔들렸으나 손은 그렇지 않았다. 여려극의 날카로운 창끝이 하늘을 향했다가, 이내 앞을 향해 떨어지듯 날을 번뜩였다. 그제야 장수들은 여노가 던진 말을 실감하고 뒤늦은 경계와 함께 조금씩 물러섰다.

"막는 자는 베겠다."

여노는 장수들의 한가운데로 생긴 틈을 천천히 지났다. 이미 십 년을 군림해 온 고구려 제일상. 그의 신기를 볼 적마다 그가 고구려인임을 얼마나 다행으로 여겼던가. 그만큼 여노는 두려운 존재였기에 그 어느 장수도 감히 그의 앞을 막지 못했다. 그렇게 여노는 좌중을 향해 앞을, 옆을, 그리고 마침내 등을 보였다.

"겁을 먹고 있었군. 그래서 그토록 몸을 사렸었군!"

형대였다. 여노는 부정하지 않고 그대로 걸음만 옮겼다. 수십 고구려 장수들의 싸늘한 눈빛이 여노의 등에 박혔다.

"상대가 두려워 항복하러 간다고요? 그건 아닙니다. 대장군은 결코 그럴 분이 아닙니다. 뜻을 번복하지 않겠다면 무슨 이유인지나 알려주십시오!"

평강이 앞을 막고 나섰다. 그러나 여노는 여려극을 뻗어 조용히 평강을 밀어냈다. 그런 다음 그는 걸음을 멈추지도, 돌아보지도 않았다. 다만 문을 앞에 두고 서서 마지막 한마디를 남길 뿐이었다.

"여려극을 전해다오."

누구에게라고 말하지도 않은 채 자신의 목숨과도 같은 여려극을 등 뒤에 놓고, 여노는 그렇게 수하 장수들과 작별했다.

굳게 닫혔던 육중한 성문이 열리자 앞에서 농성하던 모용부의 장수 몇몇이 놀라 얼른 말 머리를 돌렸다. 또한 모용부의 진영에서는 고구려군이 쏟아져 나오는 줄 알고 장수들이 이리저리 급히 뛰어다니며 대오를 정돈하고 긴장을 불러일으켰다.

"놈들이 쏟아져 나온다!"

모용부의 모든 병력이 일시에 병장기를 손에 잡았고 모용외조차 창을 준비시키고 말을 찾았다. 그러나 한 사람만이 천천히 나오고 이내 성문이 닫히는 걸 본 모용부 군사들은 이 심상치 않은 단기의 출현에 궁금해 마지않았다.

"전령인가?"

그러나 사내는 전령치고는 말을 너무도 천천히 몰았다. 한 발 한 발 천천히 다가오는 그의 모습에 말을 돌려 도망가던 장수들이 다시 돌아섰다.

"뭐 하는 놈이기에 저렇게 천천히 오는 거야! 가서 잡자!"

장수 셋이 창과 칼을 꺼내 들고 힘껏 박차를 가했다. 그러나 이내 다시 급히 말을 멈추어야만 했다.

"여노다!"

장수들은 다시금 말을 돌려 부리나케 내뺄 수밖에 없었다. 이와 동시에 모용부 진영에서 한 장수가 달려 나왔다. 바로 도환이었다.

"여기 도환이 간다!"

하지만 도환은 여노의 얼굴을 보는 순간 그가 싸울 뜻이 없음을 직감했다. 그는 도환을 염두에 두지 않고 고개를 푹 숙인 채 눈은 땅에 두고 있었다. 또한 손에는 무기조차 들려 있지 않았다. 도환의 칼이 여노의 목에 닿았다.

"서라!"

여노는 대답 없이 천천히 모용부 진영을 향해 계속 나아갔다. 도환이 목에 칼을 겨누었음에도 그는 피하려고도 마주 싸우려고도 하지 않고 마냥 모용부 진영을 향해 다가갈 뿐이었다. 도환은 칼을 거두고 여노의 뒤에 섰다. 그는 여노의 이런 행동이 어떤 계략도 어떤 술수도 아님을 알아볼 수 있었다. 숱한 죽음을 보아온 그로서는 삶과 죽음의 갈림길에서 죽음 쪽으로 발을 내디딘 사람들이 보이는 바로 그 몸짓임을 느꼈던 것이다.

여노가 진영에 닿자 모용부 군사들이 포승으로 그를 묶으려 했으나 도환이 제지하고 바로 모용외 앞으로 데려갔다. 결코 놀라는 일이 없는 모용외조차 제 발로 걸어온 여노의 얼굴을 보는 순간 눈을 가늘게 뜨고 그의 안색을 살폈다. 여노는 모용외 앞에 무릎을 꿇었다.

"항복을 청한다."

"왜?"

모용외는 캐묻듯 일성을 내질렀다. 도저히 이해가 가지 않는 여노의 돌발적 행동이 너무도 궁금했던 것이다. 여노는 대답 없이 한참이나 모용외의 눈을 쏘아봤다. 차갑고 날카로운 눈길이었지만 그 속에는 무언지 알 수 없는 애절한 염원 같은 것이 담겨있었다.

모용외는 재차 물었다.

"이유를 말하라!"

"한목숨을 살려다오."

"방금 반강이 잡아온 그 병사 말이냐?"

"그렇다."

"그 아이 때문이라면 항복은 받아들일 수 없다. 반강이 이미 처참하게 죽이고 말았으니."

순간 여노의 얼굴에는 걷잡을 수 없는 경련이 일었다. 마구 떨리는 눈가에서 굵은 눈물이 새어 나오더니 얼굴을 타고 주르륵 흘러내렸다.

"시체를 다오!"

"이미 죽은 목숨인데 시체가 그렇게나 중요한가?"

"다오!"

"너는 무엇을 주겠느냐?"

여노는 주저 없이 대답했다.

"목숨!"

"뭐라! 시체에 목숨을 걸겠다고? 대관절 그 아이가 누구이기에!"

"보고도 모르겠느냐!"

"누구냐, 그 아이는?"

"나의……."

여노는 목이 메는 듯 다음 말을 잇지 못했다. 모든 모용부 장수들의 눈길이 여노의 입가에서 떠날 줄 몰랐다.

"막내이자 마지막 남은 자식이다!"

"마지막 자식이라면 아이들을 모두 전장에서 잃었다는 말인가. 그렇더라도 장수가 어찌 자식을 돌려달라고 항복을 한단 말인가! 싸늘한 시체에 불과한 아이를."

"대선우는 더 이상 나의 사사로운 일을 논하지 말라! 시체를 다오. 대가로 나는 목숨을 주겠다."

"정말 시체와 목숨을 바꾸겠단 말인가?"

"그렇다!"

모용외는 잠시 생각하다 반강을 향해 말했다.

"반강, 여노의 자식을 데리고 오라."

다음 순간 여노의 눈이 크게 뜨여졌다. 무가 포박된 채 끌려 나오는 것이었다.

"오오!"

여노는 무가 살아있는 걸 보는 순간 자신도 모르게 주먹을 꽉 쥐었다. 하마터면 왕자님이라고 외칠 뻔했던 그는 대신 악을 쓰듯 호통을 쳤다.

"이놈아!"

끌려온 무의 얼굴은 긴장으로 뻣뻣하고 눈은 분노로 이글거렸다. 그러나 여노의 얼굴을 확인하는 순간 그는 뭐라 형언하지 못할 표정을 떠올리고는 고개를 푹 꺾었다. 그 위로 여노의 고함이 재차 떨어졌다.

"네 경박한 행동이 집안의 대를 끊을 뻔하지 않았느냐! 너는 이제 뒤도 돌아보지 말고 고향으로 돌아가라!"

"안 됩니다."

"어서 돌아가란 말이다!"

"왜, 도대체 왜…… 할 일이 많은 분이 여길……."

무는 목이 메어 더 이상 말을 잇지 못했다. 이글거리던 무의 눈에서 눈물방울이 마구 새어 나왔다.

"이 아비의 마음을 모른단 말이냐? 반드시 살아 돌아가란 말이다!"

여노는 고개를 젓는 무의 어깨를 꽉 잡고 흔들었다. 모용외는 이런 모습을 지켜보다 혼자 나직이 소리를 내었다.

"저 여노를 살려주고만 싶구나!"

이때 단호한 목소리가 들려왔다.

"그것은 안 될 일입니다."

배의였다.

"저자가 그냥 살아 돌아가면 이 전쟁은 우리가 이길 수 없습니다. 혼자 적진으로 가 잡혀간 아들을 살려낸 영웅 앞에서 고구려군은 너욱 기세가 뻗칠 것입니다. 반면 반강의 혈육이 죽은 마당에 적장을 그냥 살려 보낸 우리 진영의 사기는 또 어떻게 되겠습니까?"

"여노를 죽이되 아이로 하여금 반드시 아비의 죽음을 보게 한 후 돌려보내라!"

모용외는 이 말을 끝으로 자리를 떴다.

수많은 모용부의 장졸들이 지켜보는 가운데 여노는 처형대에 무릎이 꿇려졌다.

"내 자식에게 마지막 말을 남기겠다. 잠시 물러가라!"

망나니가 자리를 비키자 여노는 무의 귀에 입술을 댔다.

"무 왕자님, 반드시 태왕께로 돌아가셔야 합니다. 제 마지막 소원을 들어주실 수 있지요?"

"제가 군령을 어겨…… 제가 군령을……. 모두 저의…… 아아……."

무는 눈물범벅이 된 채 다만 고개를 끄덕일 뿐이었다.

"이 여노가 없는 이제 무 왕자님이 고구려 제일의 무인이십니다. 이놈들 앞에 눈물을 보여서는 안 됩니다. 태왕께 이 여

노는 귀신이 되어서도 고구려를, 태왕을 지킬 거라고 전해주
십시오."

곧 눈을 감아버린 여노의 목으로 망나니의 칼이 떨어졌다.
몸을 떨며 통곡하는 무의 두 눈앞에서 여노의 목은 피를 뿌리
며 공중에 높이 떠올랐다.

이해할 수 없는 여노의 항복을 생각하고 생각하던 평강은
머리를 쳤다.

"혹시!"

너무나도 무예가 뛰어났던 그 병사, 성문을 열어주기를 애
타게 기다리던 그 병사만이 여노의 항복을 설명할 수 있다는
생각이 드는 순간 평강은 가슴이 철렁 내려앉았다. 그러고 보
니 어딘지 병사의 몸짓이 눈에 익은 것만 같았다. 대방과 현도
원정에서 보여주었던 그 실력에 그 몸짓이었다. 평강의 가슴
이 마구 방망이질 치고 있을 때 수비병이 급히 달려왔다.

"모용부 놈들이 수레에 무언가를 싣고 오고 있습니다."

평강은 급히 뛰어가 성루에 올랐다. 그의 눈에 다섯 명의 병
사가 보이고 그들이 밀고 끄는 수레가 보였다.

"성문을 열어라!"

평강이 성문을 나서자 모용부 병사들은 멀리 수레를 둔 채
돌아가 버렸다. 오직 한 병사만이 남아 그 자리에 우두커니 서

서 묵묵히 수레를 지키고 있었다. 점점 가까워지자 평강의 눈은 먼저 수레를 향했다. 수레에는 무언가가 천으로 덮여 있었는데, 하얀 천은 이미 붉은 피로 물들어 있었다. 다음 순간 평강의 눈이 수레 옆에 묵묵히 서 있는 병사의 얼굴로 향했다.

"아!"

예감은 맞아떨어졌다. 평강은 왈칵 울음이 터져 나오는 걸 겨우 참고 말에서 뛰어내려 무의 앞에 엎드렸다.

"왕자님!"

무의 얼굴에 이미 눈물은 말라붙어 있었다. 무는 말없이 여노의 시신에 깊이 고개를 숙인 후 평강이 타고 온 말에 올랐다.

"왕자님, 태왕께 돌아가셔야 합니다!"

평강이 외마디 소리를 질렀으나 무는 뒤돌아보지 않고 고삐를 당겼다.

"무 왕자님!"

평강이 달려가며 거듭 붙잡았지만 무는 모용부도 고구려군이 있는 하성도 아닌 방향으로 말을 달릴 뿐이었다.

한순간의 분노

평양성으로 급히 달려온 평강의 전령은 사건의 자초지종을 을불에게 보고했다. 보고를 듣는 을불의 눈길이 파르르 떨리더니 이윽고 굵은 눈물방울이 눈가에 매달렸다.

"여노!"

을불은 목이 메어 단 한마디만을 연신 내뱉었다. 소매를 들어 눈물을 씻어낸 을불은 전령이 가져온 여려극을 잡아 들었다.

"여노!"

다시 을불의 목에서 쉰 목소리가 흘러나왔다. 온통 철로 만들어져 너무도 무거운 여려극. 그 무거운 것을 일평생 제 팔과 같이 휘두르며 고구려와 자신을 위해 살다 죽어간 여노였다. 을불은 두 손가락으로 여려극의 창날을 훑었다. 여전히 날이 시퍼렇게 살아있음을 확인한 을불은 다시 한번 눈물을 씻어내며 나지막한 음성을 뱉었다.

"말을 준비하라."

여노가 목숨을 잃고, 나타났던 무가 또다시 사라졌으며, 하성은 풍전등화의 위기에 처한 지금 을불이 창을 들고 말을 준비시켰다는 소식에 고구려 조정은 발칵 뒤집혔다. 장수들이 급히 무장을 갖추고 군사를 모았으나 을불은 고개를 가로저었다.

"나 혼자 간다."

을불은 누구도 거부할 수 없는 눈빛을 내보이며 말에 올라 채찍을 힘껏 휘둘렀다.

"히히히힝!"

힘찬 울음과 함께 평양성을 나선 말은 하성을 향해 전력으로 내달렸다. 누구도 말리지도 따르지도 못할 기세였다.

"이 멍청한 놈들! 구경만 할 셈이더냐!"

뒤늦게 도착한 조불이 멍하니 이를 지켜보는 장수들의 따귀를 올려붙이며 외쳤다.

"모두 폐하를 따르라!"

그제야 정신을 차린 장수들이 있는 군사나마 황급히 몰아 을불을 뒤따르니 단기필마로 달리는 을불의 뒤를 일천여 기병이 따랐다. 그 뒤로도 무장을 차리는 대로 군사들을 따라 붙이자 약 삼천여 군세가 신속히 하성을 향해 달려 이미 해가 떨어지고 어두워져 가는 벌판에 말발굽 소리를 연신 울려댔다.

분노와 슬픔이 복받쳐 정신을 차리지 못한 채 사흘간 쉬지도 않고 말을 달린 을불은 하성에 닿자마자 평강을 찾았다.

다행히도 하성은 아직 건재했고 주둔군은 싸움을 치르지 않은 터였다. 갑작스러운 태왕의 출현에 놀란 장수들이 뛰쳐나와 엎드린 가운데 을불은 쉰 목소리로 여노의 묘가 어디 있는지만을 물었다. 평강이 안내한 여노의 묘 앞에서 을불은 섧게 울었다.

"젊어서는 나로 하여금 어느 한순간 몸을 편히 하지 못하고 나이가 들어서는 내 자식으로 말미암아 목숨을 내놓았네. 이게 무슨 원수 같은 인연이란 말인가. 여노 이 사람아! 자네 어이 한낱 미물에 불과한 내 아이를 위해 그 안타까운 목숨을 내놓았단 말인가. 내 당장 이 자리에서 자결하여 자네의 곁을 따라야 할 것이네만 모용외 저놈을 그냥 두고 갈 수 없어 잠시 시간을 미루네. 여기 내 머리카락을 잘라 신을 만들었으니 부디 신고 가시게나!"

구슬프게 곡을 마친 을불은 다시 말에 올랐다. 평강이 말릴 새도 없이 말 옆구리를 걷어찬 을불이 향한 곳은 모용부의 진영이었다. 놀란 평강이 급히 말을 타고 뒤를 따랐고 하성의 다른 장수들도 뒤를 따랐다. 거기에 다시 평양성에서부터 달려온 장졸들이 숨 돌릴 틈도 없이 따라붙으니 진형도 무엇도 없이 을불 한 사람을 따라 온 군사가 오직 달리기만 하는 꼴이었다. 한 번 멈추는 법 없이 모용부 진영 바로 앞까지 달려간 을불은 온 힘을 다해 쉬어버린 목소리를 짜내어 외쳤다.

"모용외 이놈!"

여노의 여려극을 높이 든 채로 을불은 악을 쓰며 외쳤다.

"홀로 나와라! 네놈이 사내라면 피하지 말아라!"

일찍이 누구도 본 적이 없는 모습이었다. 항시 사태를 침착히 관망하며 냉철한 지략을 내세우던 고구려의 태왕이 흡사 새끼 잃은 맹수처럼 적의 앞에서 포효하고 있었다.

이때 모용부의 진영에서 쏜살같이 달려 나오는 장수가 있었으니 바로 도환이었다. 도환은 바람처럼 말을 몰아 순식간에 을불의 앞으로 짓쳐들었다.

"고구려왕은 그 목을 바치라!"

평생을 전쟁의 아수라장에서 보내온 도환이었다. 이미 고구려 제일장이라 불리던 여노와 동수를 이룬 전적도 있었다. 오랜 세월 궁성의 안락한 옥좌에서 칼 대신 붓을 잡아온 고구려 태왕이 그의 적수가 될 리 없었다. 수십 년간 수없는 적장의 목을 쳐온 한상보도는 너무도 자신만만하게 을불의 목을 겨누었고, 날았다.

"윽!"

한상보도의 번뜩이는 날빛은 을불의 목에 정확하게 닿았다. 고구려 태왕의 피가 튀었고, 지켜보던 양 진영의 병사들은 그 놀라운 광경에 환호성과 비명을 동시에 터트렸다. 곧 하늘 높이 검은 물체가 핑그르르 돌며 날아올랐다가 사방에 피를 흩뿌리며 떨어졌다.

"아아!"

바닥에 떨어진 물체가 끔찍한 모습을 드러낸 순간 환호와 비명이 바뀌었다. 그것은 한상보도를 움켜쥔 도환의 오른쪽 팔이었다. 달아난 줄만 알았던 을불의 목에는 가벼운 상처만 이 남아있을 뿐이었다.

결코 생각지 못한 광경이었다. 단 한 합에 갈린 허무하고 일 방적인 승부. 그것은 도환이 여노가 동맹제에서 단 한 번 패배 를 겪은 적이 있음을, 그리고 그 상대가 바로 고구려 태왕 을 불이었음을 모른 탓이었다. 양팔이 모두 사라진 도환이 때늦 은 후회를 시작한 바로 그 순간 다시금 뻗어진 여려극은 도환 의 가슴팍을 꿰뚫고 말았다.

"모용외!"

을불은 쓰러진 도환에게 시선 한 번 주지 않고 다시 소리 높 여 모용외를 불렀다.

"네가 나오란 말이다! 어째서 나오지 않는가!"

"태왕 폐하!"

이 순간 들려온 한 목소리가 여태껏 그 무엇도 들리지 않았 던 을불의 귀를 파고들었다. 익숙한, 그리고 노쇠한 목소리. 고개를 돌린 을불은 저도 모르게 큰 소리를 내었다. 오랜 세월 병마에 시달리느라 집 밖으로 한 걸음도 나서지 못했던 늙은 충신이 전장 한가운데에서 필생의 힘을 다해 그를 부르고 있었다.

"국상! 어떻게!"

가쁜 숨을 몰아쉬며 말을 몰던 창조리는 을불의 지적에 이르러 온몸을 들썩이며 큰 기침을 뱉어냈다. 기침에 섞인 피가 을불의 가슴팍에 튀었다. 창조리가 고삐를 놓치고 말에서 떨어지는 순간 을불은 가까스로 노신의 몸을 받아 들었다.

"폐하, 이것은…… 이것은 폐하의 모습이 아닙니다."

창조리는 기침을 멈추지 못했다. 흡사 내장을 온통 토해내듯 갈라진 기침을 거듭하는데 을불은 도무지 정신을 차릴 수가 없었다.

"국상! 국상! 전군, 당장 성으로 돌아간다!"

모용외를 향해 뛰어올 때보다 더 다급하게 을불은 말 머리를 돌렸다. 언제 숨을 거두어도 이상하지 않을 창조리의 모습이 그의 온 정신을 송두리째 앗아가고 있었다.

연이어서 터진 일련의 사건에 정신을 차리지 못하던 모용부 군사들이 그제야 성난 벌 떼처럼 밀려왔으나 이미 고구려 군사는 하성으로 들고 있었다. 성문을 닫고 가진 화살을 한 번에 모조리 쏟아내니 머지않아 모용부 군사 또한 말 머리를 돌리는 수밖에 없었다.

창조리를 손수 침상에 눕힌 을불은 근방의 모든 의원을 불러들였다. 그러나 호흡조차 제대로 고르지 못하는 몸으로 북방의 차가운 밤을 내리 달렸으니 그 상세(傷勢)가 얕을 수 없었다. 거듭 기침을 하며 주름진 얼굴에 생기를 잃어가는 창조리의 모습에 을불은 무슨 수를 써서라도 그를 살려내라며 의원들을 매섭게 몰아쳤다. 그러나 창조리는 고개를 저으며 오히려 의원들을 물렸다.

"소용없는 일입니다. 때가 되었음은 소신이 가장 잘 알고 있습니다."

"도대체 이게 무슨 일이오! 어째서 국상이 여기까지 왔단 말이오!"

"폐하께서 잘못된 길을 가시는데 말리지 않을 도리가 있겠습니까."

"그렇다고!"

"태왕 폐하의 분노를 짐작하고 남습니다. 다음 대를 걱정하는 마음 또한 너무도 잘 압니다. 그러나 폐하, 이렇듯 서두르시는 것은 오히려 환난을 부르기만 하는 일입니다."

창조리의 목소리에 꾸짖는 태가 나는가 싶더니 재차 거친 기침이 터졌다. 피가래가 튀는 모습에 을불은 애원하듯 외쳤다.

"국상!"

"과거 폐하께서는 누구보다 차갑게, 그리고 치밀하게 준비하여 최비를 이기고 낙랑을 되찾았습니다. 오늘 한순간의 분노로 백성과 나라를 모두 불구덩이에 던지는 것은 폐하답지 못합니다."

"내 잘못했소. 내가 경솔했소. 부디 지금은 말씀을 아끼시오!"

"다시는 태왕의 길에 어긋나는 행동을 하지 않으신다 약조해 주십시오."

"그러겠소. 반드시 그러겠소."

"감사합니다."

을불의 약조를 받아내자 창조리는 사력을 다해 침상에서 일어났다. 그리고 을불의 발 앞에 엎드렸다. 깜짝 놀란 을불이 잡아 일으키려는데 창조리는 고개를 저으며 미소를 지었다.

"폐하, 지금 마지막 인사를 드리려 합니다."

순간 을불은 아무 말도 할 수 없었다. 병마에 지친 창조리의 얼굴이 갑자기 이상하도록 맑게만 보인 탓이었다. 왠지 모를 숙연함이 그의 몸을 감쌌다. 한 치의 미련도 아쉬움도 없는 얼굴이 마치 나는 한시도 후회한 적 없는 삶을 살았다며 웃는 것만 같았다. 그 표정 하나가 을불의 마음속에 휘몰아치는 오만 감정을 모두 지워버렸다.

을불은 그를 붙잡은 손을 놓았다. 그리고 등을 꼿꼿이 펴고 일어섰다. 신하의 마지막 말을 듣는 자세가 어떤 것인지 정해진 바 없지만 을불은 왠지 그래야만 할 것 같은 기분이 들었다. 우뚝 선 태왕, 그리고 앞에 무릎 꿇은 신하. 곧 창조리의 나직한 목소리가 그 사이를 흘렀다.

"참으로 감사했습니다. 이 못난 신하, 오직 태왕의 곁에 있었기에 뜻대로 세상을 살아볼 수 있었습니다."

"오로지 국상의 덕이었소. 나는 말씀을 그대로 좇은 필부에 불과하오."

"아니요, 저는 혓바닥으로 폐하께 사세(事勢)를 간했으나 폐하께서는 몸으로 정도(正道)를 보여주셨습니다. 참된 뜻이 무엇인지, 올바른 몸가짐이 무엇인지, 저는 오히려 폐하께 많이 배울 수 있었습니다."

창조리는 가만히 이마를 바닥에 대었다.

"폐하, 저는 지금 즐겁습니다. 제가 떠나도 영명하신 폐하께서 오늘의 난관을 현명히 넘기시어 고구려를 더욱 키워낼 것을 알기에 즐겁기만 합니다. 이토록 즐거이 떠날 수 있는 것이야말로 홍복이 아니겠습니까."

들썩이는 숨소리 하나 없이 조용한 가운데 창조리의 목소리가 조금씩 잦아들었다.

"폐하께만 짐을 남기고 떠나는 것이 송구하여 마지막 선물을 두었습니다. 이제 소신은 갑니다. 부디 훗날 소신을 만날 적에 밝은 얼굴로 오시기를 빕니다."

"약조하겠소. 반드시 그럴 수 있도록 하겠소."

그것을 끝으로 창조리는 더 이상 움직이지 않았다. 그런 창조리를 차마 볼 수 없어 멀리 시선을 던진 채로 서 있던 을불은 이윽고 몸을 부르르 떨더니 눈물 한 방울을 떨어트렸다. 그는 이내 무릎을 꿇고 바닥에 엎드렸다. 창조리와 맞절을 한 모습으로 을불은 길고 긴 시간을 흘려보냈다.

창조리의 길

때는 전란의 시기라 황하의 북쪽 하북 땅에는 크고 작은 전쟁이 끊일 날이 없었는데 희한하게도 유주(幽州)와 기주(冀州)가 맞닿은 일대에서만은 군사가 오가는 일이 없었다. 그것은 이 땅을 기점으로 서쪽은 석륵의 후조(後趙)가, 동쪽은 선비족의 모용부가 세력을 떨치는 가운데 이 둘의 이해가 서로 일치해 온 까닭이었다. 진이 강남으로 쫓겨 내려간 후 크고 작은 세력들이 우후죽순처럼 생겨나는 하북 지방에서 가장 강맹한 신흥 세력으로 부상하고 있는 이들 앞에는 점령하고 점령해도 끝이 없는 광활한 대지가 놓여있었고, 언제부터인가 이들 두 세력은 서로의 땅을 침범하지 않는다는 무언의 약속 같은 것을 지켜오고 있었다.

그러나 고구려와 모용부가 하성에서 첨예한 대립을 하고 있을 무렵 한 인물이 기주의 석륵을 방문함으로써 그들의 약속은 너무도 쉽게 무너지고 말았다.

"진은 후조에 의지하기를 원합니다."

간단한 말 한마디였으나, 그 말이 품은 뜻과 그 말을 전한 인물은 결코 간단치 않았다. 그로 인하여 후조는 진나라 땅이었던 하북 전역에 정당한 권리를 가지게 된 것이었고, 모용부는 그들의 땅을 노리는 외적(外賊)으로 돌변하게 된 것이었다. 그리고 그 말을 선한 인물은 귀가 낭기는 이야기를 덧붙였다.

"천재일우의 기회입니다. 모용부는 지금 고구려와 생사일전을 치르는 중입니다."

후조 왕 석륵은 그날로 나라의 모든 군사를 모아 유주의 경계를 넘었다. 물밀듯이 극성을 향해 진군하는 후조의 군대, 그 맨 앞줄에서 석륵과 함께 말을 모는 인물은 극성으로 가는 내내 얼굴에 바람을 맞으며 한 시구를 거듭 외었다.

술잔을 들어 서풍에 빈다
누런 황하에 불어가시라
길 끝난 곳에 길 있다 하니
모난 돌부리 깎아 보시라

그는 최비였고, 시구는 창조리의 것이었다.

"서풍이란 나를 말하는가. 누런 황하란 후조를, 모난 돌부리란 석륵을 가리킴이니, 창조리는 날더러 다시 한번 무릎을 꿇으라 하였다."

최비는 시선을 들어 멀리 극성을 향하며 중얼거렸다.

"한 번 꿇은 무릎, 두 번을 못할까."

그것이 바로 창조리가 을불에게 말한 마지막 선물이었다.

"석륵의 군사가 극성으로 가고 있다고?"

어지간한 일에는 눈 한 번 깜빡하지 않는 모용외가 석륵이라 는 이름에 목소리를 높였다. 그만큼 후조의 진군은 생각지도 못한 일이었고 미처 예방하지 못한 일이었다. 극성에는 석륵의 군사를 막을 병력이 남아있지 않는 터였다.

"십만 군사의 선두에는 석륵과 최비가 나란히 말을 몰고 있다 합니다."

"최비!"

그제야 모용외는 사정이 어떻게 돌아가는지 알 것 같았다.

"그놈이 또다시 달변의 혓바닥을 움직여 석륵을 꼬여냈구나!"

도환의 시체를 앞에 두고 모용외는 몇 번이나 망설였으나 다른 길이 없었다. 극성이 무너지는 것만은 어떻게든 막아야 하는 일이었다.

"오늘은 이렇게 돌아간다. 그러나 저 석륵을 무너뜨리고 최비의 생살을 씹는 즉시 돌아올 것이다. 그때야말로 반드시 온 고구려를 불태우리라."

창조리의 장례는 온 고구려 백성이 슬퍼하는 가운데 왕의 장례에 버금가는 규모로 치러졌다. 조정의 대소 신료는 물론 하성을 지키는 이들을 제외한 고구려의 모든 장수들이 밤을 새워 말을 몰아 돌아왔고, 아영과 정효를 비롯한 궁 안의 아녀자들도 소복을 입고 참례했다.

"무는 어떻게 되었습니까?"

아영은 을불을 보자마자 무의 소식을 캐물었다.

"여노가 목숨으로 무를 구했지만 그 아이는 돌아오지 않았소."

"그렇다면 모용부로 갔단 말입니까?"

"그랬을 리는 없소."

"그럼 어디로 갔단 말입니까?"

"지금은 국상의 장례를 치러야 할 때요. 무 얘기는 나중에 합시다."

"그렇겠지요. 당신에게는 나중에 해도 되는 얘기겠지요. 하지만 나는 그리 못합니다."

아영은 고개를 들어 먼 곳을 바라보았다. 아들의 생사에 대한 절망감과 무에 대한 그리움이 사무쳐왔다.

"국상의 장례가 끝나면 전력을 다해 무를 찾겠소."

그러나 아영의 목소리는 싸늘했다.

"무는 고구려로 돌아오지 않습니다. 아비로서 어찌 그리 자식을 모른단 말입니까?"

아영은 을불의 눈을 쏘아보며 무슨 말인가를 더 하려다가 그만 입을 다물고 말았다. 아영은 누구보다 잘 알고 있었다. 무가 여노의 복수를 하지 않고서는 결코 돌아오지 않을 것임을. 그리고 그것은 결국 무의 목숨마저 위태롭게 만들 것임을.

창조리의 시신에 대한 배례가 거의 끝나갈 무렵 백발에 혈색 좋은 한 도인이 입술이 붉고 눈빛이 잔잔한 청년을 데리고 나타나 고개를 숙였다.

"국상, 마음고생이 오죽했겠소? 물과 불을 동시에 만지려니 말년이 고되었구려. 하지만 음양이 갈리는 이치를 국상의 실력으로 어이 알겠소? 그러니 자책은 마시오. 을불은 저도 모르게 그 길을 따른 것이니!"

이런 도인을 곱지 않은 시선 하나가 지켜보고 있다 배례가 끝나자 퉁명스레 나무랐다.

"여보시오, 당신 지금 뭐하는 거요? 가신 분에 대해 욕을 하는 거요? 아니면 자신의 실력을 자랑하는 거요?"

조불이었다.

"모르는 건 죄가 아니지만, 모르고 떠드는 건 죄라 할 만하다!"

도인이 알 수 없는 말을 남기고 밖으로 나가버리자 조불은 벌떡 일어나 따라 나갔다.

"이놈아!"

조불이 목덜미를 잡아 뒤로 젖히자 도인은 허우적거리면서도 거센 입심을 담아냈다.

"창조리가 음양이 바뀌는 이치를 알았으면 저리도 불편하게 죽지는 않았을 것 아니냐. 죽어서도 얼굴에 근심이 가득하기에 내 한번 해본 말이니라. 지옥이 어디 따로 있겠느냐, 스스로 마음속에 짓는 것이지. 또한 을불이 제정신으로 사유를 태자로 세웠겠느냐? 다 귀신이 동한 일 아니겠느냐."

"이런 불경한 놈! 태왕과 국상이 네 아랫사람이냐? 고얀 놈!"

조불이 손에 힘을 줘 도인을 돌려세움과 동시에 나머지 한 손으로 그의 턱을 후려치는 순간 옆에 있던 청년이 자신의 얼굴을 들이밀어 대신 맞고 말았다.

"윽!"

"뭐 하는 짓이냐! 손으로 막으려면 막고 아니면 가만있을 것이지, 얼굴로 주먹을 막는 놈이 어디 있느냐!"

"장군님께 노기가 있어 그걸 풀어주려 그리한 것입니다."

"무어? 내 노기를 풀어주려 얼굴을 들이대?"

피가 터진 청년의 얼굴을 보자 조불은 자신이 좀 과했던 걸 느끼고 도인의 목덜미를 놓았다. 그리고 보니 두 사람은 좀 특이했다.

"너희들은 뭐하는 놈들이냐!"

"이분은 저의 스승님이올시다."

"얼굴을 들이대 스승도 막아주고 내 분기도 풀어준다? 이놈아, 나 같으면 스승을 치려는 자가 있으면 한 대 내지르고 보겠다. 나약한 놈!"

일단 조불은 이렇게 내뱉었으나 다음 순간 스승을 보호했을 뿐 아니라 자신의 분기까지 풀어주었다는 청년의 말이 보통이 아님을 깨달았다. 결코 아무나 할 수 있는 행동이 아니었다.

"제자가 보통이 아닌데 당신들은 어디서 왔소?"

"창조리가 죽었으니 태자에게 사람이 필요할 것 같아 왔소."

"태자에게 사람이 필요해? 태자 전하께서 누구를 필요로 한단 말이오?"

"바로 이 아이니 태자궁으로 안내하시오."

조불은 코웃음을 쳤으나 문득 이 특이한 청년이 태자에게 도움이 될지도 모른다는 생각이 들었다.

"태자궁으로 가겠다고?"

"그렇소."

"당신은 이름이 어떻게 되는 사람이오?"

"무휼라 하오."

조불은 잠시 생각하다 앞장을 섰다. 어딘지 예사롭지 않은 이자들이 태자를 만나는 걸 곁에서 지켜보아야 할 것 같았다.

조불로부터 얘기를 듣고 난 사유는 밖으로 나와 두 사람을 안으로 맞아들였다.

"사유입니다."

무휴 장자는 사유를 가만히 보다 엉뚱한 질문을 던졌다.

"논어와 중용이 왜 안 좋은 책이요?"

"모두가 칭찬하는 책들을 장자께서 폄훼하시니 올바른 답변을 못 드릴까 두렵습니다."

"그런 책의 낮음이 보인단 말이오?"

"생각해 본 적은 없지만 굳이 대답을 하라시면……."

"해보시오."

"저의 생각으로는 장자께서는 아마 그 책들이 다만 고급의 처세술에 불과하다 여기시는 것 같습니다."

"고급의 처세라면 무엇을 말함이오?"

"오얏나무 아래에서 갓을 바루지 말고 외밭에서 신발 끈을 고쳐 매지 말라는 선인의 가르침은 자연스럽지 않습니다. 어디서든 고쳐 매는 게 올바른 것이지요."

"그런데?"

태자를 보는 무휴 장자의 눈빛이 흥미를 머금었다.

"논어와 중용의 가르침은 결국 남과의 관계를 최상으로 두는 것이지요. 그 가르침대로 한다면 남과 문제가 생길 리 없습니다. 이렇듯 유서(儒書)는 남과의 관계를 정교하게 다듬는 걸 수신(修身)이라 하여 모든 것의 으뜸으로 여기니 자신에게 순수하지도 자연스럽지도 않습니다. 하지만……."

사유는 머쓱한 듯 약간 웃음을 머금었다가 말을 이었다.

"사람들은 대개 가벼움과 교만을 떨치지 못해 후회할 일을 일삼으니 수신을 강조하는 논어와 중용은 필요한 책이기도 합니다."

"허허, 모두가 존중하는 유서를 적당한 수준의 사람들에게 필요한 책이라 하니 태자의 기개가 괜찮소. 특히 제왕은 새롭고 거친 길을 걸어야 하니 논어와 중용에 묶여 있어 가지고는 백성을 잘 살피기 어렵소. 듣자니 태왕과 태자는 정반대라 하던데, 태자가 생각하는 힘이 태왕의 힘과 다른 점은 무엇이오?"

"권력, 재물, 영토, 군사 등 태왕께서 생각하시고 기르시는 힘이 옳을 것입니다."

"태자가 생각하는 힘은 무엇이오?"

"정직, 정의, 사랑, 희생, 검박 등 내면의 힘입니다. 하지만 이런 것으로 나라의 힘이 강해질지는 알지 못합니다."

"허허허허!"

무휴 장자는 크게 웃었다.

"백성 모인 것이 나라인데 백성 한 사람 한 사람이 그렇듯 내면의 힘을 기른다면 나라가 강성해지지 않을 리 있소? 하지만 앞으로 고구려는 이제껏 겪어보지 못한 어려움을 겪을 것이오. 바로 태자에 의해."

"······."

"또한 이제껏 이루지 못했던 대제국을 건설할 것이오. 그 또한 태자로 인해."

"······."

"태자, 내 이 아이를 두고 가겠소."

젊은이가 일어나 사유에게 고개를 숙였다.

"정원이라 합니다."

사유가 고개를 숙여 답례를 했다.

"국상의 시신은 내가 모시고 가겠소."

그러자 그동안 한마디 참견도 없이 뒷전에 서 있던 조불이 소리를 냈다.

"안 될 일이오. 이미 미천원에 자리를 마련해두었소."

"미천원은 천하의 영웅이 갈 곳이오. 바로 태왕 말이오. 사유 태자는 아마 고국원으로 갈 것이오. 그게 운명이오. 그리고 국상은 갈 곳이 따로 있소. 태왕께 말씀드리시오. 내가 모실 곳이 따로 있다고."

"허허, 태자 전하께서 당신을 인정해 제자를 곁에 두시는 것까지는 그렇다 치지만 당신이 그 무휴라는 이름 하나로 음택을 좌지우지하는 것은 가소롭소."

"아마도 태왕께서는 무휴를 기억하실 것이오. 가서 말씀드리시오."

"그래, 그렇다 치고 도대체 국상을 어디로 모신다는 것이오?"

"국상은 바랐던 곳이 있었지."

"그게 어디란 말이오?"

"탁록벌. 국상은 자신의 지혜를 치우제(蚩尤帝)를 위해 쓰고 싶다 하였소."

"치우제?"

"허허허허!"

무휴는 알 수 없는 웃음을 남긴 후 태자궁을 나섰다. 어리둥절해하는 조불의 뒤에서 사유와 정원이 일어나 고개를 숙였다.

잘못 쏘아진 화살

창조리가 병석에서 마지막으로 짜낸 석륵의 계(計)는 모용외를 십 년이나 후조와의 전쟁에 묶어두었다. 그러나 석륵은 모용외의 상대가 아니었다. 연전연패를 반복한 끝에 석륵 본인마저 치명상을 입으니 결국 석륵을 대신하여 실권을 잡은 석호는 동진(東進)을 포기하고 물러나 천도까지 생각하기에 이르렀다.

미천왕 32년. 모용외는 드디어 고구려로 향한 진격을 재개했다.

"따나 마나 한 모가지 십만 개를 따느라 십 년 세월을 버렸구나. 그간 을불이라는 놈이 죽어버렸으면 그 슬픔을 어떡할 뻔했느냐! 황아, 네가 앞장을 서라!"

대격전을 앞두고 정작 그 무대가 되는 하성은 텅텅 비어있었다. 고구려와 모용부는 양쪽 모두 성벽의 이로움을 버리고 하성을 피해 군사를 대치시켰는데, 그 기묘한 배치의 이유는 간단한 것이었다. 하성의 성벽에 몸을 숨기기에는 모여든 두 군세가 너무나도 거대한 까닭이었다.

극성 앞에 모인 순수 모용부 군사만 십만, 거기에 모용부에 복속한 소련과 목진 등의 부족들에서 강제로 징발한 군사가 삼만, 그리고 화살받이로 선두에 배치한 후조의 포로가 이만, 모두 합하여 무려 십오만의 대군세. 과거 단석괴가 선비를 일통하여 전쟁을 벌였을 적에도 선비족 전역에 이만한 군사는 없었다. 하물며 지금 그 군사가 한곳에 모였음에야 그 위용은 말할 필요도 없는 것이었다.

고구려의 군세 또한 만만한 것은 아니었다. 터질 듯 키워낸 낙랑의 부를 바탕으로 십 년을 준비하니 가뜩이나 강병이었던 고구려 군사는 더욱 정예병으로 거듭났고, 그 숫자 또한 크게 늘어 고구려는 칠만의 정예 보병을 가질 수 있었다. 거기에 명마 중의 명마라 불리는 숙신마의 숫자를 끊임없이 늘린 덕에 고구려의 자랑인 중갑기병 또한 삼만을 헤아리게 되었는데 이들을 이끄는 인물은 다름 아닌 천하의 명장 대모달 아불화도였다.

마침내 두 나라의 운명을 건 결전이 시작되었다.

양편의 군사에 분명 수적인 차이는 있었으나 시작과 동시에 그 힘이 크게 다르지 않음이 드러났다. 화살도 칼도 통하지 않는 고구려 개마기병은 과연 명불허전(名不虛傳)이었고, 그들을 이끄는 아불화도는 환갑이 넘은 나이에도 불구하고 직접 전장에 나서 수없는 장수의 목을 날리다 번나발, 아야로를 동시에 맞아 싸우는 기염을 토해냈다. 그러나 등 뒤에 아군의 칼을 맞으며 무작스럽게 진격만 거듭하는 모용부의 전쟁 포로들, 그들과 얽힌 전장에 무차별로 화살이 날아드는 닷에 고구려 또한 노상 우위를 점할 수는 없었다. 양편 모두 첫날부터 수없는 전사자와 부상자를 내며 싸우기 시작하여 수일이 흐르도록 같은 양상만을 되풀이했다.

"죽든 살든 이 자리에서 끝을 본다!"

난전 중에 녹번이 전사하던 날, 들판에 가득 널린 시체 한가운데 서서 눈가를 실룩거리던 을불은 독한 목소리를 뱉어냈다.

과거 최비와의 전쟁을 준비하던 십 년과 이번 모용외와의 전쟁을 준비한 십 년은 을불에게 있어서 크게 달랐다. 지형을 연구하고 전술을 토로하던 과거와 달리 이번에는 오직 군사를 키우고 늘리는 것에만 온 힘을 쏟은 터였다.

수없는 장졸들의 죽음을 보면서도 을불은 흔들리는 마음을 다잡았다. 연약한 사유에게 남겨줄 고구려. 을불은 오직 그것만 생각했다. 녹번의 시체를 태우면서도 을불은 조문조차 길게 읊지 않았다.

"너무나 많은 생명이 희생되고 있습니다."

사유가 눈물 섞인 애원을 하던 날, 을불은 주위를 시켜 사유를 내치고 군량을 담당하는 후군의 말직을 주어 다시는 안전

(眼前)에 들지 못하도록 명했다.

을불이 만나는 사람은 오직 아불화도와 조불, 강경하기 이를 데 없는 두 무장뿐이었다. 명림중수와 을소루 등 오랜 충신들도 계략을 생각하는 책사라는 이유로 만나지 않았고, 평강 같은 군사들도 마음이 여리다는 이유로 만나지 않았다. 군권을 둘로 나누어 오로지 조불과 아불화도에게 모든 편제를 맡기고, 폭우가 쏟아지는 날에도 일단의 군사가 전멸한 날에도 을불은 독하게 군사를 몰았다.

"폐하, 헤아려본 결과 대략 오천여 병사를 잃고 삼천여 병사를 죽였습니다."

"내일은 바꾸도록 하시오."

간략한 보고를 마치고 나서려던 조불은 문득 얼굴에 걱정스러운 빛을 떠올리며 을불을 돌아보았다.

"괜찮으십니까?"

"장군!"

을불은 갑자기 고함치듯 큰 소리를 내었다. 이에 조불은 고개를 깊이 숙이며 읊조렸다.

"부디 옥체를 돌보십시오. 폐하께서 몸을 버리면 싸움에서 이긴들 무슨 소용입니까!"

"앞으로는 내 앞에 들지 말라!"

성난 얼굴로 조불을 무섭게 노려보며 을불은 낮은 소리를

뱉었다. 고개를 조아리던 조불은 크게 한숨을 쉬며 을불의 막
사를 나섰다. 그 이유, 지나치게 조급한 이유, 그리고 을불이
자신과 아불화도만을 만나는 이유를 조불은 너무도 잘 아는
까닭이었다.

오 년 전, 을불은 평양성에서 화살을 맞았었다. 전쟁을 앞두
고 직접 훈련장을 순시하던 을불은 등판 한가운데 깊숙이 화
살을 맞았고, 평양성은 순식간에 어마어마한 소란이 이는 아
수라장이 되었다.

한쪽 무릎을 꿇은 채 주저앉은 을불은 입에서 피를 토했고,
수십 명 장수들의 철통같은 호위 속에 내전으로 부축되었다.
의원들은 급히 을불의 등을 후벼 팠다. 하지만 등을 뚫고 들어
간 화살은 내장까지 찢어놓았고, 언제 목숨을 다할지 모르는
지경에 이르자 태자를 비롯한 중신들은 모두 을불의 침전 앞
에 무릎을 꿇고 그의 안전을 기원했다.

불행이랄지 다행이랄지 열흘이 지난 후 을불은 목숨만 건진
채 태자를 맞이했다.

"나는 가지 않는다. 모용외를 죽이지 않고서는!"

눈물로 범벅이 된 태자 앞에서 을불은 강하게 내뱉고는 조
불을 불렀다.

"그래, 흉수는 어떤 자였소?"

그 자리에서 잡혔던 흉수는 아직 처형당하지 않고 있었다. 오랜 신문과 매질로 녹초가 된 채 을불 앞에 끌려온 흉수는 타국의 자객도, 반란을 꿈꾸는 반역자도 아닌 고구려 병사, 그것도 십오륙 세쯤 된 소년 병사였다.

을불은 그간 신문으로 밝혀낸 사건의 추이를 들었다. 노쇠한 조부를 대신하여 징발된 소년 병사는 거듭된 훈련에 피로하여 훈련 중에 졸았던 것이었고, 하필 그때가 활쏘기 연습을 할 때였으며, 쏘아낸 화살이 을불의 등에 꽂혔다는 것이 사건의 전말이었다.

소년의 친척은 물론 고향 사람까지 모조리 잡아들여 혹독한 고문을 가한 결과 소년의 말은 사실로 드러났고 을불을 시해할 하등의 이유가 없다는 것 또한 명명백백했다. 그러나 태왕을 상처 입힌 죄는 너무나 무거운 것이었다. 즉각 삼족을 모두 멸하는 것이 당연한 일이었으나 을불에게 직접 죄를 고하기 위해 그간 살려둔 것이었다.

"그간의 고초를 위로하고 친족들 또한 보살피시오."

을불이 사면했음에도 모든 중신들의 반대는 한결같았다.

"고구려뿐 아니라 온 세상에 이런 일은 없었습니다. 반드시 삼족에게 죽음을 내려 죄를 물어야만 합니다."

"그렇다면 형단을 준비하시오."

을불은 준비된 형단 위에 소년 병사를 올렸다. 평양성의 만

백성이 지켜보는 가운데 도부수들이 목을 칠 준비를 하고 소년과 친척들 또한 고개를 숙인 채 죽음만을 기다리는데, 을불이 직접 형단에 올랐다. 그리고 백성과 군사를 향해 입을 열었다.

"이사는 나에게 활을 쏘았다. 고구려 태왕에게 화살을 쏜 죄, 그것은 일백 번 죽어도 씻을 수 없는 죄이리라."

지켜보는 사람들 모두가 하늘을 향해 주먹을 뻗쳤다. 오히려 목을 쳐서 죽이는 것은 너무 가볍다는 고함까지 여기저기서 터져 나왔다. 백성들 중 을불을 사랑하지 않는 이가 드물었고, 그들은 마치 자기 아버지가 다치기라도 한 듯 소리 높여 병사를 욕하고 처형을 재촉했다.

"실수라 하여도 이는 대죄 중의 대죄. 나는 이 소년을 벌하는 것만으로는 부족하다는 생각이 든다. 이 훈련을 지도한 장수들 또한 죄를 피할 수 없으리라."

을불의 말이 끝나자 형리들에 의해 당시 훈련을 맡았던 장수들이 포박당한 채 단상으로 끌려 올라왔다. 백성들은 목을 치라는 함성을 질렀다.

"과한 훈련을 명하여 제 임금을 쏘게 한 죄. 그것은 훈련을 명한 장군 또한 마찬가지다."

이어서 조불이 끌려 올라왔다. 고구려의 무관 중 가장 높은 이는 대모달이라는 특수한 관직의 아불화도였고, 그 바로 아래가 대당주(大幢主)인 조불이었다. 절노부의 대가(大加)이기도 한 그까지 포박된 채로 나타나자 백성들 가운데 웅성거림이 조금씩 일기 시작했다. 그런 가운데 을불이 다시 입을 열었다.

"백성들은 내가 과하다 여기는가?"

약간의 소란이 조금씩 멎었다. 태왕을 쏘아 사경에 이르게 한 사건이었다. 과거 유례가 없는 일이었고 을불의 대응은 당연한 것이었다. 다시는 이런 일이 일어나서는 안 될 것이기에 머뭇거리던 백성들은 결국 동조하는 소리를 냈다.

"그리고 장군을 밤낮없는 훈련으로 몰아붙인 국왕 또한 죄가 있으리라."

갑자기 을불은 무릎을 꿇었다. 그리고 백성들 앞에 고개를 조아리며 진중한 목소리로 말했다.

"나를 용서해 달라. 내가 성급한 탓에 장군과 장수와 병사를 모두 죄인으로 만들었다. 그대들의 임금을 상하게 하였다."

을불은 바닥에 이마를 댄 채 한참을 움직이지 않았다. 이 전대미문의 광경에 놀라 몸이 굳었던 백성들도 황급히 엎드리며 머리를 조아렸다. 태왕부터 노비까지 평양성의 모든 사람이 서로 엎드렸다.

"이 소년도 용서해 주겠는가?"

누구로부터인지 모를 함성이 터졌고 그것은 급격히 사방으로 전염되어 평양성 전체가 떠나갈 듯 수도 없이 되풀이되었다.

"태왕 폐하 만세!"

"태왕 폐하 만세!"

"태왕 폐하 만세!"

환호에는 울음이 섞여 있었다. 결코 다시는 없을 임금을 모신 데서 오는 환희, 그리고 그 임금의 사랑이 뼛속까지 진하게 다가오는 데서 오는 감격이었다.

이날 처형당한 사람은 아무도 없었다. 오히려 오랜 신문에 지친 병사와 그의 친척들에게 몸을 돌보도록 좋은 음식까지 내리니 소년 병사는 끝도 없이 울며 궁성 앞에서 만 번을 절하고 태왕의 안녕을 기도했다. 을불 또한 금세 건강을 회복하는 듯 보여 그에 관해 근심하는 이도 없었다.

그러나 단 두 사람 조불과 아불화도만은 을불이 살을 맞은 이후로 급격히 몸이 쇠하였음을 알고 있었다. 이번 전장에 나선 후 그 상세는 더욱 깊어져 언젠가부터는 몸조차 제대로 가누지 못하는 처지에 이르렀으니 조금씩이나마 퍼져나가는 흉흉한 소문을 숨길 방법이 없었다. 이를 막고자 을불은 처소의 의자에서 일어나는 법 없이 조불과 아불화도만을 만나며 밖으로 모습을 드러내지 않았다. 을불이 그토록 서두르는 이유, 그것은 얼마 남지 않은 시간 탓이었다.

"폐하……."

을불의 막사를 나선 조불은 어느새 흘러나온 눈물을 훔쳤다.

엇갈린 칼

다음 날도 처참한 싸움이 이어졌다. 무수한 장졸이 죽고 피비린내가 벌판을 진동하는 가운데 고구려군은 조금씩 밀리고 있었다. 모용외의 십오만 대군이 워낙 수적으로 압도하고 있었지만 원인은 그것이 아니었다.

바로 전장을 이끌어가는 두 영웅의 차이가 전세를 조금씩 바꾸어가고 있었으니, 군막 속에서 몸을 드러내지 못하는 을불에 비해 가끔씩 천둥소리 같은 고함을 내지르며 비호같이 말을 달려 한 창에 고구려 병사들 수십 명의 목을 꿰고 돌아가는 모용외의 기세가 두 진영의 사기를 크게 좌우한 까닭이었다.

"여노란 놈이 없으니 장수가 씨가 말랐구나!"

모용외는 이날의 전장에서도 기분 내키는 대로 살육을 거듭하다 밤이 되자 침막에 들었다.

"대선우께선 잠드셨느냐?"

"예."

괴사의 목소리에 보초를 서던 병사들은 짤막한 대답과 함께 고개를 숙였다. 본래 모용외의 신변을 지키는 무사인 괴사는 때를 가리지 않고 모용외의 침막에 나타나 호위 상황을 살피곤 했다. 모용외는 밤새 한두 명의 여자들을 침소에 들게 했는데, 주로 안마를 하도록 해 뭉친 근육을 풀기 위해서였다. 모용외의 침소에 여자를 들여보낼 때는 괴사가 반드시 입회를 했다.

"여자들을 데려와라!"

잠시 후 병사들이 두 여자를 데리고 오자 괴사의 눈길이 여자들의 얼굴과 몸매를 훑었다.

"오늘은 새 계집들이군. 너!"

괴사가 둘 중 한 여자를 가리키자 겁에 질린 여자가 고개를 숙였다.

"어디 사는 계집이냐?"

"촉산에 살고 있습니다."

"흐흐, 남자라 해도 다 믿겠는데……."

모용외는 근육이 워낙 단단해 보통 여자의 약한 힘으로는 피로가 풀어지지 않았고 그러다 보니 제법 남자 같은 체형의 여자들이 자주 뽑혀왔다. 괴사는 평소처럼 두 여자에게 위험 요소는 없는지 검열했다.

그러나 이것은 말이 검열이지 대선우에 대한 일종의 의전 절차일 뿐 특별히 주의를 기울이는 것은 아니었다. 실제로는 여자의 몸으로 감히 모용외를 해치겠다는 마음을 먹을 자도 없거니와 설사 그런 마음을 먹은 자가 있다 하더라도 위험에 대해서는 동물적 육감과 야수적인 본능을 가진 모용외를 어찌해 볼 수 없다는 믿음 때문이었다.

"세상의 그 누구도 혼자 힘으로 주공을 해할 수 없다."

반평생을 함께해 온 사도중련조차도 그렇게 말하며 모용외의 안전에 대해서는 신경을 끈 지 오래였다.

"대선우께서 이미 주무시니 오늘은 너 혼자만 들거라."

괴사는 둘 중 작은 여자에게 이르고 앞서 경비를 서고 있던 자들에게 말했다.

"너희들도 물러가라. 지금부터는 내가 대선우를 지키겠다."

충성심 강한 괴사는 대선우의 침실로 드는 여자에게 희롱을 하는 법이 없었다. 그는 평소처럼 몇 가지 주의할 점을 형식적으로 일러주었다.

"대선우께서 주무시면 주무시는 대로 안마를 해드려라."

말을 마친 괴사는 여자를 들여보내고 금도를 어깨 위에 걸친 채로 눈을 부릅뜨고 침막 앞에 자리를 잡았다. 그리고 얼마가 지나서였다.

스윽!

괴사는 갑자기 다가온 미묘한 감촉에 몸을 떨었다. 목뒤가 무겁게 부어오르는 기분이었다. 목에서 묵직한 것이 느껴지더니 바로 예리한 고통으로 변했다. 그러나 그의 입에서 신음이 새어 나오지는 않았다. 칼 한 자루가 순식간에 그의 뒷목을 깊이 뚫어 목젖까지 관통한 탓이었다. 그의 숨구멍을 막은 칼은 침막 안에서부터 튀어나와 있었다.

"으……."

사람의 목숨을 너무도 잘 아는 한 칼. 정확히 괴사의 숨골로 들어가 목을 꿰뚫은 칼은 그의 목숨이 완전히 다한 다음에야 빠져나갔다. 신음 소리 한 번 제대로 내지 못하고 제자리에 무너진 괴사는 숨이 끊어지는 바로 그 순간에야 칼의 주인을 알 수 있었다. 방금 자신이 들여보냈던 여자였다.

"대……."

대선우를 부르려다 끝내 마지막 한마디를 뱉지 못하고 절명한 괴사에게서 칼을 거둔 여자는 천천히 어둠 속에서 굽혔던 무릎과 오그렸던 어깨를 펴고 모습을 드러냈다. 이십 대 후반의 청년. 남자임에도 고구려의 왕후 주아영을 빼다 박은 듯 닮은 그는 십 년 전 여노가 죽던 날 하성에서 사라졌던 고구려의 왕자 무였다.

어둠 속에 드러나는 무의 얼굴에는 어릴 적의 치기 어린 표정과 자유분방한 당돌함 대신 나이보다 한결 깊은 그늘과 신중함이 드리워 있었다. 과거 평양의 개선장을 떠나 하성에 나타나기까지 그를 매일같이 괴롭혔던 것이 그리움이었다면, 그날 이후 지금까지 그를 사로잡았던 것은 죄책감이었다.

'모용외의 목숨. 오로지 그 길뿐이다.'

무는 어둠 속에서 천천히 시선을 모아 모용외를 바라보았다. 무려 십 년간 매일 밤마다 북방의 춥고 배고픈 땅에서 칼날을 만지며 그려왔던 광경이었다. 침상에 모로 누워 잠든 모용외는 무가 매번 상상했던 모습과 다른 것이 없었다.

'천천히.'

무는 아주 천천히 호흡을 고르며 모든 감정을 흩어냈다. 평생을 사투 속에 보내온 모용외의 본능은 그 누구의 것보다 날카로울 것이었다. 서두르는 기척, 급한 호흡, 하다못해 옷깃 스치는 소리까지 모든 것을 지워야만 했다. 무는 모용외가 잠이 들었다는 생각을 버렸다.

'나는 여인이다.'

모용외에게 가장 자연스럽게, 가장 가까이 다가갈 수 있는 방법이 무엇일까 숱한 나날을 고민하며 탐문하던 무는 모용외가 잠자는 동안 항상 안마를 받는 습관이 있음을 알게 되었다. 거기서부터 목표를 세웠다. 여자가 된다. 모용외의 침전에 들 수 있는 여자가 되어야 한다. 결심이 서자 무는 북방의 여자들을 관찰했고 그 발걸음부터 호흡까지 모든 것을 깊이 연구했다. 그리고 마침내 기회를 잡은 것이었다.

'나는 여인이다.'

무는 머릿속에 그 사실 하나만을 상기하며 지나치게 느리지도, 그렇다고 빠르지도 않은 기척으로 마치 여인처럼 발끝을 서로 스치며 모용외 앞으로 다가갔다. 이제 자연스럽게 그 앞에 무릎을 꿇고 잠든 그의 몸을 만질 것이었다. 무는 모용외의 지척에 이르러 적당한 소리가 나게 무릎을 꿇었다. 모든 것이 자연스러웠다. 이제는 칼이 닿을 위치였다. 서두르지 않았다. 그렇다고 지체하지도 않았다. 기회는 한 번뿐이었다.

'바로 지금!'

무는 조용한 손길로 뒤춤에 숨긴 칼을 옮겨 들었다. 그리고 마침내 오랜 세월 수만 번을 연습해 온 단 한 번의 동작을 실행에 옮겼다. 발끝이 땅을 밀어내고 무릎이 펴지며 허리가 뻗치고 팔이 나갔다. 손에 들린 칼은 한 치 앞이 안 보이는 어둠 속에서 최단 거리를 가로지르며 모용외의 늑골을 향했다.

푹!

살이 뚫리고 딱딱한 뼈에 닿는 감촉이 무의 손에 전달되었다. 하지만 이 촉감은 무의 얼굴에 가득 차올랐던 기대감을 순식간에 당혹감으로 바꾸었다. 지금처럼 모로 누웠을 때는 늑골 아래에서부터 칼을 깊숙이 넣어 심장을 찌르는 것, 그것이 무가 수도 없이 그려왔던 결정적 일격이었고 따라서 칼날은 내장을 지나쳐야지 딱딱한 뼈와 만날 일이 없었다. 무는 이내 칼의 손잡이가 늑골에 부딪쳤고 모용외가 워낙 거구이다 보니 길이가 짧아 심장에 다다르지 못했음을 알았다.

"이놈!"

무는 본능적으로 몸을 뺐지만 모용외가 언제 들었는지도 모를 칼을 번개같이 휘두르며 무의 단검을 떨쳐냈다.

"누가 보낸 놈이냐?"

모용외는 무기를 놓친 무를 향해 다가왔다. 비록 심장은 비껴났지만 늑골 사이로 칼날을 넣었으니 보통 사람이라면 치명상이 분명했다. 그러나 그는 고통조차 없는 얼굴이었다. 무는 천하무쌍이라는 모용외의 명성을 다시 한번 확인할 수 있었다. 칼을 들고 꼿꼿이 선 모용외의 모습이란 마치 거대한 바위산과도 같았다. 무는 최후를 직감했다. 그러나 실패는 아니었다. 상처는 깊었고 피가 쉴 새 없이 흐르니 상대는 종내 죽을 것이었다.

그러나 모용외는 건재를 과시하려는 듯 호기롭게 외쳤다.

"하찮은 자객이로구나!"

"나는 여노 대장군의 복수를 하러 온 고구려의 왕자다."

무는 오랜 세월 그토록 내지르고 싶었던 소리를 모용외의 귀에 또박또박 새겨 넣었다.

"비록 떳떳지 못한 자객으로 왔으나 갈 때는 그렇지 않으리라. 너는 부디 선 채로 내 목을 쳐라."

고개를 들고 일어선 무는 당당하고 흔들림 없는 목소리로
외쳤다.

"왕자?"

일순 내리치려던 칼을 멈춘 모용외는 불을 켜고 무의 얼굴
을 가만히 살핀 다음 한동안 침묵했다. 삼라만상 모든 게 멈춘
가운데 두 사람의 호흡만이 때로는 거칠게 때로는 잠잠히 오
르내렸다.

"정말로 똑같구나!"

무의 이목구비란 모용외의 마음속에 남은 단 하나의 여인과
너무도 닮아 있었다. 모용외가 그녀를 처음 보았을 때의 그 모
습으로 지금 무가 자신의 앞에 서 있는 것이었다. 침묵 속에서
한참이나 무의 얼굴을 바라보던 모용외는 이윽고 칼을 내리
며 눈을 감아버렸다.

"가라."

무는 모용외가 지금 무슨 말을 하는 것인지, 어째서 가라는
것인지도 알 수 없었다.

"무슨 소리냐?"

무의 물음은 다음 순간 신음으로 이어졌다.

"윽!"

밖의 소란스러움을 느낀 모용외가 칼집으로 그의 목덜미를
후려친 까닭이었다. 실신한 무를 들쳐 업은 모용외는 침막 밖

으로 나서 그를 자신의 말에 묶었다. 그러고는 고구려 진영을 향해 말의 엉덩이를 힘껏 걷어찼다.

실신한 무를 태운 채 달려가는 말을 바라보던 모용외는 다리를 휘청거렸다. 칼을 맞은 옆구리에서 이제는 많은 피가 흘러나오고 있었다.

병사들이 나타난 것은 그때쯤이었다.

"대선우께서 쓰러지셨다!"

삽시간에 큰 소란이 일었다. 그리고 어둠 속 한편에는 두 개의 눈동자가 광기를 번득이고 있었다. 언제부터 그 자리를 지켰는지 모를 모용황, 그의 얼굴은 참혹하게 일그러졌다.

남자의 사랑

"주공."

"……."

"흉수는 누구였습니까?"

"……."

미미하게 고개를 젓던 모용외가 아예 눈을 감아버리자 사도
중련은 짧은 한숨을 뱉었다. 오랜 세월을 통해 이미 몇 번 경
험한 모습이었다. 오직 한 가지 사실이 다가왔을 때만이 그의
주군은 지금과 같은 모습을 보여왔었다.

"주아영, 그녀로군요."

"흐흐, 언젠가는 아영이 나를 죽음으로 이끌 것이라 예감했
다."

천하의 모용외라지만 너무 많은 피를 흘린 터였다. 파래진
입술이 자신의 의지와는 상관없이 이따금씩 떨리고 있었다.

"중련, 내가 죽느냐?"

"그런 말씀은 꿈에도 입에 담지 않으셔야 합니다."

"그렇지. 나는 절대 죽지 않는다."

창백한 안색과는 달리 모용외의 얼굴에 한 줄기 미소가 비쳤다.

"중련, 나의 마음을 이해하겠느냐?"

모용외의 목소리가 길게 꼬리를 서리며 눈이 감겨들었다. 사도중련은 선 채로 모용외의 손을 쥐었다.

"까악까악."

어둠이 걷히자 너른 평야에 서리가 두껍게 깔린 위로 까마귀 떼가 유난히 날카롭게 울어대고 있었다. 온밤을 뜬눈으로 지새운 모용황의 눈길이 차가운 겨울 하늘을 나는 까마귀 떼를 쫓다 벌겋게 일어나는 태양으로 향했다. 이글이글 불타는 태양을 뒤로한 송골매 한 마리가 선회하다 까마귀 떼를 발견하고 급강하하는 순간 그의 입에서 탁한 목소리가 흘러나왔다.

"아야로를 불러라!"

수하가 아야로를 불러오자 모용황은 고구려 진영에서 눈길을 떼지 않은 채 물었다.

"아야로 장군, 고구려를 이기기 위해서 무엇을 해야 하는가?"

"도끼를 들고 닥치는 대로 놈들의 대가리를 쪼개야 합니다."

"틀렸다!"

아야로는 이 엉뚱하기 짝이 없는 작은 주군이 무슨 말을 하려나 싶어 모용황의 옆얼굴에 시선을 박았다.

"으윽!"

순간 시퍼렇게 날이 선 모용황의 칼이 심장을 파고들었고, 아야로의 무릎은 꺾이고 말았다. 뒤이어 모용황의 검이 날자 아야로의 목은 떨어지고 그 위로 모용황의 차가운 목소리가 내려앉았다.

"고구려를 이기려면……."

마지막 말은 입안에 담은 채 모용황은 진영으로 돌아가 반강과 번나발을 제외한 모든 장수들을 불렀다.

"제장은 앉으라!"

모용황의 목소리에는 이제껏 느껴지지 않던 위엄이 서려 있어 장수들은 긴장했다. 이미 모용외의 면전에서 모용광을 한칼에 베어 죽일 때부터 모용부의 장수들은 모두 모용황에 대한 두려움을 뇌리 속 깊이 간직하고 있었다. 그런 모용황이지만 별로 나서는 법이 없어 장수들은 차츰 그 두려움을 잊어가고 있었는데 오늘 아침은 뭔가 크게 달랐다.

"대답하라! 고구려를 이기지 못하는 까닭은 무엇인가?"

"……."

"고구려를 이기기 위해 해야 할 일이 무엇인지 아는 장수가 없는가!"

"더욱 용맹하게 싸워야 합니다."

군사 송해였다. 그러나 이를 듣는 모용황은 차가운 웃음을 피식 흘렸다.

"대답할 사람이 없는가!"

아무도 대답하는 사람이 없자 모용황은 어렸을 때부터의 친구이자 측근 중의 측근인 한수에게 명했다.

"반강 장군을 들게 하라!"

그제야 장수들은 왜 수장 회의에 수장 중의 수장인 삼신장이 없는지 의아한 생각이 들었다. 잠시 후 반강이 군막에 들어와 자신의 자리를 살피다 모용황을 노려봤다. 자신의 자리를 비롯해 삼신장의 자리가 하나도 없는 것이었다.

"반강은 무릎을 꿇어라!"

모용황의 준엄한 목소리에 반강은 그를 뚫어지게 쳐다보다 일단 무릎을 꿇었다. 무슨 일인지 탐탁지 않은 일이 벌어지고 있는 게 틀림없었지만 그렇다고 무턱대고 작은 주군의 명을 무시할 수는 없는 까닭이었다. 모용황이 턱짓을 하자 한수가 반강의 두 손을 뒤로 묶었다.

"반강, 모용부가 고구려를 이기지 못하는 이유를 말하라!"

"이기지 못할 것이 없소! 그간 우리는 조금씩 나아갔고 고구려는 조금씩 물러섰소. 날이 갈수록 더하니 당장 나가 싸우면 얼마 안 있어 고구려는 항복할 것이오."

"그러하냐!"

모용황은 자리에서 일어나 반강의 곁으로 다가왔다.

"모용부의 가장 높은 장군이 되어 고구려를 이기지 못하는 이유를 아직 모른다니 참으로 답답한 놈이로구나!"

모용황이 말을 마치기도 전에 반강의 목이 떨어지며 피가 솟구쳤다.

"아얏!"

이 뜻밖의 광경에 놀라지 않는 사람이 없었지만 모두들 겁에 질려 앉은 채 앞만 보고 있을 뿐이었다. 모용황은 다시 물었다.

"말하라! 모용부는 어째서 고구려를 이기지 못하는지!"

이미 잔뜩 얼어붙은 장수들은 어떠한 말도 할 수 없었다. 이런 장수들의 모습을 말없이 바라보고만 있던 모용황의 입에서 다음 명령이 떨어졌다.

"한수, 번나발 장군을 데려오라!"

번나발은 군막 안에 들어오는 순간 코를 찌르는 피비린내와 함께 죽어 나동그라진 시체를 보았고 이내 그것이 반강의 것임을 알아보았다. 본능적으로 칼집에 손이 갔으나 한수의 칼이 빨랐다.

"묶어라!"

반강과 같은 자세로 무릎이 꿇려진 번나발은 너무나 놀라운 상황에 눈을 크게 뜨고 모용황을 노려보았다.

"작은 주공! 이게 도대체 어떻게 된 일이오? 주공은 어디 계신단 말이오? 반강이 무슨 짓을 했기에 이렇게 되었단 말이오?"

"번나발! 고구려를 이기기 위해서 무엇을 해야 하느냐!"

"그야 물러서지 않고 적의 목을 베면 되는 거 아니오? 놈들이 온몸으로 물밀 듯 밀려오는데 우리 역시 온몸으로 밀어야지. 우리 군사가 갑절이니 이대로 계속 싸우면 질 리가 없소."

"너는 아는 게 너무 없구나. 한수! 그놈의 목을 쳐라!"

동시에 뒤에서 금도를 쳐들고 있던 한수의 한 동작에 의해 번나발의 목은 날아가 버렸다. 이로써 평생 모용외의 뒤를 따라 전장을 누비며 수없이 많은 사람들의 목을 따오던 삼신장이 한날에 모용황에 의해 목숨을 잃었으니 너무나 어이없고 황당한 죽음이었다.

"자, 이제 말하라! 모용부가 고구려를 이기지 못하는 이유를!"

"저들이 있어서였습니다."

바싹 얼어붙은 군막 안에서 송해의 목소리만이 조그맣게 공기 중에 울렸다.

"그래! 맞았다. 바로 저들이 있어서였다. 다시 말하라! 누가 저들의 주인이더냐!"

"대선우이십니다!"

"그렇다면 저들의 주인인 대선우 또한 죽어야 하지 않느냐!"

모용황의 이 말에 군막 안은 크게 술렁였다. 이제야 왜 모용황이 삼신장의 목을 쳤는지 그 이유를 알아차렸기 때문이었다.

반란.

지금 모용황이 하는 행동은 바로 반란이었다.

"어젯밤 대선우의 침막에 자객이 들었다."

장수들은 숨 막히는 긴장 속에 모용황의 얼굴에서 시선을 떼지 못했다.

"자객은 고구려의 왕자였다. 대선우는 깊은 중상을 입고도 그 왕자를 놓아 보냈다. 그 이유는 그놈이 바로 고구려 왕후의 아들이었기 때문이다. 이제 말하라! 왜 모용부가 고구려를 이기지 못하는지, 그게 누구 때문인지를!"

장수들은 이제야 모용황이 무엇을 말하고 있는지 알 수 있었다.

"모용외! 적의 자객을 살려주는 자! 적국의 왕후를 위해 무엇이라도 할 수 있는 자! 이제 알겠느냐? 그가 있는 한 모용부는 영원히 고구려를 이기지 못한단 말이다. 나는 지금 그의 삼신 장을 모두 척살했다. 이제 한 걸음이면 모용부에는 새로운 세상이 열린다! 미친 시대가 가고 새로운 시대가 열린단 말이다. 나를 따르고자 하는 자, 모두 자리에서 일어나라!"

모용황의 목소리에 모두가 황급히 자리에서 일어섰다. 일어나지 않은 사람은 한 사람도 없었다. 신하들은 진작부터 모용황에 밀려 한 걸음 한 걸음 뒤로 물러나는 모용외의 모습을 보고 있었고, 반대로 모용외를 조금씩 잠식해 들어가는 모용황을 보고 있었던 것이다.

"모용……."

"모용황…… 대선우."

"모용황 대선우 만세!"

잔뜩 얼어붙었던 군막 안에서 갑자기 생각도 할 수 없는 함성이 터져 나왔다. 진중반란. 적과 대치하고 있는 상황에서 진중반란이 일어난 것이었다. 그것도 아들에 의해.

"떠나시오!"

침상에 누워있는 모용외에게 다가온 모용황이 차갑게 내뱉었다. 그의 뒤로 한수를 비롯한 여러 장수들이 무장한 채로 서 있었다.

"흐흐."

창백한 얼굴의 모용외가 알 수 없는 웃음을 흘렸다.

"모용부는 당신 한 사람만의 것이 아니오. 당신은 천하를 제패하겠다는 꿈으로 숱한 장졸을 속여놓고 낚시로 소일하며 모든 기회를 떠나보냈소. 그리고 무엇보다도……."

"ᄒᄒ."

"당신은 내 어머니를 버렸소!"

"ᄒᄒ."

"이제는 내가 당신을 버릴 것이오!"

모용황이 손짓을 하자 군사들이 달려들어 모용외를 침상에서 들어내 수레에 실었다. 모용외는 아무 말도 하지 않은 채 이해할 수 없는 웃음을 흘리며 까마귀가 울어대는 벌판으로 수레를 타고 떠나갔다.

"아아아!"

지난밤 늦도록 모용외의 곁을 지키다 새벽녘에야 처소에 들었던 사도중련은 뒤늦게 깨어나 모용황이 벌인 일을 알게 되자 정신 나간 사람처럼 머리를 쥐어뜯으며 알 수 없는 비명과 고함을 번갈아 질러댔다. 그렇게 한참을 미쳐 날뛰던 그는 말을 타고 모용외를 뒤쫓았다. 모용외가 탄 수레를 확인하자 사도중련은 자신의 눈에 손가락을 찔러 넣었다. 그리고 신음 소리와 함께 수레 앞에 나섰다.

"수레를 멈추어라!"

사도중련은 수레 앞에 꿇어앉았다. 모용외는 여전히 이해할 수 없는 웃음을 입가에 흘린 채 그를 바라보았다.

"주공!"

"중련, 나는 죽일 수가 없었다. 그 아이의 얼굴에 그녀가 있는데 어찌 죽인단 말이냐……."

꿇어앉은 사도중련의 두 눈에서 피가 흐르고 있었다.

"너는 왜 그런 꼴이냐?"

"제가, 제가 사람을 잘못 본 죄입니다. 주공, 제가 사람을 잘못 보아 그 천하의 광인을 주공 곁에 데려다 놓았습니다. 오로지 저의 잘못입니다."

사도중련은 모용외의 앞에 무언가를 내려놓았다. 시뻘건 피로 뒤덮인 동그란 물체 두 개. 바로 방금 전 스스로 후벼 파낸 두 눈이었다.

"송구합니다, 주공. 송구합니다."

"멋지다."

미약하기 그지없는 목소리가 모용외의 입에서 흘러나왔다.

"너 같은 신하를 두었으니 이 또한 멋진 삶이다."

"주공, 수레에서 내리십시오!"

사도중련은 비틀거리는 모용외를 들쳐 업었다. 두 눈이 있던 자리에서 끊임없이 피를 흘리며 사도중련은 모용외를 업고 걸음을 옮겼다.

"영광이었습니다."

스스로도 어디를 향하는지 모르는 걸음을 옮기며 사도중련은 독백과도 같은 목소리를 밀어냈다.

"최고의 영광이었습니다. 최고의 영웅을 곁에서 모실 수 있었습니다."

"너는 남자의 사랑을 이해하는 사람이다. 너만이 알아주었지. 천하와 바꾼다는 게 바로 이런 게 아니겠느냐."

모용외의 입가에 다시 알 수 없는 그 미소가 떠올랐다.

미천왕

"포로를 앞세운다?"

"멀리서 활질을 한다?"

"그것이 모용부의 방법이었나?"

"수십만 군사를 모아놓고 할 짓이란 말이더냐!"

모용황은 크게 웃었다. 송해와 한수를 비롯한 그의 장수들, 모용부의 새로운 실세들이 따라서 웃었다.

"아비가 늙어서도 고구려 왕후의 간살에 놀아나니 눈 뜨고는 못 볼 지경이었다. 그래, 저 석륵의 십만 정예군도 모조리 잡아 죽인 모용부가 고작 고구려 소졸에 벌벌 떤단 말인가!"

석륵을 언급하자 장수들의 눈길이 한수와 송해, 그리고 모용황에게 쏠렸다. 과거 극성으로 진격해 온 후조의 대군을 전멸시킨 주인공이 바로 그 세 인물인 까닭이었다. 오로지 일신의 무예가 뛰어나 유연의 오른팔이 되었던 석륵이지만 모용황과 겨루어 불과 스무 합 만에 패퇴했고, 그런 석륵을 구원하러 나온 후조의 네 장수는 한수에게 일거에 목을 잃었었다.

그때를 기다려 송해의 복병이 사방에서 불을 지르고 들이치니 후조의 대군은 갈 곳을 잃은 채 그 한 싸움에 모조리 흩어지고 만 것이었다.

그것은 일종의 향수였다. 젊은 날 모용외의 모습을 그대로 빼닮은 모용황. 사도중련의 지략을 잇는 송해. 그리고 도환의 한상보도를 물려받은 한수. 그 세 사람의 출현은 이제 새로이 모용부 장졸의 가슴에 불을 질러놓고 있었다.

"모용부에는 모용부에 맞는 싸움법이 있다. 나의 아비가 늙어 잊었던 그것을 내가 너희에게 다시 보여주마."

모용황은 그의 장수들을 하나씩 돌아보았다. 한수, 송해, 왕우, 모여니, 봉혁, 석종 등 젊고 용맹한 장수들이 눈빛을 불태우며 그를 바라보고 있었다.

"지금부터 너희는 이틀간 병사들을 굶겨라. 굶기되 한 놈 빠짐없이 고구려 군영을 향해 꿇어앉히도록 하라. 몰래 식량을 취하는 자나 자세를 흩트리는 자는 목을 베어라."

"예!"

언뜻 이해가 가지 않는 모용황의 명이었으나 그의 장수들은 모두 소리 높여 대답했다.

"이틀간 꿇어앉아 있으면 떠올릴 잡생각도 떨어지는 법이다. 이틀 후에는 배고픔과 괴로움에서 오는 원한만이 남아 고구려를 향하리라."

"사기가 많이 떨어질 텐데요."

송해의 걱정스러운 말에 모용황은 비릿하게 웃었다.

"너는 알량한 병서에서 떠나지 못하는구나. 세상에 증오보다 큰 사기는 없는 법이다. 이틀 후에 두 눈으로 직접 보아라."

이틀간의 휴식 끝에 다시금 전투가 시작되었다. 모용부는 여느 때와는 다르게 진형을 옆으로 길게 형성한 채 싸움을 시작했다. 고구려 군영의 선두에서 조불은 이 달라진 진형을 보며 입술을 지그시 깨물었다.

"적이 바야흐로 큰 싸움을 걸어오는군."

"조불 장군도 느끼는가!"

조불은 들려온 목소리에 화들짝 놀랐다. 그것이 을불의 목소리인 까닭이었다. 을불은 파리한 안색으로 천천히 말을 몰아 조불의 옆으로 다가왔다.

"폐하! 어째서……."

"목소리를 낮추라."

을불은 말 머리를 조불과 나란히 한 채 적의 전선에 눈길을 던졌다.

"새벽바람이 이상히도 서늘하더니 역시나 운명의 날이로구나. 조불, 이런 날 장군은 고구려의 운명을 염려하지 않고 나의 일신을 걱정하는가."

"그러나 폐하……."

순간 을불의 몸이 잠시 비틀거림을 느낀 조불이 황급히 그를 부축하려 했다. 그러나 을불은 팔을 들어 이를 물리치며 말을 이었다.

"가장 화려한 갑주와 가장 커다란 깃발을 준비하라. 나는 오늘 이곳에서 결코 움직이지 않으리라."

을불은 가장 눈에 잘 뜨이는 무겁고 화려한 갑옷을 걸쳤다. 그리고 가장 커다란 태왕의 깃발을 세우게 한 뒤 말을 탄 채로 직접 깃대를 잡았다.

오랜 병환으로 약해진 몸이라 깃대를 잡은 팔과 갑주를 지탱하는 허리가 연신 떨렸으나 을불은 그 자리에서 마치 돌처럼 굳었다. 그리고 온 힘을 짜내 쩌렁쩌렁한 소리로 고함쳤다.

"고구려 군사들아!"

온 군영을 울린 목소리에 고개를 돌린 고구려 장졸들은 높은 곳에 깃발을 붙잡고 선 태왕의 모습을 발견할 수 있었다. 순간 우렁찬 함성 소리가 떠나갈 듯 일었다.

"우와아아아!"

그간 모습을 드러내지 않는 태왕의 신상에 관해 떠돌던 흉흉한 소문이 한두 가지가 아니었다. 전장에서 화살에 맞아 전사했다는 말에서부터 몹쓸 병에 걸렸다는 말, 심지어는 장수들이 배신하여 유폐되었다는 터무니없는 소문이 만연해도 태왕이 모습을 드러내지 않자 언제부터인가 군영에는 짙은 불안감이 돌던 터였다. 그러던 차에 태왕이 직접 깃발을 들고 전장에 모습을 드러내니 불안감은 일거에 씻겨 나가고 가라앉았던 분위기는 한껏 치솟았다.

"태왕 폐하!"

을불은 그 존재만으로도 너무나 믿음직한 왕이었다. 피 한 방울 흘리지 않고 폭군 봉상왕의 난세를 끝장냈으며 왕이 된 이후로는 수없는 전장에서 승리만을 일궈내어 마침내 빼앗긴 낙랑을 되찾음으로써 고구려의 역사적 굴레를 벗겨낸 영웅이었다.

그럼에도 불구하고 그의 모든 행적에는 백성과 군사를 향한 진한 사랑이 배어 있었다. 군자금을 흩어 굶주리는 백성을 먹였고, 포로의 목숨을 위해 진군을 멈추었으며, 자신을 쏜 병사를 사면하며 외려 백성에게 용서를 구한 그였다. 역사 속 어느 이야기에서도 찾아볼 수 없는 그 위대한 영웅을 사랑하지 않는 군사가 있을 리 만무했다.

"폐하가 계시다. 고구려는 결코 패배할 리가 없다."

떠나갈 듯한 함성 속에서 을불의 말이 또렷이 들려왔다.

"고구려 군사들아! 바야흐로 마지막 결전의 순간이 오고야 말았다. 오늘은 고구려 역사의 그 어느 때보다 힘들고 괴로운 싸움이 있으리라!"

곧 함성이 잦아들고 모든 병사가 을불을 바라보며 주먹을 권 채 그의 마지막 훈시에 귀를 기울였다.

"저들은 사납고 거칠다. 그 어느 누구보다 강하다. 어쩌면 우리 고구려보다도 강할 것이다. 오늘의 싸움은 이기기 힘들지도 모른다. 할 수만 있다면 나조차 이 싸움을 피하고 싶다. 그러나…… 그러나 묻겠다. 고구려 병사들아! 너희는 너희가 살고 너희의 아들이 저 무서운 적과 싸우기를 바라느냐?"

갑작스러운 을불의 질문에 군영에 침묵이 흘렀다. 무어라 답할지 몰랐던 것이다.

"……"

"저들은 둘 중 하나가 멸망하는 그날까지 싸움을 걸어올 것이다. 그때 너희의 자식들이 대신 피를 흘리고 목숨을 잃기를 바라느냐?"

"……"

"너희의 싸움을 자식에게 미루겠느냔 말이다!"

"아닙니다!"

"그럴 수 없습니다!"

순간 누가 먼저인지 모를 외침이 터져 나왔다. 그리고 이어서 수많은 장졸들이 입을 모아 외치듯 답했다.

"나는 오늘 이 자리에서 한 발짝도 움직이지 않을 것이다. 오늘의 고구려 군사에게 후퇴란 없다. 이겨라. 반드시 이겨내어 자식을 위해 죽는 아버지가 되어라."

이어진 우레와 같은 함성 속에 을불은 홀로 되뇌었다.

"나 또한 죽으리라!"

이윽고 하늘 끝까지 치솟은 고구려군의 함성 속에서 조불이 진격의 명을 내렸다.

역시나 전투는 유례없이 치열했다. 이틀간 아무것도 먹지 못한 채 무릎 꿇고 고구려 진영만을 바라보아야 했던 모용부 군사에게 내려진 명령은 간단한 것이었다.

"이겨라. 이기면 배가 터지도록 먹을 것을 줄 것이다."

처음에는 장수들에게로, 모용황에게로 이어지던 군사들의 증오는 이틀의 시간이 지나며 오로지 그들의 눈앞에 있는 고구려 군사들에게로 향해 갔다. 멍하니 꿇어앉은 동안 어떻게 달려서 어떻게 적을 죽일 것인가만 생각하고 생각했다. 진격의 명령이 떨어진 순간 그들은 전력을 다해 달리고 달렸다. 먹을 것. 그들의 눈에 고구려 군사들은 먹을 것으로만 보이고 있었다.

이 순간 고구려 군사들 또한 남다른 각오로 맞서고 있었다. 을불의 말은 틀림없었다. 상대하는 적은 아귀와도 같았다. 이미 생사를 도외시하고 처절하게 덤벼드는 모용부 군사들을 맞아 싸울 수 있는 것은 오랜 전란을 겪은 역전의 용사인 자신들뿐이었다. 고구려 역사상 그 어느 때보다 강한 군사, 장수,

그리고 태왕이 있는 지금이 아니면 도저히 저러한 상대를 물리칠 방법이 없을 것임을 말단의 병사 하나하나가 몸소 느끼고 있었다.

'너희의 싸움을 자식에게 미루겠느냐?'

고구려군은 적의 맹공에 지쳐갈 때마다 을불의 마지막 훈시를 떠올리며 다시 무기를 다잡았다. 누구 하나 물러서거나 도주하는 이가 없었다. 고구려 병사들 하나하나가 모두 목숨을 바칠 이유를 갖고 있는 까닭이었다.

한편은 자신이 살아남기 위해서, 한편은 자식을 살리기 위해서 양편의 군사 모두 한 치의 물러남이 없는 싸움을 거듭했다. 시체가 쌓인 위로 다시 시체가 쌓이고 시체의 산 위에서 거듭 싸움이 일어났다. 한나절이 지나고 밤이 지나 다시 새벽이 밝아올 때까지도 양편의 군사는 필사적으로 몸부림을 치며 상대를 찔렀다.

그리고 이틀째 밤이 다시 찾아올 무렵, 서서히 전장의 승패가 보이기 시작했다. 사기와 무장과 훈련, 모든 것이 우열을 가리기 힘들었지만 하나의 다름이 그 팽팽하던 균형을 서서히 기울게 했다. 그것은 바로 군사의 숫자. 십오만의 모용부 군사에 비해 고구려는 십만의 군사로 이 싸움을 시작했고 이틀에 걸친 접전 끝에 결국 그 차이가 드러나고야 말았다. 워낙 대군과 대군의 싸움이라 처음에는 그 규모를 분간할 수 없었으나 이 싸움은 이틀간 너무도 많은 사상자를 내었고 이제는 양편의 군사가 어림짐작으로 헤아릴 만한 숫자가 된 것이었다.

"그래, 이것이 바로 모용부의 싸움이다!"

모용황은 전장을 바라보며 만족스럽게 고개를 끄덕였다. 모용부의 전선은 조금씩, 그러나 확실하게 고구려 군진을 잠식하고 있었다. 선두의 병사들이 그야말로 악귀처럼 상대를 들이받을 때마다, 또 그 병사들이 죽고 다음 병사가 뛰쳐나갈 때마다 모용황은 손뼉을 치기도, 크게 웃기도 하며 전장을 즐겼다. 그렇게 즐거이 추이를 지켜보던 그는 어느 순간 주위를 지키던 송해를 불렀다.

"송해, 보았느냐? 우리 군사는 도합 나흘이나 배를 곯았다. 그런데 과연 적의 사기만 못하느냔 말이다."

"아닙니다. 제 일찍이 저토록 사나운 군사를 본 적이 없습니다."

"하하하하! 처음부터 이렇게 밀어붙였으면 될 일이었다. 그간 겁만 많은 늙은이들 때문에 어찌나 답답했는지! 저 젊고 용맹한 장수들을 보아라. 그 늙은이들에 비해 무엇 하나 모자란 것이 없지 않느냐! 모용부는 이제 이 싸움이 끝나면 모용외라는 허울뿐인 이름을 걷어내고 모용황의 시대가 왔음을 천하에 알리리라."

모용황은 곧이어 창을 잡아 들며 시종을 불렀다.

"말을 준비하라. 이 싸움에 쐐기를 박겠다."

고구려 본진. 벌써 사흘째 봄소 전장에 우뚝 선 을불 앞에는 후방에서부터 말을 달려온 사유가 호소를 거듭하고 있었다. 사유는 이미 조불로부터 전말을 들은 터였다. 을불의 상태에서부터 그의 결심까지 모든 것을 알아차린 그는 애원과 간청을 반복하며 을불을 걱정했다.

"벌써 사흘째입니다. 몸을 아끼셔야 합니다."

을불은 눈을 부릅뜨고 있었다. 여전히 손은 깃대를 꽉 쥐어 잡고 있었고 어깨는 무거운 갑주를 지탱하고 있었다.

"아버님이 쓰러지면 모든 것이 끝장이 아니옵니까!"

"……."

"아버님!"

"내가 물러서면 고구려는 이 전장에서 패한다."

사유는 더 이상 아무 말도 할 수 없었다. 얼굴은 너무도 퀭했고 굳게 다문 입술은 파랗기만 했으나 그 한마디에 담긴 을불의 비장함이 건강했던 과거의 어느 때보다도 더욱 강렬하게 전해져 온 탓이었다.

"전황은 어떠하냐?"

"예?"

"고구려가 이기고 있냐는 말이다."

그제야 사유는 을불의 얼굴을 자세히 살폈다. 이미 을불의 눈은 초점이 흐릿해져 있었다. 사유는 입술을 깨물며 흐르려는 눈물을 참았다.

"밀리고…… 있습니다."

"그렇구나. 너는 어서 후방으로 돌아가 맡은 일을 하여라."

"아버님을 이곳에 놔두고서 어찌……."

"네가 군령을 어기려는 것이냐!"

서릿발 같은 호통이었으나 목소리조차 쉬어 있었다. 사유는 그러한 호통조차도 극도로 약해진 을불의 몸에는 적잖은 무리라는 것을 느꼈다. 물러나지 않을 도리가 없었다.

사유가 돌아가고서도 을불은 여전히, 묵묵히 적진을 노려보며 석상처럼 굳어있었다.

'내가 물러서면 고구려는 진다.'

그러나 다시 반나절이 지나자 그러한 을불의 의지에도 불구하고 결국 고구려군은 짙은 패색을 보이고 말았다. 을불의 바로 코앞까지 화살이 떨어지기 시작했고 그의 앞을 막아 선 병사들의 숫자는 이제 너무나 적었다. 을불의 바로 옆을 지키던 마지막 호위무사들까지도 싸움에 나서 반절 이상이 이미 쓰러진 터였다. 그럼에도 제자리를 지키고 선 을불은 너무도 눈에 잘 띄는 깃발과 갑주를 갖추고 있었다.

"저놈이 고구려왕이렷다."

멀찍이서 을불의 모습을 확인한 모용황의 장수 중 하나가 그를 알아보고 활을 잡아 들었다. 을불과 장수 사이는 불과 이백 보 남짓, 조준하여 당긴 화살은 빗나가기도 힘든 거리였다. 화살은 한 치 엇나감도 없이 을불의 심장으로 날아들었다. 을불의 흐릿해진 눈에 이 화살은 잡히지도 않았다.

푹!

화살촉이 살을 파고드는 섬뜩한 소리에 을불은 흐려진 시선을 모았다. 그의 앞에 나타난 검은 옷의 청년. 그리고 그의 왼쪽 팔뚝에 박힌 채 부르르 떠는 화살. 청년은 팔에 화살이 박히고도 신음 한 번 내지 않은 채 을불의 앞을 묵묵히 가로막았다.

을불은 아찔해지려는 정신을 가다듬었다. 청년의 등이 보였다. 낯선 체격이었지만 어디선가 틀림없이 본 것만 같은, 알 것만 같은 등이었다.

이윽고 을불은 입을 열었다. 전장에 나선 후로 단 한 번도 흔들린 적 없던 그의 목소리가 젖어들었다.

"돌아왔⋯⋯구나."

청년은 여전히 등을 돌린 채 고개를 끄덕였다. 곧 익숙하기 그지없는 맑은 목소리가 을불의 귓전을 파고들었다.

"모용외는 죽었습니다. 여노 대장군의 원수를 갚은 듯합니다."

다시금 다가오는 칼과 화살을 걷어내며 청년은 조용한 목소리로 말을 마쳤다.

"……아버님."

여노의 원수를 갚았다. 그 폭탄과도 같은 한마디에 주위의 시간이 삽시간에 멈추었다. 그러고 보니 최근 며칠간 어디에서도 모용외를 보았다는 장수가 없었다. 주위의 모두가 놀라 입을 다물지 못하는 가운데 정작 을불은 아무 말을 하지 않았다.

대신 그는 죽는 그 순간까지 놓지 않으리라던 깃발을 바닥에 팽개치듯 던졌다. 그리고 말에서 내려 아들에게 다가갔다. 떨리는 손을 들어 아들의 얼굴을 더듬으며 을불은 입을 열었다.

"내 아들아, 정말로 네가 돌아왔구나!"

을불의 두 손이 무의 얼굴을 꽉 부여잡았다. 단 한 번도 무에게, 아니 그 누구에게도 들려주지 않았던 떨리는 목소리가 그의 입에서 새어 나왔다.

"용서해라. 이 아비를 용서해라."

두 눈에서 굵은 눈물이 주르륵 흘러내렸다. 몇 번을 거듭 모질게만 내친, 그리하여 평생을 떠돌이로 방랑케 한 아들에 대한 숨겨놓았던 미안함이 그 순간 너무도 격하게 을불의 마음을 휘저었다.

"한순간도 아버님을 원망한 적이 없습니다."

어린 나이에 모든 것을 잃고 쫓기듯 도망하여 방랑을 거듭했는데 원망하지 않을 도리가 없었다. 그러나 무는 병들고 지친 아버지를 마주 안으며 고개를 저었다. 길고도 길었던 방랑의 세월 동안 그토록 듣고 싶었던 한마디, 재주가 형보다 나았기 때문에 들을 수 없었던 아버지의 따뜻한 말 한마디를 이제는 듣고 만 것이었다.

"그저 뵙고만 싶었습니다!"

사무치던 그리움은 이미 말라버린 눈물로 화하여 스러진 지 오래였다. 무는 웃었다. 웃으며 아버지를 안은 손에 힘을 주었다.

"무 왕자다! 고구려의 영웅이 돌아왔다!"

"무 왕자가 모용외를 죽이고 돌아왔다!"

소리 죽여 왕과 왕자의 재회를 지켜보던 주위의 병사들이 목청껏 외쳤다. 그 기막힌 소식은 순식간에 어마어마한 전율로 전장을 온통 흔들었다.

천하무쌍, 일기당천, 평생을 통틀어 단 한 번의 적수도 없었다는 그 모용외가 죽었다는 사실, 그리고 그를 죽인 장본인이 고구려의 왕자라는 사실은 다 죽어가던 고구려군의 사기를 일거에 하늘 끝까지 끌어올렸다.

"무 왕자가 모용외를 죽였다!"

모용외. 그것은 다 망해버린 모용부를 오직 홀몸으로 일으켜 천하의 패자(霸者)에 올린 전무후무한 영웅의 이름이었다. 신화와 전설들로 가득한 모용외는 병사들에게 있어 왕이 아니라 살아있는 신이었고 그와 함께했기에 모용부에게 패배란 생각조차 할 수 없는 것이었다. 또한 그것은 모용부의 상대편에게도 마찬가지였다. 상대의 진영에 전쟁의 신이 있다는 사실은 그가 모습을 나타내든 않든 군사들의 뇌리 깊숙이 박혀 바윗장 같은 압박을 가하곤 했다.

"무 왕자가 모용외를 죽이고 돌아왔다!"

거듭 울려 퍼지는 소리에 모용부 군사들은 하나같이 뒤를 돌아보았다. 그러고 보니 며칠 전부터 모용외가 어디에서도 모습을 보이지 않았던 것이다. 모용외가 버티고 섰을 자리에 모용황이 서 있는 걸 보면서도 병사들은 그저 모용외가 그에게 전권을 맡겼으리라고 생각하던 터였다.

그런데 그것이 모용외가 고구려 왕자에게 죽임을 당했기 때문이라니! 그 생각은 갑자기 모용부 군사들의 무릎을 꺾어놓았다. 그들은 모용외를 보아야만 했다. 모용외가 보이지 않는 지금 그들에게는 끝없는 불신과 더불어 나흘간의 허기가 급작스럽게 찾아들었다.

일거에 어마어마한 반전이 일어났다.

금방이라도 쓰러질 것만 같던 고구려 군사는 갑자기 최후의 힘을 짜내어 일어섰다. 반절도 남지 않은 숫자였지만 그들의 함성은 처음 싸움을 시작하던 그때보다도 더욱 커다랗게 전장을 울렸고, 그들의 창은 처음 적을 향했을 때보다 힘차게 앞을 찔렀다.

"모용외가 죽었다. 이제 석은 오합지졸일 뿐이다."

"마른 낙엽에 불과한 놈들이다, 모조리 쓸어 담으라!"

"모용외가 죽었다! 마음껏 찌르고 베라!"

어디서 터져 나온 용기인지 고구려군은 무를 찌르고 두부를 자르듯 정신없이 모용부 군사들을 베어나갔고 이미 잔뜩 위축된 모용부 군사들은 항상 배불리 먹인 다음 전장에 내보냈던 모용외가 죽었다는 생각이 들자 갑자기 배가 고파졌다. 굶고 나가 싸우라는 명령이 모용외의 것이 아니었다는 깨달음은 순식간에 이 싸움은 반드시 패배로 이어지리라는 예감을 불러일으켰다.

등을 돌려 돌아오는 군사들을 향한 장수들의 외침 또한 갈래를 잡지 못했다.

"모용외 대선우께서는 살아계신다!"

"더 용맹한 모용황 대선우가 계신다!"

이 엇갈림은 더욱 큰 의심과 혼돈을 일으킬 뿐이라 모용군의 사기는 더욱 급속히 떨어졌다. 마침내 고구려 군사들 속에서 크나큰 외침이 터져 나왔다.

"이겼다!"

어디서부터 일었는지 모를 승리의 함성이 점점 번지더니 어느 순간 고구려 전군에 울려 퍼졌다. 아직 모용부의 군사가 월등히 많았음에도 전선이 밀리고 밀리더니 급기야 모용부 군사들의 반절이 스스로 등을 돌려 달아나기 시작했다.

"이겼다! 모용외가 죽었다!"

그 함성 속에 적을 베고 찌르면서도 고구려 군사들은 그들의 태왕이 우뚝 서 있음을 보았다.

"태왕 폐하가 싸우고 계시다!"

그랬다. 모용부의 신은 쓰러졌지만 또 다른 무패의 전설을 가진 고구려의 신은 살아있었다. 그것이 그들에겐 이미 승리 그 자체였다.

"무야, 깃발을 주워다오."

태왕 을불은 무가 받쳐 든 깃발을 손에 잡았다. 유난히도 눈부신 해가 등 뒤에서 빛나는 가운데 을불은 깃발을 높이 쳐들었다. 발 셋 달린 까마귀가 그려진 깃발, 바로 고구려를 상징하는 삼족오 깃발이 전장 한가운데서 드높이 펄럭였다.

전장 한복판에는 고구려의 대장군 아불화도가 압도적인 무용을 뽐내고 있었다. 그는 단 한 번도 누구에게 무예를 배운 적이 없었으며 대련이라는 것을 해본 적 또한 없는 인물이었다. 열세 살 나이에 망국의 한을 두 어깨에 짊어지고 북방을 떠돌며 겪은 숱한 죽음의 위기, 거기서 온 경험이 타고난 맹수의 감각에 더해진 것이 현재의 그였다. 여노가 젊은 시절 여러 번 비무를 신청해 왔을 적에도, 을불이 군졸 앞에서 검술 시연을 명했을 적에도 거절했던 이유는 _그_가 비무나 시연 따위를 할 줄 모르는 까닭이었다. 그는 오로지 상대를 죽이는 법만을 본능적으로 아는 이였다.

"이놈!"

모용부의 장수 장광의 창이 코앞으로 뻗어오는데도 그는 쳐낼 생각을 하지 않았다. 다만 장광보다 빠르게 창을 찌를 뿐이었다. 두 자루 창이 겹치는 가운데 먼저 어깨를 얻어맞은 것은 장광이었고 외마디 신음과 함께 그는 창을 놓쳤다. 그리고 장광이 채 어깨의 통증을 느끼기도 전, 재차 날아든 아불화도의 창은 그의 목을 하늘 높이 날려버렸다.

"저런!"

급히 구원에 나서려 말을 박차던 봉혁은 엄청난 소리를 내며 바람을 가르는 창을 보았다. 본능적으로 말에서 뛰어내린 그는 숱한 말발굽에 녹아 진창이 된 바닥에 구르면서도 안도의 한숨을 내쉬었다. 자신의 말이 통째로 창에 꿰인 채 쓰러지는 것을 본 까닭이었다. 봉혁은 생전 처음 느껴보는 두려움에 몸을 떨었다.

"저, 저런 자를 상대로 싸워왔단 말인가."

문득 한수의 칼에 너무도 쉽게 목숨을 잃었던 번나발의 최후가 생각났다. 이어서 늙은 퇴물이라 비웃음을 사던 그가 아불화도를 맞아 오랫동안 싸우던 광경이 떠올랐다. 그제야 봉혁은 무언가 크게 잘못되었다는 것을 느낄 수 있었다.

"살려, 나를 살려라!"

멀리서 재차 창을 잡아 든 아불화도를 보며 봉혁은 온 힘을 다해 외쳤다. 그러나 그를 구원하기 위해 달려오는 장수도 군사도 없었다. 모두가 겁에 질려 뒷걸음질만 치고 있을 뿐이었다. 다음 순간 봉혁은 이마를 바닥에 대었다. 그리고 납작 엎드린 채 머리 위로 올린 두 손을 열렬히 비비며 적장의 용서를 구했다. 아불화도의 피식 웃는 듯한 소리가 그의 귓가에 들려오는 것만 같았다.

"대체, 도대체 왜 밀리는 것이냐!"

모용황은 이해할 수 없는 광경 앞에서 발악하듯 소리쳤다. 아직도 살아있는 모용부 군사가 월등히 많았다. 바로 좀 전까지만 해도 고구려를 완전히 끝장낼 것만 같았던 모용부 군사가 갑자기 이토록 밀리는 까닭을 그는 도무지 이해할 수가 없었다. 장수들은 등돌린 군사들과 뒷걸음치는 군사들을 통제하지 못한 채 우왕좌왕할 뿐이었고 통제되지 않은 군사들은 서로 엉키며 일방적으로 적군의 창칼에 목숨을 잃어갔다.

"대체 왜!"

모용황의 불타는 눈이 다시 한번 전장을 훑었다. 전장은 뚜렷한 대비를 보여주고 있었다. 물러서는 아군 병사를 사정없이 베어가며 싸움에 임하는 한수와 보여니 등의 젊은 상수와 달리 배의나 장통 같은 노장들은 어쩔 줄을 모른 채 고함만 질러댈 뿐이었다.

"그렇구나!"

무릎을 치며 모용황은 눈에 다시 한번 독기를 심었다. 그는 직감적으로 알 수 있었다. 모용외의 시대에 살았던 인물들은 지금의 상황에 대처할 수 없다는 것을. 모용외 없이는 이길 수 없다는 마음이 병사들보다 더하면 더했지 덜하지 않은 것이었다.

"이것은 전염병이다. 병자들을 데리고는 싸움에 이길 수 없는 법이다."

독하게 한마디를 내뱉은 모용황은 이윽고 깃발을 들어 명을 내렸다.

"전군을 물려라. 이 싸움은 패했다."

사기가 끝까지 오른 적에게 등을 보이는 것은 멸망을 자초하는 일이었지만 이제 모든 모용부 군사들은 등에 칼을 맞고 맞으며 멀리까지 후퇴했다. 고구려가 잃은 것의 두 배에 달하는 군사를 잃어가며 수십 리를 도망하고서야 그들은 지옥도에서 벗어날 수 있었다. 십오만에 이르렀던 모용부 군사는 이 순간 겨우 칠만만이 남아있었다. 그나마도 반절은 부상병이니 모용외와 사도중련이 그토록 오랜 기간 쌓아왔던 모용부의 국력이 한순간에 바닥난 것과 다름이 없었다.

진중의 참담함이란 말로 형용할 수 없는 지경이었다. 그렇게 간신히 숨을 돌리고 허기진 배를 움켜쥐며 숨을 몰아쉬는 장졸들 앞에 나타난 모용황은 싸늘한 얼굴로 입을 열었다.

"장통, 배의, 양탐, 한호……."

십여 명 장수의 이름을 이어서 부른 모용황은 이를 악물었다.

"앞으로 나오라."

모두가 모용외의 시대에 이름을 떨쳤던 장수들이었다. 영문을 모른 채 무릎 꿇려진 이들이 서로의 얼굴만을 바라보는데, 모용황의 한쪽 손이 들리는가 싶더니 갑자기 병사들의 칼이 사방에서 떨어졌다. 열 명이 넘는 장수들의 목이 한순간에 모두 주인을 잃고 바닥에 굴렀다. 일평생 모용부를 위해 몸 바쳐온 이들로서는 너무도 보잘것없는 최후였다.

"이들은 독이다. 앞으로 펼쳐질 모용부의 천하를 가로막을 독이란 말이다!"

눈 한 번 깜박 않고 이를 지켜보던 모용황은 이를 악물고 중얼거렸다.

"오늘의 싸움에 패한 것 또한 미처 내가 이를 모른 탓이다. 모용외의 군사를 가지고 모용황의 싸움을 했으니 이길 수가 없는 것이 당연한 터. 나의 이 실수는 이들의 시체와 함께 여기 묻으리라."

말을 끊은 그는 갑자기 품속에서 비수를 꺼내더니 자신의 손가락 하나를 잘라냈다. 신음 한 번 내지 않는 그의 모습에서는 흡사 귀기와도 같은 것이 느껴졌다. 곧 잘라낸 손가락을 장수들의 머리 사이에 던진 그는 독기 어린 눈을 고구려 진영으로 향하며 마지막 말을 던졌다.

"이것으로 모용부가 무너졌다 생각지 말라. 너희 고구려는 앞으로 십 년 안에 불지옥으로 뒤덮일 것이리라. 바로 나, 황제 모용황에 의하여!"

모용부 군사는 그렇게 하성을 떠나갔다. 그리고 그들이 지평선 너머로 사라질 때까지도 을불은 높이 치켜든 깃발을 내리지 않았다.

을불의 양옆에는 두 아들이 굳은 얼굴로 서 있었다. 을불의 몸은 이미 차갑게 식은 지 오래였지만 무너지지 않고 있는 것은 사유와 무가 그의 양팔을 꽉 붙들고 있는 까닭이었다. 사유와 무는 을불의 마지막 당부를 떠올리고 또 떠올렸다. 이미 수십 번도 더 되씹은 말을 또다시 기억하며 그들은 붙잡은 을불의 몸을 놓지 않았다.

─ 사유와 무는 가까이 오라.

─ 쓰러질 것만 같구나. 나의 팔을 붙들어다오.

─ 흔들리지 않게 붙잡아라. 나는 이 전쟁이 끝날 때까지 이
  자리를 지켜야만 한다.

─ 전쟁은 끝났느냐?

─ 그래, 우리 군사가 이겼단 말이지!

─ 적은 얼마나 살아남았느냐?

─ 내 눈으로 이 위대한 광경을 볼 수 없다는 것이 안타까울
  뿐이구나.

─ 하하하, 하하하……

─ 사유야, 오늘부터는 네가 바로 고구려다. 네 결정과 네
  마음이 바로 최선의 것이다. 그 고운 마음을 잃지 말거
  라.

─ 무야, 나는 너와 내가 다른 사람이라 생각한 적이 없다.
  네가 바로 나다. 네가 있기에 나는 마음 편히 죽을 수가
  있구나.

을불은 마지막 한 조각 힘을 짜내어 아들들에게 물었었다.

"나는 좋은……"

"좋은 왕이셨습니다. 너무도 훌륭한 영웅이셨습니다."

"좋은…… 좋은 아비였느냐?"

을불의 이 물음에 사유와 무의 눈에서는 동시에 눈물이 줄 줄 흘렀다.

"그랬습니다."

"그렇구나."

입가에 희미한 미소가 떠오르는 듯하더니 그것을 마지막으로 을불은 눈을 감았다. 찬바람을 맞으며 그의 몸은 이내 딱딱하게 굳었다. 여전히 깃발을 잡은 한 팔을 높이 든 채로, 양다리는 말 허리에 붙인 채로, 얼굴에는 흡족한 미소를 떠올린 채로 그는 두 아들 사이에서 숨을 거두었다. 마치 석상과도 같이 굳은 그의 곁에서 두 아들은 끝까지 유언을 지켰다. 싸움이 끝나고 모용부가 완전히 퇴각할 때까지, 모용부의 군사가 한 명 남김없이 모두 사라질 때까지 두 아들은 을불의 몸을, 마치 살아있는 듯 이미 굳어버린 그를 언제까지나 붙잡고 있었다.

고을불(高乙弗). 폭군 봉상왕을 몰아내고 태왕의 자리에 오른 뒤 서쪽으로는 한사군을 되찾았으며 북쪽으로는 선비족을 꺾은 불세출의 영웅. 밖으로는 숙신을 품에 안고 안으로는 민생을 세세히 살피어 만백성의 사랑을 깊이 받은 성군. 단 한 번의 패배도 겪지 않고 단 한 번의 반란도 겪지 않은 위대한 군주.

고구려 제15대 태왕 미천왕(美川王)은 그렇게 전장에서 생을 마감했다.

〈고구려 5권에 계속〉